LA GUERRE DES CLANS

II

À feu et à sang

L'auteur

Pour écrire *La guerre des Clans*, **Erin Hunter** puise son inspiration dans son amour des chats et du monde sauvage. Erin est une fidèle protectrice de la nature. Elle aime par-dessus tout expliquer le comportement animal grâce aux mythologies, à l'astrologie, et aux pierres levées.

Du même auteur, chez Pocket Jeunesse

1. *Retour à l'état sauvage*
3. *Les mystères de la forêt*
4. *Avant la tempête*
5. *Sur le sentier de la guerre*
6. *Une sombre prophétie*

Vous aimez les livres de la collection

LA GUERRE DES
CLANS

Écrivez-nous
pour nous faire partager votre enthousiasme :
Pocket Jeunesse, 12, avenue d'Italie, 75013 Paris.

Erin Hunter

LA GUERRE DES CLANS

Livre II

À feu et à sang

Traduit de l'anglais par Cécile Pournin

Titre original :
Fire and Ice

Loi n° 49 956 du 16 juillet 1949 sur les publications
destinées à la jeunesse : mars 2007.

© 2003, Working Partners Ltd.
Publié pour la première fois en 2003 par Harper Collins *Publishers*.
Tous droits réservés.
© 2005, éditions Pocket Jeunesse,
département d'Univers Poche.
Pour la présente édition : Pocket Jeunesse, département
d'Univers Poche, Paris, 2007.
La série « La guerre des clans » a été créée par
Working Partners Ltd, Londres.

ISBN 978-2-266-17146-5

*À mon fils, Joshua, dont le sourire m'a soutenue
dans l'écriture,
et à Vicky, mon éditrice, sans qui Cœur de Feu
ne serait jamais devenu un guerrier.*

Remerciements tout particuliers à Kate Cary.

RÉSUMÉ DE
RETOUR À L'ÉTAT SAUVAGE
(Livre I de *La guerre des Clans*)

Rusty, simple chat domestique, vit désormais dans la forêt au sein du Clan du Tonnerre, où il a subi une initiation pour devenir guerrier sous le nom de Cœur de Feu. Il a même aidé les chasseurs du Clan de l'Ombre à se débarrasser de leur chef, le cruel Étoile Brisée. Mais le mal rôde dans sa propre tribu : un jeune apprenti, Nuage de Jais, a vu son mentor, Griffe de Tigre, assassiner le lieutenant du Clan, Plume Rousse. Menacé de mort s'il révèle son secret, Nuage de Jais a fini par quitter le camp...

CLANS

CLAN DU TONNERRE

CHEF   **ÉTOILE BLEUE** – femelle gris-bleu au museau argenté.

LIEUTENANT   **GRIFFE DE TIGRE** – grand mâle brun tacheté aux griffes très longues.

GUÉRISSEUSE   **CROC JAUNE** – vieille chatte gris foncé au large museau plat, autrefois membre du Clan de l'Ombre.

GUERRIERS   (mâles et femelles sans petits)

TORNADE BLANCHE – grand matou blanc.
APPRENTIE: NUAGE DE SABLE

ÉCLAIR NOIR – chat gris tigré de noir à la fourrure lustrée.
APPRENTI: NUAGE DE POUSSIÈRE

LONGUE PLUME – chat crème rayé de brun.
APPRENTI: NUAGE AGILE

VIF-ARGENT – chat rapide comme l'éclair.

FLEUR DE SAULE – femelle gris perle aux yeux d'un bleu remarquable.

POIL DE SOURIS – petite chatte brun foncé.

CŒUR DE FEU – mâle au beau pelage roux.
APPRENTIE: NUAGE CENDRÉ

PLUME GRISE – chat gris plutôt massif à poil long.
APPRENTI: NUAGE DE FOUGÈRE

APPRENTIS   (âgés d'au moins six lunes, initiés pour devenir des guerriers)

NUAGE DE SABLE – chatte roux pâle.

NUAGE DE POUSSIÈRE – mâle au pelage moucheté brun foncé.

NUAGE AGILE – chat noir et blanc.

NUAGE CENDRÉ – chatte gris foncé.

NUAGE DE FOUGÈRE – mâle brun doré.

REINES (femelles pleines ou en train d'allaiter)

PELAGE DE GIVRE – chatte à la belle robe blanche et aux yeux bleus.

PLUME BLANCHE – jolie chatte mouchetée.

BOUTON-D'OR – femelle roux pâle.

PERCE-NEIGE – chatte crème mouchetée, qui est l'aînée des reines.

ANCIENS (guerriers et reines âgés)

DEMI-QUEUE – grand chat brun tacheté auquel il manque la moitié de la queue.

PETITE OREILLE – chat gris aux oreilles minuscules, doyen du Clan.

POMME DE PIN – petit mâle noir et blanc.

UN-ŒIL – chatte gris perle, presque sourde et aveugle, doyenne du Clan.

PLUME CENDRÉE – femelle écaille, autrefois très jolie.

CLAN DE L'OMBRE

CHEF **ÉTOILE NOIRE** (anciennement **LUNE NOIRE**) – vieux chat noir.

LIEUTENANT **ŒIL DE FAUCON** – chat gris efflanqué.

GUÉRISSEUR **RHUME DES FOINS** – mâle gris et blanc de petite taille.

GUERRIERS **PETITE QUEUE** – chat brun tacheté.
APPRENTI : NUAGE BRUN

GOUTTE DE PLUIE – chat gris moucheté.
APPRENTI : NUAGE DE CHÊNE

PETIT ORAGE – chat très menu.

REINES **ORAGE DU MATIN** – petite chatte tigrée.

FLEUR DE JAIS – femelle noire.

FLEUR DE PAVOT – chatte tachetée brun clair haute sur pattes.

ANCIEN **PELAGE CENDRÉ** – chat gris famélique.

CLAN DU VENT

CHEF **ÉTOILE FILANTE** – mâle noir et blanc à la queue très longue.

LIEUTENANT **PATTE FOLLE** – chat noir à la patte tordue.

GUÉRISSEUR **ÉCORCE DE CHÊNE** – chat brun à la queue très courte.

GUERRIERS **GRIFFE DE PIERRE** – mâle brun foncé au pelage pommelé.
APPRENTI: NUAGE NOIR

OREILLE BALAFRÉE – chat moucheté.
APPRENTI: NUAGE VIF

MOUSTACHE – jeune chat brun tacheté.
APPRENTI: NUAGE ROUX

REINES **PATTE CENDRÉE** – chatte grise.

BELLE-DE-JOUR – femelle écaille.

CLAN DE LA RIVIÈRE

CHEF **ÉTOILE BALAFRÉE** – grand chat beige tigré à la mâchoire tordue.

LIEUTENANT **TACHES DE LÉOPARD** – chatte au poil doré tacheté de noir.

GUÉRISSEUR **PATTE DE PIERRE** – chat brun clair à poil long.

GUERRIERS **GRIFFE NOIRE** – mâle au pelage charbonneux.
APPRENTI: GROS NUAGE

PELAGE DE SILEX – chat gris aux oreilles couturées de cicatrices.
APPRENTI: NUAGE D'OMBRE

VENTRE AFFAMÉ – chat brun foncé.

APPRENTI : NUAGE D'ARGENT

RIVIÈRE D'ARGENT – jolie chatte pommelée gris argent.

GRIFFE BLANCHE – mâle au pelage sombre.

DIVERS

FICELLE – gros chaton noir et blanc qui habite une maison à la lisière du bois.

GERBOISE – mâle noir et blanc qui vit près d'une ferme, de l'autre côté de la forêt.

ÉTOILE BRISÉE – chat moucheté brun foncé au poil long, ancien chef du Clan de l'Ombre.

PATTE NOIRE – grand chat blanc aux longues pattes noires de jais, ancien lieutenant du Clan de l'Ombre.

MUSEAU BALAFRÉ – mâle brun couturé de cicatrices, ancien guerrier du Clan de l'Ombre.

FLÈCHE GRISE – matou gris pommelé, ancien guerrier du Clan de l'Ombre.

NUAGE DE JAIS – petit chat noir très maigre, avec une tache blanche sur la poitrine et le bout de la queue, ancien apprenti du Clan du Tonnerre.

PRINCESSE – chatte domestique brun clair aux pattes et au poitrail blancs.

PETIT NUAGE – chat blanc à poil long, le premier-né de Princesse.

Hautes Pierres
Ferme de Gerboise
Camp du Vent
Quatre Chênes
Chutes
Arbre aux Chouettes
Rivière
Rochers du Soleil
Camp de la Rivière

Charnier

Camp
de l'Ombre

Chemin du Tonnerre

Camp
du Tonnerre   Grand Sycomore
                       Rochers
Combe   aux Serpents
sablonneuse

Grands
Pins

Cabane à
couper le bois   Ville des Bipèdes

Clan
du Tonnerre

Clan
de la Rivière

Clan
de l'Ombre

Clan
du Vent

Clan
des Étoiles

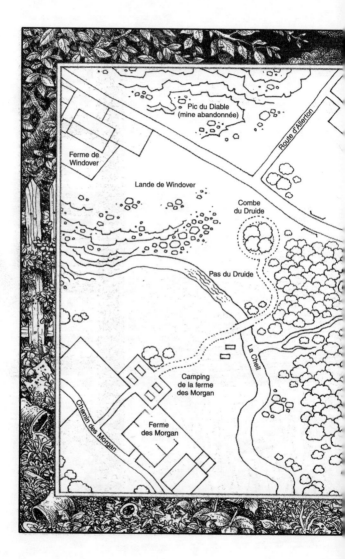

Pic du Diable
(mine abandonnée)

Route d'Allerton

Ferme de
Windover

Lande de Windover

Combe
du Druide

Pas du Druide

La Chell

Camping
de la ferme
des Morgan

Chemin des Morgan

Ferme
des Morgan

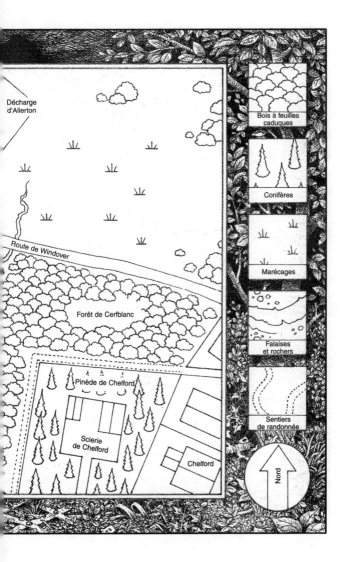

Décharge
d'Allerton

Route de Windover

Forêt de Cerfblanc

Pinède de Chelford

Scierie
de Chelford

Chelford

Bois à feuilles
caduques

Conifères

Marécages

Falaises
et rochers

Sentiers
de randonnée

Nord

❧

Au-dessus des flammes orange qui léchaient l'air froid, des étincelles montaient dans le ciel nocturne. Les silhouettes de quelques Bipèdes blottis autour du feu se dessinaient dans la lumière qui jetait des ombres vacillantes sur les herbes folles.

Deux lueurs blanches au loin annonçaient l'approche d'une créature de fer. Accompagnée d'une fumée âcre, elle passa en rugissant sur un Chemin du Tonnerre perché dans les airs.

Un chat se faufila le long du terrain vague, les prunelles luisant dans l'obscurité. Au bruit des pétarades, ses oreilles dressées tressaillirent, se couchèrent en arrière. D'autres félins le suivirent un par un sur le tapis de verdure crasseuse. La tête baissée, les babines retroussées, ils humaient l'atmosphère toxique.

« Et si les Bipèdes nous aperçoivent ? murmura l'un d'eux.

— Aucune chance. La nuit, ils ont mauvaise vue », lui répondit un mâle de grande taille, dont les yeux ambrés reflétaient l'éclat du brasier.

Il poursuivit son chemin, sa fourrure noire et blanche illuminée par la fournaise. La queue haute, il tentait d'insuffler du courage à sa tribu.

Pourtant ses congénères tremblaient, couchés contre la végétation. Quel endroit étrange ! Le vacarme des monstres écorchait leurs oreilles délicates, la puanteur les prenait à la gorge. Une chatte grise remua les moustaches, inquiète :

« Étoile Filante ! Pourquoi ici ? »

Le guerrier se retourna.

« On nous a chassés de partout, Patte Cendrée. Ici, nous pourrons peut-être vivre en paix.

— En paix ? » répéta la reine, incrédule. Elle poussa son chaton à l'abri sous son ventre. « Avec ce feu et ces créatures, mes petits sont en danger ici !

— Mais chez nous aussi ! » intervint un mâle au pelage charbonneux. Il s'avança en boitant bas, la patte tordue. Il soutint le regard de leur chef. « Nous n'avons pas pu les protéger du Clan de l'Ombre. Pas même dans notre propre camp ! »

Des miaulements anxieux s'élevèrent : les pauvres bêtes se rappelaient la terrible bataille qui leur avait coûté leur territoire sur les hauts plateaux, à la lisière de la forêt.

« Étoile Brisée et ses guerriers sont peut-être encore à notre recherche ! » gémit un jeune apprenti.

Ce cri attira l'attention de l'un des Bipèdes réunis autour du feu : il se leva, les jambes flageolantes, pour scruter la pénombre. Silencieux, les chats se plaquèrent aussitôt au sol. Même Étoile Filante baissa la queue. Une silhouette lança un objet en poussant des cris. Le missile passa juste au-dessus d'eux ; il s'écrasa sur le Chemin du Tonnerre, où il vola en une multitude de petits morceaux coupants.

L'un des éclats érafla l'épaule de Patte Cendrée. Elle tressaillit sans un bruit, le corps pelotonné autour de son petit terrifié.

« Baissez-vous ! » chuchota le chef.

Après avoir craché par terre, les hommes se rassirent.

Le vétéran attendit encore un instant avant de se redresser. Grimaçante, la jeune mère l'imita malgré sa douleur à l'épaule.

« Cet endroit n'est pas sûr ! souffla-t-elle. Qu'allons-nous manger ? Il n'y a pas trace du moindre gibier. »

Étoile Filante lui toucha délicatement la tête du bout de son museau.

« Je sais que tu as faim, reconnut-il. Mais nous serons plus en sécurité ici que sur notre ancien territoire, ou dans les champs et les bois habités par les Bipèdes. Regarde ! Le Clan de l'Ombre lui-même ne nous suivrait pas jusqu'ici. Aucun chien à la ronde. Quant à ces hommes, ils peuvent à peine se lever. » Il se tourna vers le chasseur boiteux. « Patte Folle ! Moustache et toi, je vous charge de nous trouver à manger. Là où il y a des Bipèdes, les rats ne sont jamais très loin.

— Des rats ? jeta Patte Cendrée quand l'éclaireur s'éloigna en compagnie d'un jeune mâle tacheté de brun. Et pourquoi pas des charognes ?

— Silence ! souffla une chatte brune tapie à côté d'elle. Ça vaut toujours mieux que de mourir de faim ! »

D'un air renfrogné, la reine grise lécha son chaton entre les oreilles.

« Nous devons trouver un nouveau camp, reprit sa compagne plus doucement. J'ai besoin de repos et de nourriture. Je ne vais pas tarder à mettre bas. Il faut que je recouvre mes forces. »

Les silhouettes fuselées des deux éclaireurs surgirent des ténèbres.

« Tu avais raison, Étoile Filante, déclara Patte Folle. L'odeur des rats est partout, et je crois que nous avons trouvé un abri.

– Montre-nous le chemin », lui ordonna le chef, avant de réunir la tribu d'un signal de la queue.

Les félins traversèrent le terrain vague avec prudence vers le Chemin du Tonnerre. Le feu projetait leurs formes vacillantes sur ses immenses piliers de pierre. Quand une créature passa en vrombissant au-dessus de leurs têtes, le sol se mit à trembler. Mais même les nouveau-nés, sentant qu'il fallait se taire, se firent tout petits.

« C'est là », annonça Patte Folle.

C'était une ouverture ronde, haute comme deux chats. Un tunnel sombre s'enfonçait en pente douce dans le sol. Un filet d'eau s'y engouffrait.

« Elle est potable, ajouta-t-il. On aura de quoi boire. Nous serons à l'abri des Bipèdes et des monstres. »

La tête haut dressée, Étoile Filante s'avança.

« Le Clan du Vent a erré trop longtemps. Presque une lune que nos ennemis nous ont chassés de notre territoire. Le temps se rafraîchit, bientôt ce sera la saison des neiges. Nous n'avons pas d'autre choix : il nous faut rester ici. »

CHAPITRE PREMIER

❧

CŒUR DE FEU GRELOTTAIT. Il avait encore sa four-rure de mi-saison ; sa robe couleur de flamme ne serait pas prête à affronter le froid avant plusieurs lunes. Il piétina la terre durcie. Malgré ses pattes engourdies, le félin roux ne put réprimer sa fierté. Après tant de lunes d'initiation, il était désormais un guerrier.

Il se remémora la victoire de la veille au camp de l'Ombre : les yeux luisants et les menaces du chef ennemi, qui avait fini par battre en retraite et abandonner les siens pour rejoindre dans les bois quelques compagnons en fuite. Soulagé du départ de leur chef, le reste des troupes adverses, bien mal en point, avait accepté la trêve temporaire proposée par le Clan du Tonnerre. Avant sa défaite, Étoile Brisée ne s'était pas contenté de semer la discorde dans ses propres rangs : il avait aussi chassé le Clan du Vent de ses terres ancestrales. À l'époque où Cœur de Feu vivait encore chez les Bipèdes, la cruauté de ce monstre endeuillait déjà la forêt.

Mais une nouvelle menace inquiétait l'ancien chat domestique : Griffe de Tigre, le lieutenant du Clan du Tonnerre. Cœur de Feu et Plume Grise, son

23

complice de toujours, avaient aidé Nuage de Jais, l'apprenti du vétéran, qui le terrorisait, à gagner le territoire des Bipèdes, de l'autre côté des hauts plateaux. Les siens le croyaient mort, tué par le Clan de l'Ombre. Sa vie restait cependant menacée.

Griffe de Tigre semblait prêt à tout pour l'empêcher de révéler son terrible secret : il avait assassiné Plume Rousse, leur ancien lieutenant, dont il convoitait la place. Du moins, c'était ce qu'avait révélé Nuage de Jais.

Cœur de Feu secoua la tête afin de dissiper ces pensées bien sombres. Il se tourna vers Plume Grise, assis à côté de lui, la fourrure ébouriffée pour se protéger du froid. Aucun ne pipa mot.

Cœur de Feu risqua un œil vers la tanière des guerriers, de l'autre côté de la clairière. À travers les branches du buisson, il reconnut la large carrure de Griffe de Tigre endormi.

Au pied du Promontoire, le rideau de lichen qui drapait l'entrée du repaire de leur chef s'agita. Étoile Bleue surgit sans bruit de l'ombre, ses longs poils gris-bleu auréolés de lumière. *Je dois la mettre en garde contre Griffe de Tigre*, pensa Cœur de Feu. Elle devait savoir qu'un meurtrier se cachait parmi eux.

L'assassin sortait justement de son antre : il rejoignit Étoile Bleue à l'orée de la clairière, lui murmura quelques mots. Nerveux, il agitait la queue.

Cœur de Feu devait parler à Étoile Bleue aussitôt que possible. Il se contenta d'incliner la tête, plein de respect, quand les deux félins passèrent à sa hauteur.

Plume Grise lui donna un petit coup de museau et désigna le ciel. Une lueur orange apparaissait à l'horizon.

« Contents de voir arriver l'aube, tous les deux ? »

La voix grave de Tornade Blanche prit le chat roux par surprise. Il n'avait pas vu approcher le mentor à la robe immaculée. Les deux amis acquiescèrent.

« C'est bon, vous pouvez parler, maintenant. Votre veillée est terminée. Le silence n'est plus de rigueur. »

Son miaulement ne manquait pas de douceur. La veille, il s'était battu à leurs côtés contre le Clan de l'Ombre. Dans ses yeux brillait un respect tout neuf.

« Merci, Tornade Blanche », répondit Cœur de Feu, soulagé.

Il se redressa et étira l'une après l'autre ses pattes ankylosées. Plume Grise fit de même.

« Brrr ! s'écria le félin cendré en s'ébrouant. Je commençais à croire que le soleil ne se lèverait jamais !

— Le grand guerrier a parlé ! »

C'était Nuage de Sable, hautaine. Elle était campée devant la tanière des apprentis, son pelage roux pâle hérissé d'animosité. Nuage de Poussière était assis à côté d'elle. Avec sa fourrure brun moucheté, on aurait dit l'ombre de la chatte. Il gonfla le poitrail d'un air important.

« Je suis surpris que de tels héros soient sensibles au froid ! » railla-t-il.

Nuage de Sable ronronna, amusée. Tornade Blanche leur lança un regard sévère.

« Restaurez-vous et allez vous reposer, intima-t-il aux deux nouveaux chasseurs, avant de se diriger vers l'antre des novices. Vous deux, il est l'heure de s'entraîner.

— J'espère qu'il leur fera chercher des écureuils bleus toute la journée ! murmura Plume Grise à son compagnon, tandis qu'ils se dirigeaient vers le coin de la clairière où restaient quelques-unes des pièces de gibier de la veille.

— Mais ça n'existe pas...

— Justement ! rétorqua Plume Grise, le regard brillant.

— Comment leur en vouloir ? Ils ont commencé leur entraînement avant nous. S'ils s'étaient battus hier, ils auraient sans doute été faits guerriers, eux aussi.

— J'imagine. Oh, regarde ! » Ils avaient atteint la réserve. « On a une souris chacun et un pinson pour deux ! Je suppose qu'on va manger dans le coin des *chasseurs* ! s'exclama Plume Grise.

— On dirait bien ! » gloussa son complice, qui le suivit jusqu'au bouquet d'orties où ils avaient souvent regardé Tornade Blanche, Griffe de Tigre et les autres partager leur festin.

« Et maintenant, au dodo ! » décréta Plume Grise après avoir avalé sa dernière bouchée.

Les deux amis se dirigèrent vers la tanière des guerriers. Cœur de Feu passa la tête à travers les branches basses qui en masquaient l'entrée. Poil de Souris et Longue Plume dormaient encore.

Il se glissa à l'intérieur et se trouva un carré de mousse près de la paroi de verdure. À l'odeur, on devinait que personne n'occupait l'endroit. Son ami s'allongea tout près.

Le chat roux écouta la respiration régulière de Plume Grise se changer en ronflements étouffés. Malgré son épuisement, il devait absolument parler à Étoile Bleue. De là où il était couché, la tête contre le sol, il apercevait l'entrée du camp. Il la fixa dans l'espoir de voir revenir leur chef, mais peu à peu ses paupières se fermèrent. Il céda à la fatigue.

Il entendait s'élever autour de lui un bruit semblable au rugissement du vent dans les arbres. L'odeur âcre du Chemin du Tonnerre, lui picotait les narines, ainsi qu'une autre, plus forte et plus terrifiante. Le feu ! Les flammes montaient à l'assaut de la nuit noire, des étincelles scintillaient sur le ciel sombre. À sa grande surprise, il vit des silhouettes de félins passer devant le brasier. Pourquoi n'avaient-ils pas fui ?

L'un d'eux s'arrêta pour le regarder en face. Les yeux noirs du grand chat scintillaient dans l'obscurité ; en guise de salut, il dressa haut sa longue queue.

Cœur de Feu se mit à trembler au souvenir des mots que Petite Feuille, l'ancienne guérisseuse de sa tribu, lui avait répétés avant de mourir : « Le feu sauvera notre Clan ! » Cette prédiction concernait-elle ces chats inconnus qui ne craignaient pas les flammes ?

« Réveille-toi, Cœur de Feu ! »

Le jeune chasseur leva la tête, éveillé en sursaut par le grognement du lieutenant.

« Tu gémissais dans ton sommeil ! »

Encore désorienté, il se redressa en se secouant.

« O... Oui, Griffe de Tigre ! »

Inquiet, il se demanda s'il avait répété les paroles de Petite Feuille à haute voix. Il avait déjà fait plusieurs rêves de ce genre, si réels. De ces songes qui se réalisaient ensuite. Il ne voulait pas que le vétéran le soupçonne de posséder des pouvoirs que le Clan des Étoiles accordait d'habitude aux guérisseurs.

Le clair de lune brillait à travers le mur de feuilles de la tanière. Cœur de Feu comprit qu'il avait dû dormir la journée entière.

« Plume Grise et toi, vous devez vous joindre à la patrouille de nuit, lui ordonna Griffe de Tigre. Dépêchez-vous ! »

Aussitôt, le lieutenant ressortit de leur antre. Il ne se doutait visiblement de rien : Cœur de Feu se détendit. Il se sentait pourtant déterminé à révéler le rôle joué par Griffe de Tigre dans la mort de Plume Rousse.

Cœur de Feu se lécha les babines. À côté de lui, Plume Grise se nettoyait le flanc. Ils venaient de finir leur repas à l'orée de la clairière. Le soleil était couché : la lune, presque pleine à présent, luisait dans un ciel froid et clair. Ces derniers jours avaient été bien remplis. Il leur semblait que, sitôt qu'ils s'allongeaient pour se reposer, Griffe de Tigre les envoyait en patrouille ou à la chasse. Cœur de Feu restait sur ses gardes, bien décidé à s'entretenir seul à seule avec Étoile Bleue. Malheureusement, quand il n'était pas en mission, la chatte semblait en permanence flanquée du traître.

Il commença à se laver la patte en scrutant le camp à la recherche de leur chef.

« Tu attends quelqu'un ? lui demanda Plume Grise entre deux coups de langue.

— Étoile Bleue.

— Pourquoi ? s'enquit son ami, qui s'interrompit pour le regarder. Tu la tiens à l'œil depuis notre veillée.

— Je dois la mettre en garde contre Griffe de Tigre et lui apprendre où se trouve Nuage de Jais.

— Tu lui avais promis de dire qu'il était mort ! s'étonna son camarade.

— Seulement à son mentor. Étoile Bleue doit être mise au courant. Elle doit savoir de quoi son plus proche conseiller est capable.

— Mais on n'a aucune preuve que Griffe de Tigre a tué Plume Rousse, hormis la parole de Nuage de Jais, chuchota Plume Grise.

— Tu n'as pas confiance en notre ami ? s'étrangla Cœur de Feu, choqué.

— Si ce n'est pas Griffe de Tigre qui a tué Cœur de Chêne, alors c'est Plume Rousse[1]. Et pourquoi aurait-il tué un autre lieutenant de sang-froid sans mobile ? C'est contraire au code du guerrier : on se bat pour prouver sa valeur et défendre son territoire, pas pour tuer.

---

1. Selon Nuage de Jais, Plume Rousse (ancien lieutenant du Clan du Tonnerre) avait terrassé Cœur de Chêne (le lieutenant du Clan de la Rivière), avant d'être assassiné par Griffe de Tigre. Ce dernier a fait à son Clan un autre récit : Plume Rousse aurait été massacré par Cœur de Chêne, que lui, Griffe de Tigre aurait ensuite tué.

— Je n'accuse pas Plume Rousse, enfin ! C'est Griffe de Tigre, le problème ! »

Plume Rousse était l'ancien lieutenant du Clan du Tonnerre. Sans l'avoir jamais rencontré, Cœur de Feu savait que la tribu le tenait en haute estime avant sa disparition.

Mais à présent, son compagnon évitait son regard.

« Ce que tu dis a des conséquences sur la réputation de Plume Rousse. Et aucun d'entre nous n'a le moindre reproche à faire à Griffe de Tigre. À part son apprenti, personne n'a jamais eu peur de lui.

— Alors tu crois que Nuage de Jais a inventé un tel mensonge parce qu'il ne s'entendait pas avec son mentor ? » s'énerva Cœur de Feu.

Un frisson courut le long de son échine.

« Non, murmura Plume Grise. Je pense juste qu'on devrait se montrer prudents. »

En voyant son expression soucieuse, Cœur de Feu fut pris de doutes. Son ami avait raison : chasseurs depuis quelques jours à peine, ils ne pouvaient accuser le vétéran le plus estimé de la tribu.

« D'accord, finit-il par concéder. Tu peux rester en dehors de cette histoire. »

Un éclair de fourrure grise apparut de l'autre côté de la clairière : Étoile Bleue ! Seule. À peine s'était-il redressé qu'elle sautait déjà sur le Promontoire pour convoquer les siens. Cœur de Feu battit de la queue, agacé.

Les oreilles de Plume Grise tressaillirent d'excitation.

« Une cérémonie de baptême ? Le premier élève de Longue Plume, je parie. Ça fait un moment qu'il en parle. »

Il se précipita vers l'attroupement qui s'était formé un peu plus loin. Cœur de Feu le suivit en grinçant des dents.

Un chaton noir et blanc pénétra dans la clairière. Ses pattes ne faisaient pas le moindre bruit sur le sol compact. Il s'avança jusqu'au grand rocher, les yeux baissés : on se serait presque attendu à le voir trembler. À sa démarche, on l'aurait cru trop jeune et trop timide pour devenir novice. *Longue Plume ne risque pas d'être très impressionné !* songea Cœur de Feu en se rappelant le mépris que lui avait manifesté le chasseur à son arrivée au camp. Le premier jour, le guerrier l'avait nargué, empli de dédain pour ses origines de chat domestique. Depuis, ils se détestaient.

« Jusqu'au jour où il deviendra un guerrier, cet apprenti s'appellera Nuage Agile », déclara Étoile Bleue, les yeux fixés sur le petit.

Quand il releva la tête, la peur brillait dans les yeux écarquillés du jeune animal.

Son nouveau mentor s'avança vers lui. Leur chef reprit :

« Longue Plume, tu as été initié par Éclair Noir. Il a été un bon maître, et tu es devenu un combattant féroce et loyal. J'espère que tu sauras transmettre certaines de ces qualités à Nuage Agile. »

Cœur de Feu chercha en vain un soupçon d'arrogance dans l'expression de Longue Plume lorsqu'il fixa son novice. Mais le regard du mentor s'adoucit quand il croisa celui du chaton, et ils se touchèrent délicatement le museau.

« Ne t'inquiète pas, tu te débrouilles bien », murmura Longue Plume d'un ton encourageant.

Ah, d'accord ! pensa Cœur de Feu, dépité. *Juste parce qu'il est né au sein du Clan. Je n'ai pas vraiment eu droit au même accueil.* Il regarda autour de lui, contrarié de voir les félins adresser leurs félicitations à l'apprenti.

« Qu'est-ce que tu as ? lui souffla Plume Grise. Ce sera notre tour, un jour. »

Soudain rasséréné à l'idée d'avoir son propre élève, Cœur de Feu acquiesça et oublia son amertume. Il faisait partie de la tribu, désormais : cela seul comptait.

Le lendemain soir se levait la pleine lune. Cœur de Feu savait qu'il aurait dû se réjouir de participer à sa première Assemblée en tant que guerrier, mais il était hanté par l'idée de se confier à Étoile Bleue.

Enfin, Étoile Bleue appela tout le monde.

Ils rejoignirent la petite troupe réunie dans la clairière. Le chef hocha la tête pour les saluer, avant de quitter le camp.

Cœur de Feu s'arrêta un instant tandis que ses compagnons grimpaient vers la forêt. Sur le trajet, il aurait peut-être le temps de parler à la reine : il voulait rassembler ses idées.

« Tu viens ? s'écria Plume Grise.

— J'arrive ! »

Il fléchit son puissant arrière-train et bondit de rocher en rocher.

Au sommet, il fit halte pour reprendre son souffle. Les bois s'étendaient devant lui. Sous ses pattes, il sentait craquer les feuilles mortes. La Toison Argentée brillait dans le ciel telle la rosée du matin sur une fourrure noire.

Il repensa à son premier périple jusqu'aux Quatre Chênes. Bien des lunes plus tôt, Cœur de Lion, le mentor de Plume Grise, avait emmené les deux apprentis faire le tour de leur territoire, voir les Grands Pins, les Rochers du Soleil et la frontière avec le Clan de la Rivière. Mais ce soir-là, la reine les menait droit au cœur de leurs terres. Comme elle disparaissait déjà dans les taillis, le chat roux s'élança à sa poursuite.

Elle avait pris la tête de l'expédition avec Griffe de Tigre. Sans prêter attention au miaulement surpris de Plume Grise, Cœur de Feu la rattrapa.

« Étoile Bleue ! lança-t-il, essoufflé, une fois à sa hauteur. Puis-je te parler ? »

Elle lui jeta un coup d'œil et acquiesça.

« Remplace-moi », jeta-t-elle au vétéran.

Elle ralentit pour se laisser dépasser. Le groupe continua son chemin sans hésiter au milieu des broussailles. Un instant plus tard, Cœur de Feu et son chef se retrouvèrent seuls.

Une fois passées les fougères, le chemin débouchait sur une clairière. La chatte sauta sur un tronc abattu où elle s'assit, la queue enroulée autour de ses pattes.

« Qu'y a-t-il ? »

Cœur de Feu hésita, soudain plein d'appréhension. Elle l'avait encouragé à quitter son ancienne vie pour rejoindre la tribu. Elle lui avait fait confiance à plusieurs reprises, quand d'autres mettaient en doute sa loyauté au Clan. Que dirait-elle en apprenant qu'il lui avait menti au sujet de Nuage de Jais ?

« Parle », lui ordonna-t-elle tandis que s'éloignait la cavalcade.

Il inspira à fond.

« Nuage de Jais n'est pas mort. »

Sous l'effet de la surprise, la queue d'Étoile Bleue tressaillit. Elle écouta malgré tout la suite en silence.

« Plume Grise et moi, nous l'avons conduit sur le territoire du Clan du Vent. Je... je pense qu'il a rejoint Gerboise. »

Ce dernier habitait près d'une ferme, sur le chemin d'un lieu sacré pour les félins des bois appelé les Hautes Pierres. Ni guerrier ni chat domestique, il vivait en solitaire.

La reine fixait les arbres derrière Cœur de Feu. Il la scruta, inquiet. Était-elle irritée ? Il ne discerna cependant aucune colère dans ses grands yeux bleus. Au bout d'un long moment, elle prit la parole.

« Je suis contente d'apprendre qu'il est encore en vie. J'espère qu'il est plus heureux avec Gerboise qu'il ne l'était dans la forêt.

— M... Mais il est né au sein du Clan ! balbutia Cœur de Feu.

— Ce qui ne signifie pas qu'il était fait pour mener la vie d'un chasseur. Toi qui n'es pas né ici, tu es pourtant devenu un excellent guerrier. Nuage de Jais trouvera peut-être sa voie ailleurs.

— Il n'a pas choisi de partir, protesta-t-il. Il y a été forcé !

— Forcé ? répéta-t-elle. Que veux-tu dire ? »

Cœur de Feu avait la bouche sèche.

« Je... Je pense que Griffe de Tigre comptait le tuer. Ou retourner la tribu contre lui. Griffe de Tigre a tué Plume Rousse dans la bataille contre le Clan de la Rivière.

— Jamais un guerrier ne tuerait un membre de sa tribu ! Même toi, tu devrais le savoir : tu vis ici depuis assez longtemps ! »

Il recula à ces mots, les oreilles couchées en arrière. C'était la seconde fois qu'elle évoquait ses origines de chat domestique.

« Griffe de Tigre nous a expliqué que le coupable était Cœur de Chêne, le lieutenant ennemi, ajouta-t-elle. Nuage de Jais pourrait s'être trompé. A-t-il vraiment vu de ses yeux Griffe de Tigre tuer Plume Rousse ? »

Cœur de Feu agita la queue, nerveux.

« C'est ce qu'il a dit.

— Sais-tu que ces paroles portent atteinte à l'honneur de Plume Rousse ? Un lieutenant n'en tue jamais un autre au combat, pas s'il peut l'éviter. Et Plume Rousse était le guerrier le plus honorable que je connaisse. »

Le chagrin obscurcit les yeux de la reine. Cœur de Feu avait sans le vouloir sali la mémoire du défunt.

« Je ne sais rien des actions de Plume Rousse, souffla-t-il. Ma seule certitude, c'est que Nuage de Jais croit vraiment que Griffe de Tigre l'a assassiné. »

Étoile Bleue soupira et sembla se détendre.

« Il a beaucoup d'imagination, répondit-elle avec douceur. Il a été gravement blessé dans l'attaque, et il est parti avant la fin de la bataille. Es-tu sûr qu'il n'a pas inventé une partie de son histoire ? »

Un hurlement retentit dans toute la forêt et Griffe de Tigre émergea du sous-bois. Il toisa Cœur de Feu, soupçonneux, avant de s'adresser à Étoile Bleue.

« Nous vous attendons à la frontière.

— Nous vous rejoignons dans un instant. »

Le vétéran s'inclina, fit volte-face et disparut au milieu des fougères.

En le suivant du regard, le jeune guerrier se répéta les paroles d'Étoile Bleue. Elle avait raison : Nuage de Jais avait une imagination débordante. À sa première Assemblée, une ribambelle de novices pendus à ses lèvres l'avait écouté décrire l'échauffourée avec le Clan de la Rivière. À l'époque, il n'avait pas mentionné Griffe de Tigre.

Cœur de Feu sursauta : la chatte s'était relevée.

« Vas-tu demander à Nuage de Jais de revenir parmi nous ? s'enquit-il, craignant d'avoir aggravé les ennuis de son ami.

— Il est sans doute plus heureux là où il est, murmura-t-elle. Pour l'instant, je préfère laisser la tribu croire qu'il est mort. »

Il la fixa, ahuri. Elle comptait mentir aux siens !

« Bien qu'il soit un grand chasseur, Griffe de Tigre a beaucoup de fierté, poursuivit-elle. Mieux vaut qu'il croie son apprenti tué au combat plutôt qu'en fuite. C'est aussi la meilleure solution pour Nuage de Jais.

— Parce que Griffe de Tigre risquerait de partir à sa recherche ? »

Étoile Bleue le croyait-elle donc un petit peu ? Mais elle secoua la tête, excédée.

« Non. Son ambition ne fait pas de lui un meurtrier. J'aime mieux qu'on voie en Nuage de Jais un héros mort au champ d'honneur plutôt qu'un traître, voilà tout. »

Quand l'appel du lieutenant retentit à nouveau, elle sauta du tronc pour se fondre dans la végétation. Cœur de Feu franchit d'un bond l'arbre abattu.

Il la rattrapa au bord d'un ruisseau. Il la regarda traverser en sautant d'une pierre à l'autre avant de la suivre avec précaution. La tête lui tournait. La vérité sur la mort de Plume Rousse le hantait depuis des jours. À présent, leur chef était au courant, et pourtant rien n'avait changé. Elle ne pensait pas Griffe de Tigre capable de tuer de sang-froid. Pire encore, Cœur de Feu lui-même doutait désormais de la parole de Nuage de Jais. Il atteignit la rive opposée et s'élança à travers les buissons.

Il fit halte derrière la reine. La troupe s'était arrêtée au sommet de la pente des Quatre Chênes, ces arbres immenses dressés dans un vallon où les membres des Clans se rencontraient en paix à chaque pleine lune.

Il sentait sa fourrure se hérisser sous le regard de Griffe de Tigre. Le chasseur au pelage sombre le soupçonnait-il d'avoir avoué son secret à Étoile Bleue ?

CHAPITRE 2

❦

ÉTOILE BLEUE S'ARRÊTA À L'ORÉE DE LA CLAIRIÈRE, lieu du rendez-vous ; derrière elle les siens s'alignèrent. Certains des membres du Clan de la Rivière et du Clan de l'Ombre se retournèrent pour les saluer. Plume Grise vint se placer à côté de son ami.

« Où étais-tu passé ? » lui chuchota-t-il.

Cœur de Feu secoua la tête.

« Ce n'est pas important. »

Encore troublé par sa discussion avec leur chef, il fut soulagé de voir son vieux complice explorer l'endroit au lieu d'insister, avant de s'exclamer :

« Oh, regarde ! Les chats du Clan de l'Ombre ont l'air plus robustes que je ne le pensais. Après tout, Étoile Brisée les avait laissés à moitié morts de faim. »

Le félin roux repéra lui aussi un guerrier ennemi au poil magnifique.

« Tu as raison, approuva Cœur de Feu, surpris.

— Normal, on s'est battus à leur place ! » s'esclaffa Plume Grise.

Le ronronnement amusé de Cœur de Feu fut interrompu par Tornade Blanche.

« Ces guerriers ont risqué leur vie comme nous pour chasser Étoile Brisée. Nous devrions au

39

contraire admirer leur volonté de se remettre de l'épreuve », déclara-t-il, sévère.

Puis il se dirigea vers un groupe de vétérans réunis sous l'un des grands chênes.

Les deux amis échangèrent un regard penaud.

Ils restèrent un peu en arrière. Cœur de Feu repéra sans difficulté les apprentis des autres tribus : leur fourrure douce comme celle d'un chaton, leur tête ronde, leurs pattes épaisses et maladroites les distinguaient des autres.

Deux matous s'approchèrent d'eux, suivis d'un novice brun de petite taille. Ils reconnurent le chasseur gris moucheté du Clan de l'Ombre, mais le mâle au poil charbonneux qui l'accompagnait leur était inconnu.

« Salut ! lança le premier.

— Salut, Goutte de Pluie, répondit Cœur de Feu.

— Je vous présente Griffe Noire, du Clan de la Rivière », annonça Goutte de Pluie.

Les deux amis s'inclinèrent en signe de bienvenue. Le plus jeune s'avança, timide.

« Et voici mon élève, Nuage de Chêne », ajouta le félin.

Le petit fixa sur ses aînés de grands yeux inquiets.

« Bon... Bonjour, Cœur de Feu », dit-il.

Il se vit récompensé par un signe de tête cordial.

« Alors, comme ça, Étoile Bleue a fait de vous des guerriers après la bataille, reprit le combattant du Clan de l'Ombre. Félicitations ! Vous avez dû avoir froid, le soir de votre veillée.

— Oh oui ! acquiesça Plume Grise.

— Qui est-ce ? » intervint son copain.

Une chatte au pelage doré tacheté de noir avait attiré son attention. Elle discutait avec Griffe de Tigre près du Grand Rocher dressé au centre de la clairière.

« Taches de Léopard, notre lieutenant », expliqua le chasseur du Clan de la Rivière.

Le chat roux se raidit en pensant à Cœur de Chêne, le prédécesseur de la reine, celui que Plume Rousse avait sans doute tué – contrairement aux affirmations de Griffe de Tigre.

À cet instant, Étoile Bleue bondit au sommet du bloc de pierre : la réunion allait commencer. Deux autres félins la rejoignirent, et l'un d'eux, un vieux mâle noir, invita l'assistance à se rassembler. Cœur de Feu le reconnut avec surprise : Lune Noire était-il donc devenu le chef du Clan de l'Ombre après la fuite d'Étoile Brisée ?

Une fois que tout le monde fut installé devant le Grand Rocher, Étoile Bleue prit la parole.

« Le Clan du Tonnerre a amené à cette Assemblée sa nouvelle guérisseuse, Croc Jaune », annonça-t-elle cérémonieusement.

Elle marqua une pause quand l'auditoire se tourna vers la vieille reine au poil épais et au museau aplati. Cœur de Feu la vit piétiner la terre compacte. Au début de son initiation, il avait passé presque une lune entière à soigner la femelle grise à son arrivée au camp. À présent, il devinait, à la façon dont elle remuait les oreilles, le malaise qu'elle ressentait face à la curiosité générale. L'ancienne guérisseuse du Clan de l'Ombre savait qu'on ne quittait pas souvent une tribu pour une autre. Son regard balaya lentement la foule ; il finit par croiser celui de Rhume des Foins, son remplaçant du Clan de l'Ombre. Il y eut une petite pause, puis ils échangèrent un signe de tête respectueux. Quand les oreilles de Croc Jaune se redressèrent, Cœur de Feu se détendit.

« Nous amenons aussi deux nouveaux chasseurs : Cœur de Feu et Plume Grise », reprit Étoile Bleue.

Le félin roux leva la tête avec fierté, mais en voyant l'attention se focaliser sur lui, il se mit à secouer la queue, soudain gêné.

Une ombre vint se placer devant Étoile Bleue sur la plus haute partie du rocher.

« Moi, Lune Noire, je suis désormais le chef du Clan de l'Ombre, proclama-t-il. Étoile Brisée, notre meneur, avait enfreint le code du guerrier : nous avons dû le chasser.

— Pas un mot sur notre rôle dans l'histoire, chuchota Plume Grise à Cœur de Feu.

— Les esprits de nos ancêtres ont parlé à Rhume des Foins et m'ont désigné pour lui succéder. Je ne me suis pas encore rendu à la Grotte de la Vie pour y recevoir les neuf vies accordées par le Clan des Étoiles, mais je compte faire le voyage demain, tant que la lune est encore pleine. Après ma veillée au pied de la Pierre de Lune, je deviendrai Étoile Noire.

— Où se trouve Étoile Brisée en ce moment ? demanda Pelage de Givre, la reine blanche du Clan du Tonnerre.

— Je pense qu'il a quitté la forêt avec les autres bannis. Il sait qu'il serait dangereux pour lui de tenter de revenir, répondit Lune Noire.

— J'espère bien », murmura la chatte à sa voisine, une reine brune grassouillette.

Le chef du Clan de la Rivière, Étoile Balafrée, s'avança à son tour.

« Espérons qu'Étoile Brisée a eu l'intelligence de renoncer définitivement à ces bois. Sa soif de pouvoir était une menace pour chacun d'entre nous. » Quand les cris d'approbation se turent, il continua. « Il était à la tête du Clan de l'Ombre, je lui ai donné le droit de chasser dans notre rivière. Aujourd'hui, bien sûr, cet accord ne tient plus. Ce gibier est le nôtre. »

Les siens poussèrent des miaulements de triomphe, mais Cœur de Feu vit le pelage de Lune Noire se hérisser. Celui-ci éleva la voix :

« Nos besoins n'ont pas changé. Nous avons beaucoup de bouches à nourrir. Tu avais passé un marché avec notre tribu ! »

Étoile Balafrée se dressa d'un bond et se tourna vers lui. Il coucha les oreilles en arrière en crachant ; l'assemblée se tut. Étoile Bleue s'interposa vivement :

« Le Clan de l'Ombre a subi de lourdes pertes. Vous êtes moins nombreux : avez-vous vraiment besoin de ce poisson ? »

Étoile Balafrée feula de nouveau, mais Lune Noire soutint son regard sans ciller.

« Vous venez de chasser votre chef et certains de vos chasseurs les plus accomplis ! reprit la reine grise d'un ton ferme. Ne soyez pas trop présomptueux. D'ailleurs, pour forcer le Clan de la Rivière à lui céder ses droits de chasse, Étoile Brisée avait enfreint le code du guerrier ! »

Quand Lune Noire sortit ses griffes, Cœur de Feu déglutit, paniqué. Étoile Bleue, elle, ne broncha pas. Ses yeux d'un bleu glacé scintillaient au clair de lune.

« Souviens-toi que le Clan des Étoiles ne t'a même pas encore accordé tes neuf vies, gronda-t-elle. Tu sembles bien sûr de toi pour oser faire de telles demandes... »

Tendu, Cœur de Feu sentit ses voisins se raidir. La foule attendait la réponse de Lune Noire, qui se détourna, furieux, et se mit à agiter la queue de droite à gauche.

La reine avait gagné. Sa voix se fit plus douce :

« Nous savons tous que vous avez beaucoup souffert ces dernières lunes. Le Clan du Tonnerre a promis de vous laisser en paix le temps de vous remettre. Je suis sûre qu'Étoile Balafrée acceptera d'en faire autant. »

Les yeux étrécis, l'intéressé acquiesça :

« Mais seulement tant que le Clan de l'Ombre ne pénètre pas sur notre territoire », gronda-t-il.

Cœur de Feu se détendit, sa fourrure hérissée retomba sur son échine. Maintenant qu'il savait ce qu'était un vrai combat, il admirait d'autant plus le courage de son chef face à ces deux grands guerriers. Des miaulements de soulagement et d'approbation s'élevèrent : la tension sur le Grand Rocher diminua soudain.

« Nous vous laisserons tranquilles, proclama Lune Noire. Étoile Bleue a raison : nous n'avons pas besoin de votre poisson. Nous pouvons chasser sur les hauts plateaux, puisque le Clan du Vent est parti. »

Étoile Balafrée le regarda, les yeux brillants.

« C'est vrai, approuva-t-il. Nous aurons davantage de proies. »

La reine grise releva soudain la tête.

« Non ! Le Clan du Vent doit revenir sur ses terres ! »

Les deux autres la fixèrent sans comprendre.

« Pourquoi ? s'étrangla Étoile Balafrée.

— Si nous partageons ces terrains de chasse, nos petits n'auront plus à manger ! renchérit Lune Noire.

— Quatre Clans doivent habiter la forêt, insista-t-elle. Comme il y a quatre chênes et quatre saisons, nos ancêtres nous ont donné quatre tribus. Il nous faut retrouver le Clan du Vent le plus vite possible et le ramener chez lui. »

Les chats du Clan du Tonnerre manifestèrent afin de soutenir leur chef, mais le hurlement impatient d'Étoile Balafrée mit fin au brouhaha.

« Ton argument ne tient pas, Étoile Bleue. Nous faut-il vraiment quatre saisons ? Nous nous passerions bien de celle des neiges, du froid et de la faim qui l'accompagnent ! »

Étoile Bleue demeura impassible.

« Le Clan des Étoiles nous a donné la saison des neiges pour laisser la terre se reposer et se préparer à celle des feuilles nouvelles. Ces bois, comme les hauts plateaux, ont permis à quatre tribus de survivre pendant des générations. Qui sommes-nous pour défier les guerriers d'autrefois ? »

Taches de Léopard, le lieutenant du Clan de la Rivière, intervint :

« Pourquoi nous affamer pour une tribu qui ne sait même pas défendre son territoire ?

— Étoile Bleue a raison ! Le Clan du Vent doit revenir ! répliqua Griffe de Tigre, qui se redressa de toute sa hauteur.

— Étoile Balafrée ! continua la chatte grise. Vos terrains de chasse sont connus pour leur richesse. Vous profitez de la rivière et des poissons qu'elle contient. Pourquoi vous faut-il d'autres proies ? »

Le guerrier au poil beige se détourna sans répondre. Les membres de sa tribu murmuraient entre eux, anxieux. Cœur de Feu se demanda si la question les avait insultés.

« Et toi, Lune Noire ! C'est Étoile Brisée qui a chassé le Clan du Vent de chez lui. » Étoile Bleue marqua une pause. « C'est pour ça que nous t'avons aidé à te débarrasser de lui. »

Sans en avoir l'air, elle rappelait à Lune Noire sa dette envers le Clan du Tonnerre. Le nouveau chef ferma les paupières à demi. Après un silence qui sembla durer une éternité, il les rouvrit et déclara :

« Très bien. Nous acceptons le retour du Clan du Vent. »

Étoile Balafrée détourna la tête avec colère, les yeux réduits à deux fentes noires.

« Deux d'entre nous sont d'accord, Étoile Balafrée, poursuivit la reine grise. Nous devons retrouver la quatrième tribu et l'inciter à revenir. Jusque-là, personne ne chassera sur ses terres. »

L'Assemblée commença à se disperser : chacun se préparait à rentrer chez lui. Un instant encore, Cœur de Feu resta immobile, observant les trois silhouettes sur le Grand Rocher. La reine effleura le nez de ses deux compagnons avant de descendre d'un bond. Étoile Balafrée se tourna vers Lune Noire. Le regard qu'ils échangèrent fit frissonner le jeune chasseur. Était-il possible que le Clan de l'Ombre renonce à soutenir ses anciens alliés ? Cœur de Feu regarda autour de lui. À la colère qui brillait dans les yeux de Griffe de Tigre, on sentait que la connivence des deux félins ne lui avait pas échappé non plus.

Cette fois, Cœur de Feu partageait les craintes de son lieutenant. Ce changement d'alliance semblait inattendu. Après le risque pris par sa tribu pour aider le Clan de l'Ombre à évincer son tyran, comment ces traîtres osaient-ils à présent prendre le parti du Clan de la Rivière ?

CHAPITRE 3

❧

ÉTOILE BLEUE PRIT LA TÊTE et les ramena à vive allure. Le bruit de leur retour réveilla leurs compagnons restés au camp. Quand le groupe se faufila à travers le tunnel d'ajoncs, des silhouettes endormies émergèrent de leurs tanières.

« Quelles nouvelles ? lança Demi-Queue.

— Le Clan de l'Ombre était là ? s'inquiéta Fleur de Saule.

— Oui », répondit leur chef avec gravité.

Elle fendit la foule et sauta sur le Promontoire. Elle n'eut pas besoin de pousser son appel au rassemblement : tous étaient déjà présents. Griffe de Tigre grimpa à côté d'elle.

« Une grande tension régnait entre les tribus, ce soir, annonça-t-elle. Et je crains désormais une coalition entre Étoile Balafrée et Lune Noire. »

Plume Grise se glissa à côté de Cœur de Feu.

« De quoi parle-t-elle ? s'étonna-t-il. Je croyais que le Clan de l'Ombre était d'accord avec nous.

— Lune Noire ? fit la voie chevrotante d'Un-Œil, au dernier rang.

— C'est leur nouveau chef, expliqua Étoile Bleue.

« — Mais son nom... Il n'a pas encore été accepté par le Clan des Étoiles ? insista l'ancienne.

— Il compte se rendre à la Pierre de Lune demain soir, répondit Griffe de Tigre.

— Aucun chef ne peut représenter sa tribu à une Assemblée sans l'approbation de nos ancêtres, marmonna Un-Œil, assez fort pour que tous puissent l'entendre.

— Il a le soutien de son Clan, répliqua Étoile Bleue. Nous ne pouvons pas ignorer ses paroles. »

La vieille chatte renifla d'un air renfrogné et sa cadette s'adressa à l'assistance.

« À la réunion de ce soir, j'ai suggéré de retrouver le Clan du Vent et de lui rendre son territoire. Malheureusement, Étoile Balafrée et Lune Noire ne souhaitent pas le voir revenir.

— Ils ne vont pas s'allier, quand même ? jeta Plume Grise. Ils ont failli se déchirer pour cette histoire de droits de chasse. »

Cœur de Feu se tourna vers son ami.

« Tu n'as pas vu les regards qu'ils ont échangés à la fin de l'Assemblée ? Ils meurent d'envie de s'emparer des hauts plateaux.

— Mais pourquoi ? » s'interrogea Nuage de Sable, assise à côté de Tornade Blanche.

C'est son mentor qui lui répondit.

« Je soupçonne le Clan de l'Ombre d'être moins affaibli – et Lune Noire plus ambitieux – que nous ne le pensions.

— Pourquoi le Clan de la Rivière convoiterait-il les terres du Clan du Vent ? Leur précieux poisson leur a toujours largement suffi ! s'exclama Fleur de

Saule. Pourquoi aller si loin chercher quelques lapins maigrichons ?

— À l'Assemblée, les anciens de leur tribu m'ont appris que des Bipèdes leur prenaient maintenant une partie de leur territoire, expliqua d'une voix chevrotante Plume Cendrée, une chatte autrefois très belle.

— C'est vrai, renchérit Pelage de Givre. Ils disaient que les poissons étaient dérangés par des hommes installés près du torrent. Ils doivent se contenter de les regarder, cachés dans les buissons, l'estomac vide ! »

Étoile Bleue paraissait pensive.

« Pour l'instant, veillons à ne rien faire qui puisse rapprocher le Clan de l'Ombre et le Clan de la Rivière. Allez vous reposer, à présent. Vif-Argent et Nuage de Poussière, vous prendrez la première patrouille, à l'aube. »

Un vent froid secouait les feuilles sèches. Les félins, discutant avec animation, regagnèrent leurs antres respectifs.

Pour la deuxième nuit de suite, Cœur de Feu fit un rêve étrange. Il était debout dans le noir. Le grondement et la puanteur d'un Chemin du Tonnerre semblaient tout proches. Les yeux scintillants des créatures qui passaient en rugissant l'aveuglaient, le vent de leur course le faisait reculer. Soudain, malgré le vacarme, il entendit le cri pitoyable d'un jeune chat. La plainte désespérée s'élevait au-dessus du fracas de la route.

Il se réveilla en sursaut. Un instant, il crut que le gémissement l'avait tiré du sommeil. Mais seuls retentissaient les ronflements des chasseurs couchés autour de lui. Du milieu de la tanière montait un grognement. On aurait dit Griffe de Tigre. Incapable de se rendormir, Cœur de Feu se glissa en silence hors du repaire.

Dehors, l'obscurité régnait, et les étoiles, dans le ciel sombre, indiquaient que l'aube était encore loin. Dans sa tête résonnait encore le geignement du chaton : il se dirigea vers la pouponnière, l'oreille aux aguets. Il percevait des bruits de pattes de l'autre côté des fortifications. Il huma l'air. Ce n'étaient qu'Éclair Noir et Longue Plume, en sentinelles.

Le calme du camp endormi l'apaisa. *Tout le monde doit faire des cauchemars à cause du Chemin du Tonnerre*, se dit-il. Il regagna son gîte, décrivit quelques cercles au-dessus de sa couche et se pelotonna. Plume Grise ronronna un instant dans son sommeil quand son camarade s'installa près de lui et ferma les yeux.

C'est le museau de Plume Grise fourré contre son flanc qui le réveilla.

« Laisse-moi tranquille, grogna-t-il.

— Debout !

— Pourquoi ? On n'est pas de corvée de patrouille ! protesta Cœur de Feu.

— Étoile Bleue veut nous voir dans sa tanière séance tenante. »

La cervelle embrumée, Cœur de Feu se leva et suivit son ami dehors. Le soleil commençait à colorer le ciel de rose et la gelée nacrait les arbres autour du camp.

Les deux guerriers traversèrent la clairière en quelques bonds et miaulèrent à voix basse pour s'annoncer à leur chef. De l'autre côté de la draperie de lichen, Griffe de Tigre leur répondit d'entrer.

L'estomac de Cœur de Feu se noua : Étoile Bleue avait-elle rapporté au lieutenant ses accusations de la veille ? Plume Grise pénétra à l'intérieur. Son compagnon le suivit, mal à l'aise.

La chatte trônait sur sa couche, la tête dressée, les yeux brillants. Le vétéran était campé au milieu de la caverne, sur le sol de grès. Le jeune chasseur s'efforça de déchiffrer son expression. En vain : le matou semblait aussi impassible que de coutume.

« Cœur de Feu, Plume Grise, j'ai une importante mission à vous confier, lança Étoile Bleue.

— Une mission ? répéta le chat roux.

— Je veux que vous retrouviez le Clan du Vent pour le ramener sur son territoire.

— Gardez la tête froide : n'oubliez pas que le danger est grand, maugréa Griffe de Tigre. Comme nous ignorons où est parti le Clan, vous allez devoir suivre ses traces... sans doute jusqu'en territoire hostile.

— Mais vous avez déjà traversé ses terres, en vous rendant avec moi à la Grotte de la Vie, fit remarquer Étoile Bleue. Vous connaissez donc son odeur, comme les champs et les bois habités par les Bipèdes, au-delà du plateau.

— Ne serons-nous que deux ?

— Nous avons besoin des autres guerriers au camp, rétorqua Griffe de Tigre. La saison des neiges arrive : il nous faut amasser autant de gibier que possible. Les proies vont disparaître pendant de nombreuses lunes.

— Griffe de Tigre vous aidera à vous préparer pour le voyage », ajouta la reine.

L'inquiétude rongeait Cœur de Feu : la confiance d'Étoile Bleue en son lieutenant semblait intacte. Pourquoi était-il le seul membre de la tribu à se méfier du vétéran ?

« Partez le plus tôt possible, conclut-elle. Bonne chance.

— Nous trouverons le Clan », lui promit Plume Grise.

Cœur de Feu se força à se concentrer sur le périple qui les attendait et s'inclina. Griffe de Tigre les suivit dehors.

« Vous vous rappelez comment vous rendre au territoire du Vent ?

— Oh oui ! On y était il y a à peine...

— À peine quelques *lunes* », le coupa le chat roux en hâte.

Il décocha à Plume Grise un regard sévère : il avait failli révéler leur aller-retour là-bas quelques jours plus tôt avec Nuage de Jais.

Griffe de Tigre hésita. Cœur de Feu retint son souffle. L'erreur était-elle passée inaperçue ?

« Vous vous souvenez de l'odeur de la tribu ? » finit par s'enquérir le vétéran.

Ils acquiescèrent. Cœur de Feu remercia en silence le Clan des Étoiles. Puis, il s'imagina en vadrouille au milieu des ajoncs, à la recherche du Clan disparu.

« Il vous faudra des herbes pour vous donner de la force et apaiser votre faim. Réclamez-les à Croc

Jaune avant votre départ. Et n'oubliez pas que Lune Noire prépare un voyage à la Pierre de Lune ce soir. Arrangez-vous pour ne pas croiser son chemin.

— Compris !

— Il ne décèlera pas notre présence, ajouta Plume Grise.

— J'espère bien, rétorqua Griffe de Tigre. Allez, filez ! »

Il s'éloigna sur ces mots.

« Il aurait pu au moins nous souhaiter bonne chance !

— Il pense sans doute qu'on n'en a pas besoin ! » plaisanta Cœur de Feu en se dirigeant vers la tanière de Croc Jaune.

Cela dit, songea-t-il, le lieutenant semblait les traiter avec le même respect qu'il manifestait aux autres chasseurs. *Se peut-il qu'il soit innocent des accusations de Nuage de Jais ?* Le froid restait mordant malgré le soleil levant, mais les deux amis ne frissonnaient pas : à mesure que les jours raccourcissaient, leur fourrure, elle, s'épaississait.

L'antre de la guérisseuse se trouvait à l'extrémité d'un tunnel de fougères. Un gros rocher fendu se dressait dans la clairière ombragée. Petite Feuille y avait vécu, autrefois. Au souvenir de la jolie chatte écaille, le cœur du jeune guerrier se serra. Depuis qu'elle avait été tuée par le Clan de l'Ombre, elle lui manquait terriblement.

« Croc Jaune ! s'écria Plume Grise. Nous sommes venus te demander des herbes, nous partons en mission ! »

Un miaulement rauque s'éleva de la pénombre et la vieille chatte s'extirpa de la fissure.

« Quelle mission ? s'enquit-elle.

— Retrouver le Clan du Vent pour le ramener sur son territoire, lui expliqua Cœur de Feu, très fier.

— Votre première tâche de chasseurs ! s'exclamat-elle. Félicitations ! Je vais vous apporter ce qu'il vous faut. » Elle revint quelques instants plus tard, une botte de feuilles séchées dans la gueule. « Régalez-vous ! » dit-elle en les posant sur le sol.

Obéissants, ils mâchèrent les pousses au goût amer.

« *Beurk !* s'étrangla Plume Grise. Aussi affreux que la dernière fois. »

Cœur de Feu acquiesça et fit une horrible grimace. Petite Feuille leur avait fait absorber des herbes semblables lors de leur périple jusqu'à la Grotte de la Vie avec Étoile Bleue.

La dernière bouchée avalée, Plume Grise donna un petit coup de museau à Cœur de Feu.

« Allez, espèce de limace ! En route ! Au revoir ! lança-t-il à Croc Jaune avant de quitter la clairière à fond de train.

— Attends-moi ! s'écria Cœur de Feu.

— Au revoir ! Bonne chance, mes petits ! » leur cria la guérisseuse.

Le chat roux entendait bruire dans la brise les fougères du tunnel. Il aurait juré qu'elles murmuraient :

« Bon voyage ! À bientôt ! »

CHAPITRE 4

♣

E<small>N SORTANT DU CAMP</small>, les deux guerriers faillirent renverser Tornade Blanche, qui emmenait Nuage de Sable et Vif-Argent en forêt pour une patrouille matinale.

« Désolé ! » s'écria Cœur de Feu, haletant.

Plume Grise s'arrêta à côté de lui. Le vétéran s'inclina.

« J'ai appris que vous partiez en mission, dit-il.

— Oui, répondit Cœur de Feu.

— Que le Clan des Étoiles vous protège ! conclut Tornade Blanche d'un air grave.

— Pourquoi ? s'exclama Nuage de Sable, moqueuse. On vous envoie chasser le campagnol ? »

Vif-Argent, un chat pommelé au corps bien découplé, se pencha pour lui murmurer quelques mots à l'oreille. L'expression de la novice aux yeux verts passa du mépris à une prudente curiosité.

Quand les éclaireurs s'écartèrent afin de les laisser passer, les deux chasseurs gravirent à la hâte la pente escarpée du ravin.

Ils parlèrent très peu sur le chemin des Quatre Chênes : ils économisaient leur souffle en prévision du long périple qui les attendait. Hors d'haleine après la rude ascension, ils firent halte au sommet du coteau, de l'autre côté de la clairière où se tenaient les Assemblées.

« Il y a toujours autant de vent, ici ? grommela Plume Grise, la fourrure ébouriffée afin de se protéger de la bise.

— Il n'y a aucun arbre pour l'arrêter », répliqua Cœur de Feu, les yeux plissés.

Ils étaient sur le territoire du Vent. En humant l'air, il détecta une odeur suspecte.

« Tu sens ? Il y a des guerriers du Clan de la Rivière, on dirait, murmura-t-il, mal à l'aise.

— Non, répondit son ami. Tu crois qu'ils pourraient être dans les parages ?

— Possible. Ils veulent peut-être profiter de l'absence du Clan du Vent, surtout s'ils savent qu'il sera bientôt de retour.

— Je ne décèle rien pour l'instant », chuchota le matou cendré.

Sur le qui-vive, ils progressèrent le long d'une piste de tourbe gelée abritée par la bruyère. Une autre odeur fit s'arrêter net Cœur de Feu.

« Tu l'as sentie, cette fois ? souffla-t-il à son camarade.

— Oui, lui glissa Plume Grise, tapi contre le sol. Le Clan de la Rivière ! »

Cœur de Feu se ramassa sur lui-même, attentif à ne pas laisser ses oreilles dépasser de la végétation. À côté de lui, son compagnon tendit le cou pour jeter un coup d'œil au-dessus des broussailles.

« Je les vois. Ils chassent. »

Le félin roux leva lui aussi la tête afin de les épier.

Quatre guerriers ennemis poursuivaient un lapin à travers un bouquet d'ajoncs. Il reconnut Griffe Noire, rencontré à l'Assemblée. Le mâle au pelage charbonneux bondit, toutes griffes dehors, mais en vain : la bête avait filé dans son terrier.

Les deux jeunes guerriers se baissèrent encore, le ventre collé contre le sol glacé.

« Ils ne sont pas très doués ! marmonna Plume Grise, dédaigneux.

— J'imagine qu'ils sont plus habitués à attraper du poisson », chuchota Cœur de Feu.

Son nez tressaillit : l'odeur d'un lapin terrifié qui se rapprochait. Affolé, le matou entendit le groupe s'élancer à la poursuite de la proie.

« Ils viennent par ici ! Cachons-nous !

— Suis-moi. Il y a des blaireaux par là.

— Des blaireaux ? Et ce n'est pas dangereux ? »

Cœur de Feu savait que Demi-Queue devait son nom à sa rencontre avec l'un de ces animaux grincheux.

« Ne t'inquiète pas. Leur trace est très marquée, mais elle remonte à un bout de temps. Il doit y avoir une vieille tanière dans le coin. »

Cœur de Feu renifla : il repéra une odeur forte, semblable à celle d'un renard.

« Tu es sûr qu'elle est abandonnée ?

— On le saura bien assez vite. Viens, il faut qu'on file », répliqua Plume Grise.

Il le mena ventre à terre à travers les buissons. Le bruissement des hautes herbes les avertit que leurs ennemis n'étaient plus très loin.

« C'est ici ! » Plume Grise écarta une touffe de bruyère pour dévoiler un trou sableux dans le sol.

« Glisse-toi à l'intérieur ! Cette senteur masquera la nôtre. On attendra là qu'ils s'éloignent. »

L'un après l'autre, ils se faufilèrent en hâte dans la cavité sombre. La puanteur du blaireau les prit à la gorge.

Des bruits de pattes résonnèrent au-dessus de leurs têtes. Ils retinrent leur souffle quand la troupe fit halte.

« Un terrier de blaireau ! » annonça l'un des guerriers d'une voix rauque.

C'était Griffe Noire. Un autre lui répondit :

« Il est abandonné ? Et si le lapin s'était caché à l'intérieur ? »

Dans le noir, Cœur de Feu sentit se hérisser l'échine de son ami. Lui-même sortit ses griffes, fixant l'entrée de la galerie, prêt à se battre si l'ennemi décidait d'y pénétrer.

« Attendez ! La piste repart par là », s'exclama Griffe Noire.

Ils entendirent la petite bande détaler aussitôt. Le chat cendré relâcha sa respiration.

« Tu crois qu'ils sont partis ?

— Attendons encore un peu, histoire de nous assurer qu'il n'y a pas de retardataire. »

Dehors, le silence était revenu. Plume Grise poussa Cœur de Feu du bout du museau.

« Allons-y ! » lança-t-il, avant de sortir en premier.

Aucun signe de la patrouille. Une brise fraîche chassa la puanteur du blaireau.

« Nous devrions chercher le camp du Vent, suggéra Cœur de Feu. C'est le meilleur endroit pour relever leur piste.

— D'accord. »

Ils avancèrent avec précaution dans les broussailles, la gueule entrouverte afin de mieux déceler la trace d'autres chasseurs du Clan de la Rivière. Ils s'arrêtèrent au pied d'un large rocher plat qui s'élevait en pente abrupte au-dessus de la végétation environnante.

« Je monte jeter un coup d'œil ? proposa Plume Grise. Ma fourrure se fondra davantage sur la pierre.

— Vas-y, mais garde la tête baissée. »

Parvenu au sommet, Plume Grise explora les alentours avant de redescendre en vitesse.

« Il y a un creux par là-bas, haleta-t-il. Je distingue un trou dans la bruyère.

— Allons-y. C'est peut-être le camp.

— Il y a des chances. Ce doit être le seul endroit du plateau abrité du vent. »

Cœur de Feu prit la tête et regarda par-dessus le rebord.

Il percevait de nombreuses odeurs différentes, toutes du Clan du Vent, jeunes et vieilles, mâles et femelles, ainsi qu'un léger fumet de gibier en décomposition. Ce devait être le camp abandonné.

Il dévala la pente à grands bonds et se fraya un chemin parmi les taillis. Les épines des arbrisseaux s'accrochaient à sa fourrure, lui éraflaient les oreilles. Ses yeux le picotaient. Derrière lui, il entendait Plume Grise ronchonner parce que les branches lui égratignaient le nez. Les deux félins finirent par déboucher dans une clairière. Le sol sableux avait été tassé par d'innombrables passages. À l'autre bout se dressait un rocher, poli par des vents âpres pendant des lunes et des lunes.

« C'est bien leur camp, pas de doute ! » s'exclama Cœur de Feu.

Plume Grise frotta son museau douloureux de la patte.

« Je n'en reviens pas qu'Étoile Brisée soit parvenu à les chasser d'un endroit aussi bien protégé !

— On dirait qu'ils se sont bien défendus », ajouta son camarade, en remarquant, surpris, les ravages visibles dans la clairière.

Des touffes de poils jonchaient le sol, des taches de sang maculaient le sable. On avait sorti les couches des tanières pour les déchiqueter. Et partout, l'odeur ténue du Clan de l'Ombre se mêlait à celle de la peur des guerriers du Vent.

Cœur de Feu frissonna.

« Cherchons leur piste », lança-t-il.

Il commença à renifler, très concentré, et s'avança pour suivre les senteurs les plus marquées. Plume Grise le suivit jusqu'à une brèche étroite pratiquée dans le mur d'ajoncs et s'y glissa après lui en marmonnant :

« Les membres du Clan du Vent doivent être plus petits que dans mon souvenir ! »

Cœur de Feu lui jeta un regard amusé. Les effluves étaient à présent très nets : ceux de la tribu, mais aigres et brouillés, comme si une foule de chats apeurés étaient passés par là. Il baissa la tête.

« C'est la bonne direction », grimaça-t-il d'un air sombre.

Deux lunes de pluie et de vent n'avaient pas suffi à effacer les traces de souffrance. Il s'imaginait sans difficulté les guerriers battus et blessés fuir leur camp. Soudain ivre de colère, il suivit son compagnon.

La voie les mena de l'autre côté du plateau, où ils s'arrêtèrent pour reprendre leur souffle. Devant eux, le sol descendait en pente abrupte vers les champs cultivés par les Bipèdes. Au loin, là où le soleil descendait vers l'horizon, se dressaient les pics des Hautes Pierres.

« Je me demande si Lune Noire est déjà là-bas », murmura Cœur de Feu.

Dans un tunnel, sous la montagne, se trouvait la Pierre de Lune, où les chefs de chaque tribu partageaient les rêves du Clan des Étoiles.

« En tout cas, il ne faudrait pas qu'on le croise ici ! » répondit Plume Grise en désignant de la queue le vaste territoire des hommes. Ce sera déjà assez difficile comme ça d'éviter les Bipèdes, les rats et les chiens ! »

Son ami acquiesça. Il repensait à leur dernier trajet à travers ces terres hostiles, avec leur chef et Griffe de Tigre. Ils avaient failli succomber à une attaque de rongeurs et avaient été sauvés au dernier moment par l'arrivée de Gerboise, le solitaire. Étoile Bleue y avait perdu l'une de ses neuf vies : le souvenir du combat était aussi vif que la piqûre d'une fourmi rouge. Un miaulement interrompit le cours de ses pensées.

« Tu crois qu'on retrouvera la trace de Nuage de Jais, là-bas ?

— Je l'espère », rétorqua Cœur de Feu d'un air grave.

Ils n'avaient pas revu le bout de la queue du chat

noir depuis ce fameux soir d'orage sur les hauts plateaux. Le petit apprenti avait-il pu rejoindre Gerboise sans encombre ?

Ils descendirent la pente, le nez sur chaque touffe afin de ne pas perdre la piste.

« Je n'ai pas l'impression qu'ils se dirigeaient vers les Hautes Pierres », fit remarquer Plume Grise.

Les traces les conduisaient sur leur gauche, vers un grand pré. Comme les fuyards avant eux, ils restèrent près des arbres qui en marquaient la limite. À l'autre extrémité du champ, ils se retrouvèrent sur un chemin entretenu par les Bipèdes qui traversait un bosquet.

« Regarde ! » s'écria le chat cendré.

Des tas d'os de gibier blanchis au soleil étaient disséminés çà et là parmi les broussailles. Des couches de mousse avaient été installées sous les plus gros buissons de ronces.

« Ils ont dû essayer de s'établir ici.

— Je me demande pourquoi ils sont repartis, s'étonna le guerrier gris en humant l'air. Ces odeurs datent déjà. »

Cœur de Feu haussa les épaules et ils reprirent leur progression vers une haie épaisse. Ils parvinrent à grand-peine à se glisser de l'autre côté, sur un bas-côté tapissé d'herbe. Il bordait un étroit fossé qui les séparait d'un large chemin de terre rouge.

Plume Grise le franchit avec agilité. Le chat roux regarda autour de lui et se raidit soudain : il avait reconnu un bâtiment au loin.

« Attends ! s'écria-t-il.

— Qu'y a-t-il ? »

Cœur de Feu désigna sa découverte du museau.

« Regarde cette tanière de Bipèdes là-bas ! On est sans doute sur le territoire de Gerboise. »

Les oreilles de Plume Grise s'agitèrent, trahissant sa nervosité.

« C'est là que vivent les chiens ! Mais le Clan du Vent a emprunté cette voie, pas de doute. Dépêchons-nous. Il faut qu'on passe devant avant le coucher du soleil. »

Cœur de Feu s'en souvenait parfaitement : le solitaire leur avait expliqué que les hommes lâchaient leurs deux molosses la nuit. Le soleil descendait déjà vers les pics déchiquetés des Hautes Pierres. Il hocha la tête.

« Ce sont peut-être les chiens qui ont chassé des bois le Clan du Vent. » Soudain inquiet, il songea au petit chat noir dont il avait partagé l'initiation. « Tu crois qu'il a pu retrouver Gerboise ?

— Qui ça ? Nuage de Jais ? Pourquoi pas ? Nous sommes bien arrivés jusqu'ici ! Ne le sous-estime pas. Tu te souviens de la fois où Griffe de Tigre l'a envoyé chasser aux Rochers aux Serpents ? Il est revenu avec une vipère ! »

Cœur de Feu s'esclaffa à ce souvenir, avant de s'élancer derrière Plume Grise. Ils traversèrent le sentier et les buissons qui le bordaient de l'autre côté.

Un chien aboya comme un forcené dans le repaire des Bipèdes, mais ses grognements furieux s'estompèrent vite. Au coucher du soleil, la température baissa soudain et l'herbe commença à se couvrir de givre.

« On continue ou pas ? demanda Plume Grise. Et si la piste nous mène tout de même aux Hautes Pierres ? Lune Noire s'y trouve sûrement, maintenant. »

Cœur de Feu leva le nez pour renifler les feuilles des fougères. L'odeur du Clan du Vent, l'odeur acide de la peur, assaillit ses narines.

« On continue. On s'arrêtera quand on y sera obligés. »

La brise fraîche apportait une autre odeur, celle d'un Chemin du Tonnerre. Plume Grise fit la grimace : lui aussi l'avait perçue. Ils échangèrent un regard consterné avant de poursuivre leur route. La puanteur s'accentua ; ils finirent par entendre le grondement des monstres dans le lointain. Quand ils atteignirent la haie qui longeait le large ruban de pierre grise, les traces du Clan du Vent étaient devenues imperceptibles.

Hésitant, Plume Grise s'arrêta pour humer les alentours, mais Cœur de Feu, lui, n'avait pas perdu la piste. Il se glissa dans l'obscurité jusqu'à un endroit où le feuillage semblait moins épais.

« Ils se sont abrités ici », annonça-t-il.

Il imaginait les félins terrifiés observer l'asphalte à travers la végétation.

« C'est sans doute la première fois qu'ils voyaient un Chemin du Tonnerre », dit Plume Grise, venu se planter à côté de lui.

Cœur de Feu le regarda, surpris.

« Ils ne patrouillaient pas à leurs frontières ?

— Tu as vu leur territoire : il est plutôt sauvage et stérile, on n'y attrape pas facilement de gibier. À mon avis, ils ne pensaient pas qu'une autre tribu se donnerait la peine d'y chasser. Après tout, le Clan de la Rivière a son torrent et, les bonnes années, nos forêts sont très giboyeuses[1], alors qui voudrait de leurs lapins maigrichons ? »

De l'autre côté des buissons, une créature passa en rugissant, les yeux luisants. Les deux félins tressaillirent quand le vent de sa course ébouriffa leur pelage malgré la protection des arbustes. Quand le bruit se fut éloigné, ils se relevèrent avec précaution et flairèrent le pied de la haie.

« La piste passe là-dessous. »

Cœur de Feu se coula sur la bande d'herbe qui bordait le Chemin du Tonnerre, suivi de son camarade. Là, l'odeur disparaissait brusquement.

« Soit ils ont fait demi-tour, soit ils ont traversé, reprit-il. Occupe-toi de ce côté, je cherche en face. »

Il s'efforçait de rester calme, mais avec la fatigue, le désespoir commençait à l'envahir. Ils ne pouvaient pas avoir perdu leur trace maintenant. Pas après l'avoir suivie si loin !

---

1. Giboyeux : où le gibier abonde. (*N.d.T.*)

CHAPITRE 5

♣

Cœur de Feu attendit que les alentours rede-
viennent calmes. Alors seulement, il s'avança
jusqu'au bord du Chemin du Tonnerre qui s'étirait
devant lui. L'odeur le prenait à la gorge, mais il n'y
avait pas un bruit. Il s'élança en trombe. Sous ses
pattes, le sol était froid et lisse. Il ne s'arrêta qu'une
fois parvenu de l'autre côté.

Souillé par l'odeur âcre du bitume et des monstres, l'air empestait. Le félin se dirigea vers la paroi
feuillue. Toujours aucune trace du Clan du Vent.
Son cœur se serra.

Une créature passa soudain à toute vitesse : il
sursauta, terrorisé. Il se faufila sous la haie avant
de s'accroupir, tremblant, sans savoir que faire.

Il décela alors une trace ténue, portée par le vent
soulevé sur le passage de la bête de fer. La tribu
était passée par là !

Il appela Plume Grise à tue-tête. Au bout d'un
instant, il entendit son ami le rejoindre sur le
Chemin du Tonnerre.

« Tu as retrouvé leur trace ? haleta le matou
cendré.

« — Je n'en suis pas sûr. J'ai senti quelque chose, mais je ne sais pas exactement où reprend la piste. »

Cœur de Feu traversa la haie, son camarade derrière lui. Il indiqua du museau les champs qui s'étendaient au-delà.

« Tu sais ce qu'il y a, là-bas ?

— Non. Je ne pense pas qu'aucun d'entre nous soit jamais allé si loin.

— Sauf le Clan du Vent », murmura Cœur de Feu.

Loin des fumées du Chemin du Tonnerre, la piste reprenait, soudain très nette. La tribu était passée là, pas de doute. Ils s'engagèrent dans le champ, à travers les hautes herbes.

« Cœur de Feu ! s'écria Plume Grise, inquiet.

— Quoi ?

— Regarde ! »

Le jeune guerrier s'arrêta, la tête levée. Il vit un ruban d'asphalte, devant eux, suspendu loin au-dessus de leurs têtes sur de grands piliers de pierre, illuminé par les yeux des monstres qui le parcouraient. Une deuxième route courait au-dessous de la première, tournait et disparaissait dans l'obscurité. Le chat cendré montra un grand chardon.

« Et renifle-moi un peu ça ! »

Cœur de Feu huma la plante. Un chasseur du Clan du Vent y avait marqué son territoire très récemment !

« Ils ont dû s'installer tout près ! » marmonna Plume Grise, incrédule.

L'angoisse tordit l'estomac de Cœur de Feu. Les deux félins se regardèrent en silence un moment.

70

Puis ils reprirent leur progression vers la chaussée à l'odeur abominable.

« Pourquoi le Clan du Vent choisirait-il un endroit pareil ?

— Même Étoile Brisée ne les aurait pas suivis jusqu'ici », répondit le chat roux, l'air sombre.

Il s'arrêta. Une idée le troublait. Son compagnon fit halte à côté de lui.

« Qu'y a-t-il ?

— S'ils se cachent si près du Chemin du Tonnerre, c'est qu'ils ont peur qu'on les trouve. Ils nous feront davantage confiance si nous les abordons au grand jour, plutôt que si nous leur tombons dessus en pleine nuit.

— Alors, on peut se reposer ? soupira Plume Grise en s'asseyant pesamment.

— Jusqu'au lever du soleil seulement. On va se dénicher un abri pour dormir. Tu as faim ? » Son ami secoua la tête. « Moi non plus. Je ne sais pas si c'est grâce à ces herbes ou si c'est l'odeur du Chemin du Tonnerre qui me donne envie de vomir. »

Plume Grise jeta un coup d'œil autour de lui.

« On s'installe où ? »

Cœur de Feu avait déjà repéré une ombre noire sur le sol, devant eux.

« Qu'est-ce que c'est ?

— Un terrier ? » Plume Grise semblait perplexe. « C'est trop grand pour un lapin. Ce n'est tout de même pas la tanière d'un blaireau !

— Allons voir. »

Tapissée de roche lisse, la cavité était même plus large que le gîte d'un renard. Cœur de Feu la renifla avant d'approcher avec précaution sa patte avant, puis regarda à l'intérieur, plus méfiant que jamais. La galerie de pierre s'enfonçait dans la terre.

« Je sens un courant d'air, annonça-t-il. Le tunnel doit remonter de l'autre côté. »

Il ressortit la tête du passage et indiqua du bout du museau l'enchevêtrement de Chemins du Tonnerre.

« Il est vide ? s'enquit Plume Grise.

— À l'odeur, on dirait bien.

— Alors viens. »

Plume Grise entra le premier. Au bout de quelques pas, la pente diminuait.

Cœur de Feu fit halte afin de humer l'air humide. Il ne distinguait que l'odeur des monstres. Un grondement résonna au-dessus de sa tête, ses pattes tremblèrent sur le sol qui vibrait. Le Chemin du Tonnerre était-il donc là-haut ? Il ébouriffa sa fourrure pour se protéger des vents coulis et sentit le pelage de son camarade le frôler : le chat cendré tournait sur lui-même, prêt à se coucher. Le jeune guerrier l'imita, avant de se blottir contre lui. Il ferma ses yeux larmoyants et se rappela la douce brise qui soufflait dans la forêt, le bruissement des feuilles. Son épuisement gagna un instant sur le mal du pays, puis il se laissa envahir par le sommeil.

Quand il rouvrit les yeux, une lumière grisâtre filtrait par l'ouverture du boyau. L'aube ne tarderait plus. Courbatu d'avoir passé la nuit sur le sol glacé, il donna un petit coup de museau à Plume Grise.

« C'est déjà le matin ? grommela son ami.

— Presque. »

Aussitôt étirés, les deux chats se levèrent.

« Je pense qu'on devrait essayer par là, suggéra le chasseur roux, la tête tournée vers le fond de la galerie. Ce tunnel doit passer au-dessous du Chemin du Tonnerre. Il pourrait nous rapprocher du... »

Il s'interrompit. Il ne savait pas comment décrire l'enchevêtrement de routes vu la veille. Plume Grise acquiesça, et ils s'aventurèrent sans bruit dans l'obscurité.

Bientôt, Cœur de Feu distingua une lueur devant eux. Ils accélérèrent l'allure sur un petit raidillon qui les mena à l'air libre, dans la lumière grise de l'aurore.

Ils ressortirent au milieu d'un autre terrain vague, couvert d'herbe sale et sèche. De part et d'autre couraient deux Chemins du Tonnerre ; un troisième s'élevait au-dessus de leurs têtes. Au milieu de la friche brûlait une flambée autour de laquelle étaient étendus quelques Bipèdes. L'un d'eux s'étira et roula sur le côté. Un autre grogna dans son sommeil, mais le bruit et la puanteur du bitume ne semblaient pas les déranger.

Le guerrier, qui les fixait avec méfiance, s'arrêta net en apercevant des silhouettes noires qui passaient et repassaient devant les flammes. Des chats ! Le Clan du Vent ? Le souvenir de son rêve lui revint : le fracas du Chemin du Tonnerre, l'image des félins et du brasier, et le murmure de Petite Feuille : « Le feu sauvera notre Clan. »

Ses pattes se mirent à trembler. Le destin de sa tribu était-il lié à celui du Clan du Vent ?

« Cœur de Feu ? Cœur de Feu ! »

La voix de son ami le ramena à la réalité. Il inspira à fond pour se calmer.

« Trouvons Étoile Filante, il faut lui parler, déclara-t-il.

— Tu penses que c'est eux ?

— Qui d'autre ? Tu as bien senti leur odeur sur ce chardon. »

Plume Grise le considéra, triomphant, les yeux brillants.

« On les a trouvés ! »

Cœur de Feu acquiesça, sans lui faire remarquer que c'était là seulement la moitié de leur mission. Il fallait encore les convaincre que rentrer chez eux était sans risque. Plume Grise se ramassa sur lui-même, prêt à bondir.

« Allons-y !

— Attends un peu. Il ne faut pas leur faire peur. »

À cet instant, un des Bipèdes se redressa brusquement et se mit à hurler sur les bêtes faméliques. Ses vociférations réveillèrent ses deux compagnons, qui crièrent aussi.

Les chasseurs du Clan du Vent se dispersèrent aussitôt. Cœur de Feu et Plume Grise s'élancèrent à leur poursuite, toute prudence oubliée. La fourrure hérissée de frayeur, Cœur de Feu se précipita vers le feu et les trois hommes. Son instinct le poussait à rester à distance respectueuse, mais il n'osait pas perdre de vue les chasseurs.

L'un des Bipèdes se releva, les jambes flageolantes, juste devant lui. Affolé, le chat roux dérapa en soulevant un nuage de poussière. Il y eut une explosion près de lui : une pluie d'éclats coupants le bombarda sans parvenir à le blesser à travers son épaisse fourrure. Inquiet pour son ami, il jeta un coup d'œil derrière lui. Il fut soulagé de le voir tout proche, les yeux emplis de peur, les poils dressés sur l'échine.

Ils se précipitèrent à l'abri des ombres qui s'étendaient sous le Chemin du Tonnerre suspendu. Devant eux, les guerriers du Clan du Vent s'arrêtèrent au pied d'un des immenses piliers. Puis, un par un, ils disparurent.

« Où sont-ils passés ? s'exclama Plume Grise, abasourdi.

— Un autre tunnel, peut-être ? Allons voir ! »

Prudemment, ils approchèrent de l'endroit où la petite bande s'était volatilisée. Ils aperçurent un trou creusé dans la terre. Comme leur refuge, la veille au soir, le boyau rond et tapissé de pierre s'enfonçait dans le noir.

Cœur de Feu y entra le premier, tous les sens en alerte de crainte de tomber sur une patrouille du Clan du Vent. Sous ses pattes, le sol était trempé et visqueux ; on entendait de l'eau ruisseler en permanence. La galerie cessa de descendre : la gueule entrouverte, il dressa l'oreille. L'air humide apportait des relents de renfermé, pires que ceux du souterrain où ils avaient passé la nuit. Là, les fumées du Chemin du Tonnerre se mêlaient à l'odeur de peur des félins.

Même s'il faisait trop sombre pour y voir à deux pas, au bout de quelques instants, Cœur de Feu perçut grâce à ses moustaches que la galerie faisait un coude. Il effleura son ami du bout de la queue. Plume Grise comprit le signal, car il s'arrêta à côté de lui.

Devant eux, le passage était éclairé par un trou étroit pratiqué dans la voûte, ouvert sur le terrain vague qui les surplombait. De nombreux chats étaient blottis les uns contre les autres dans la lumière blafarde : guerriers et anciens, reines et petits, tous terriblement efflanqués. Le courant d'air froid qui soufflait sans discontinuer par la brèche du plafond soulevait la fourrure sur leurs corps décharnés. Cœur de Feu frémit : la brise apportait une odeur de maladie et de charogne.

Soudain, le tunnel trembla. Là-haut passait un monstre. Les deux chats, très tendus, sursautèrent, mais leurs congénères n'eurent aucune réaction. Ils restèrent recroquevillés, les yeux mi-clos, indifférents à leur environnement.

Le bruit s'estompa. Cœur de Feu inspira à fond et s'avança.

Un mâle gris se retourna aussitôt, l'échine hérissée, pour donner l'alerte d'un miaulement au reste de la tribu. D'un seul mouvement, les guerriers s'alignèrent en travers de la galerie, devant les chattes et les doyens, le dos rond, avec des crachements féroces.

Rempli d'appréhension, Cœur de Feu voyait luire leurs griffes et leurs crocs pointus. Les chasseurs à demi morts de faim s'apprêtaient à livrer bataille.

CHAPITRE 6

🍀

Cœur de Feu se pressa contre son camarade, qui l'avait suivi à découvert, afin de le mettre en garde. S'ils voulaient survivre, ils ne devaient pas se montrer menaçants.

Les combattants du Clan du Vent demeurèrent où ils étaient, sans bouger un muscle. *Ils attendent un signal de leur chef*, songea le chat roux. *Ils suivent toujours le code du guerrier, malgré leurs conditions de vie.*

Un chat noir et blanc fendit la ligne défensive. Médusé, Cœur de Feu reconnut le mâle à longue queue de son rêve. Il devait s'agir d'Étoile Filante, le chef du Clan du Vent.

Le mâle huma l'air, mais les jeunes chasseurs étaient sous le vent, et la brise emportait leur odeur. Il s'approcha donc d'eux, sa fourrure imprégnée d'une puanteur de charogne, et leur tourna autour en les reniflant de près. Les deux félins restèrent immobiles comme des statues, les yeux baissés.

Étoile Filante rejoignit enfin les siens. « Le Clan du Tonnerre », murmura-t-il. Toute la troupe se détendit, sans pour autant baisser sa garde.

Étoile Filante pivota vers les visiteurs et s'assit,

la queue soigneusement enroulée autour de ses pattes.

« J'attendais le Clan de l'Ombre, grommela-t-il, les prunelles brûlant d'animosité. Que venez-vous faire ici ?

— Nous sommes venus vous chercher, expliqua Cœur de Feu, dont la voix se brisa tant il était nerveux. Étoile Bleue et les autres chefs souhaitent votre retour. »

Le chat ne se montra pas moins méfiant.

« Les miens ne sont plus en sécurité sur notre territoire. »

Devant son air traqué, Cœur de Feu sentit son cœur se serrer.

« Le Clan de l'Ombre a chassé Étoile Brisée, répondit-il. Il ne représente plus aucune menace. »

Les combattants se regardèrent et des murmures surpris s'élevèrent.

« Il vous faut rentrer le plus tôt possible, poursuivit Cœur de Feu. Le Clan de l'Ombre et le Clan de la Rivière commencent à chasser sur les hauts plateaux. En venant, nous avons aperçu une patrouille près du vieux terrier de blaireau. »

Les poils se dressèrent sur l'échine d'Étoile Filante.

« Mais ce sont de mauvais chasseurs de lapin, ajouta Plume Grise. Je crois qu'ils sont rentrés chez eux bredouilles. »

Le chef et sa tribu ronronnèrent de satisfaction. Leur bonne humeur, malgré leur piteux état, remonta un peu le moral de Cœur de Feu.

Ils allaient trouver le chemin du retour très long et bien pénible.

« Pouvons-nous faire le voyage avec vous ? » demanda-t-il, respectueux.

Les yeux d'Étoile Filante luirent dans l'ombre. Il savait que la question était une offre de soutien déguisée. Il rendit son regard au jeune chasseur.

« Oui, finit-il par répondre. Merci. »

Le félin roux se rappela qu'il ne s'était pas encore présenté.

« Voici Plume Grise, déclara-t-il en s'inclinant. Je suis Cœur de Feu. Nous appartenons au Clan du Tonnerre.

— Cœur de Feu », répéta Étoile Filante, songeur. La lumière du soleil se déversait à présent dans le tunnel sombre et faisait resplendir la fourrure rousse. « Le nom est bien choisi. »

Une autre créature passa dans un fracas assourdissant au-dessus d'eux. Les deux visiteurs tressaillirent, sous le regard amusé du chef, qui agita la queue. Il devait s'agir d'un signal, car les guerriers rompirent les rangs derrière lui.

« Nous partons sur-le-champ », annonça Étoile Filante en se levant. Les combattants se dispersèrent parmi les reines et les anciens. « Tout le monde est en état de voyager ?

— Oui, sauf le petit de Belle-de-Jour, rétorqua un guerrier à la fourrure tachetée de brun. Il est encore trop jeune.

— Nous le porterons à tour de rôle », décida Étoile Filante.

Le Clan entier se mit en route. Les regards trahissaient douleur et épuisement. Avec délicatesse, une femelle écaille attrapa un nouveau-né par la

peau du cou. Les yeux du minuscule animal étaient
à peine ouverts.

« Prêts ? » s'enquit Étoile Filante.

Un chat noir à la patte tordue inspecta rapidement le groupe et répondit :

« Prêts. »

Cœur de Feu et Plume Grise repartirent vers
l'entrée du tunnel, d'où ils observèrent les félins
émerger en clignant des paupières à la lumière du
jour – certains des anciens cillèrent si longtemps
qu'on devinait qu'ils n'avaient pas quitté le boyau
depuis un long moment. Leur chef sortit de la
galerie en dernier et prit la tête du groupe.

« Voulez-vous que nous vous indiquions par où
nous sommes venus ? lui demanda Cœur de Feu.
Je crois que c'est un raccourci.

— Est-ce sans danger ? interrogea Étoile Filante,
anxieux.

— Nous n'avons rencontré aucun obstacle », lui
répondit Plume Grise.

Le chef agita la queue d'un air décidé, comme
pour balayer ses doutes.

« Très bien, déclara-t-il. Viens, Plume Grise. Tu
vas me montrer le chemin. Toi, Cœur de Feu, reste
avec la tribu. Si tu détectes le moindre péril,
informes-en mon lieutenant.

— Où est-il ? »

Le grand guerrier désigna le mâle au pelage noir.

« Patte Folle », lança-t-il.

En entendant son nom, le chasseur se tourna et
dressa les oreilles. Cœur de Feu inclina la tête en
guise de salut. Il laissa son camarade en compagnie
d'Étoile Filante et rejoignit les autres.

Lorsque la troupe se glissa sous le Chemin du Tonnerre suspendu, l'odeur du feu lui chatouilla les narines, mais quand ils arrivèrent sur le terrain vague, les Bipèdes avaient disparu. Plume Grise se dirigea droit vers le tunnel où les deux amis avaient passé la nuit. Le chef s'y glissa le premier ; Cœur de Feu attendit que les félins s'y faufilent un à un. Seul Patte Folle demeura avec lui.

« Vous êtes sûrs qu'il remonte de l'autre côté ? s'inquiéta-t-il.

— Il passe au-dessous du Chemin du Tonnerre. Vous ne l'avez jamais utilisé ? s'étonna le jeune guerrier.

— Quand nous traversons, nous préférons savoir où nous allons, grommela le lieutenant. Après toi. »

Cœur de Feu se coula alors dans le trou sombre. Une fois ressorti, il trouva les chats immobiles, fixant le champ qui les séparait de la dernière route. Il vit Étoile Filante discuter un instant avec Plume Grise avant de s'engager parmi les hautes herbes couvertes de givre. Quant à lui, il demeura en arrière. Patte Folle et lui couvraient chacun un des flancs du groupe.

À mi-parcours, il devint évident que plusieurs félins peinaient à suivre le rythme.

« Étoile Filante ! s'écria le lieutenant. Il faut qu'on ralentisse ! »

Cœur de Feu regarda par-dessus son épaule : quelques-uns semblaient de plus en plus à la traîne. Parmi eux, Belle-de-Jour, son petit dans la gueule. Il s'approcha de la reine hors d'haleine. Elle ne devait pas avoir mis bas depuis très longtemps.

« Laisse-moi t'aider, proposa-t-il. Juste le temps que tu reprennes ton souffle. »

Elle le regarda, soupçonneuse, mais elle finit par se radoucir. Elle posa par terre le chaton, qu'il attrapa doucement par la peau du cou. Il marcha à la hauteur de la mère pour qu'elle puisse surveiller son précieux fardeau.

Le chef ralentit à peine l'allure. Malgré son épuisement évident et sa maigreur, il brûlait d'une énergie farouche.

Cœur de Feu comprenait les motifs de sa hâte. Le soleil montait peu à peu à l'horizon. Certains membres du Clan étaient malades, d'autres vieux, et tous affaiblis par la faim. S'ils devaient franchir la chaussée sans encombre, il leur fallait se dépêcher, avant l'arrivée en masse des monstres.

Quand il arriva à la haie en compagnie de la chatte, le Clan était déjà réuni autour de son chef.

« Nous allons traverser le Chemin du Tonnerre ici », déclara Étoile Filante au milieu du vacarme.

Il se coula sous le mur de verdure. Son lieutenant, Plume Grise et un guerrier plus jeune le suivirent.

Belle-de-Jour se pencha pour reprendre son petit. Elle ne haletait plus : reconnaissante, elle effleura du bout du museau son sauveur, qui s'inclina avant de rejoindre les quatre premiers.

Patte Folle et son chef étaient assis, scrutant le large ruban de pierre grise. Debout à côté d'eux, Plume Grise désigna de la queue le quatrième chasseur.

« Je te présente Moustache. »

Une créature de fer, qui passait à grande vitesse, noya presque ces paroles dans un déluge de bruit et de poussière.

Les yeux larmoyants, Cœur de Feu miaula un salut au jeune matou avant de se tourner vers le Chemin du Tonnerre.

« Nous devrions les faire passer par petits groupes, suggéra-t-il. Plume Grise et moi, nous accompagnerons ceux qui auront besoin d'aide. Enfin, si tu es d'accord, Étoile Filante. »

Le chef opina de la tête.

« Les plus robustes passeront d'abord. »

Les autres commençaient à traverser la haie. Bientôt la tribu entière se trouva rassemblée autour d'eux, blottie contre les branches, aussi loin de la chaussée que possible.

Les deux guerriers du Clan du Tonnerre s'approchèrent de l'asphalte pour guetter une interruption dans le défilé des monstres, beaucoup plus nombreux que lors de leur passage, la veille au soir.

Moustache prit la tête du premier groupe.

« Vous voulez qu'on traverse avec vous ? » lui proposa Cœur de Feu.

Il sentait la peur du chat brun, qui déclina pourtant son offre. Ses compagnons regardèrent à droite, puis à gauche. Le silence régnait ; ils se précipitèrent et parvinrent sans encombre de l'autre côté.

Quatre félins – deux guerriers et deux anciens – se présentèrent ensuite.

« Allez-y ! » leur lança Cœur de Feu sitôt qu'une créature lui fut passée sous le nez.

Ils s'engagèrent sur la chaussée déserte. Les deux doyens grimacèrent : leurs coussinets étaient à vif à cause de l'humidité persistante du tunnel. Les dents serrées, le chat roux suivit leur progression en retenant son souffle. Un monstre approchait à une vitesse vertigineuse.

« Attention ! » hurla Plume Grise.

Les deux vieux chats bondirent en avant, la fourrure hérissée, pour se jeter sur le bas-côté une fraction de seconde avant le passage du monstre.

Deux groupes plus nombreux leur succédèrent : il n'en restait plus qu'un à passer. Ensuite seulement, Étoile Filante et Patte Folle se risqueraient à leur tour sur la chaussée. Belle-de-Jour s'avança vers Cœur de Feu. Derrière elle, trois chats très âgés tremblaient sur leurs pattes.

« Nous allons traverser avec vous », annonça-t-il. Il regarda son ami, qui approuva. « Donne-nous le signal, Plume Grise. »

Il se pencha pour prendre son chaton à Belle-de-Jour, mais celle-ci recula, les oreilles couchées en arrière. En voyant son expression apeurée, il comprit : elle et son petit vivraient ou mourraient ensemble.

« Allez-y ! »

À ce cri, le félin roux et la reine s'engagèrent sur le Chemin du Tonnerre. Les patriarches se glissèrent derrière eux, accompagnés de Plume Grise. Le temps semblait suspendu : les trois doyens s'avancèrent lentement sur leurs pattes raides, couturées de cicatrices. *Si un monstre arrive maintenant, nous sommes cuits*, se dit Cœur de Feu. L'autre côté était encore à plusieurs sauts de lièvre.

« Pressons ! » les encouragea Plume Grise.

Ils tentèrent d'accélérer l'allure, mais l'un d'eux trébucha, et Plume Grise dut l'aider à se relever. Cœur de Feu entendit un monstre rugir au loin.

« Continue ! souffla-t-il à la chatte. Je vais aider les anciens. »

Belle-de-Jour se précipita en avant. Le petit poussa un miaulement plaintif en heurtant le sol. Cœur de Feu et Plume Grise s'arc-boutèrent contre les corps faméliques des vieux félins afin de les pousser vers le bas-côté. Le ronflement enflait démesurément.

Cœur de Feu attrapa le doyen le plus proche par la peau du cou et le tira vers l'accotement, avant de passer au suivant. Le monstre approchait. Il ferma les yeux et se prépara au choc.

Un bruit strident retentit et une odeur âcre s'éleva, puis le grondement s'estompa : la machine s'éloignait. Le chasseur rouvrit les paupières. Indemne, les yeux ronds comme des soucoupes, Plume Grise était tapi au milieu du Chemin du Tonnerre. Entre eux était recroquevillé un ancien. Les deux autres, presque arrivés à bon port, tremblaient de tous leurs membres. Après une embardée, la créature était repartie. *Loué soit le Clan des Étoiles !* Elle les avait manqués.

Secoué de frissons, Cœur de Feu respirait à nouveau.

« Allez ! lança-t-il au dernier félin. On y est presque. »

Étoile Filante les rejoignit avec Patte Folle et réunit sa tribu encore secouée sur le bas-côté.

Moustache effleura le nez du chat roux.

« Vous étiez prêts à mourir pour nous, murmurat-il. Le Clan du Vent ne l'oubliera jamais.

— Moustache a raison : nous conterons vos exploits dans nos épopées, renchérit le chef. Mais il faut continuer. Nous ne sommes pas au bout de nos peines. »

Avant le départ, Cœur de Feu rejoignit Belle-de-Jour. Elle était occupée à lécher son chaton.

« Il va bien ?

— Oh ! Oui.

— Et toi ? »

Belle-de-Jour ne répondit mot. Cœur de Feu se tourna vers une reine grise.

« Ne t'inquiète pas, déclara celle-ci. Je vais me charger du petit. »

La troupe suivit les arbustes qui bordaient le Chemin du Tonnerre, avant de bifurquer pour remonter le sentier jusque dans les bois. Là, les odeurs semblèrent apaiser les félins, même si le périple commençait à saper leurs forces. Ils progressaient plus lentement que jamais. Quand ils atteignirent la clôture, à l'autre extrémité, Cœur de Feu dut consacrer toute son énergie à aider les plus faibles à la franchir.

Le soleil avait dépassé son zénith lorsqu'ils aperçurent au loin la tanière des Bipèdes. Cœur de Feu flaira l'air, plein d'espoir, mais il ne décelait aucune trace de Nuage de Jais. Sa gorge se serra : jamais il n'aurait dû laisser son ami faire le trajet seul. Il tenta de refouler son inquiétude.

Les nuages qui couronnaient les Hautes Pierres s'assombrissaient, cachant le soleil à son déclin. Un vent froid, chargé des premières gouttes de pluie, ébouriffa la fourrure des chats.

Cœur de Feu les regarda. Ils ne pourraient jamais voyager de nuit sous l'averse. Lui aussi était fatigué et, pour la première fois depuis qu'il avait mâché les herbes de Croc Jaune, il sentait les effets de la faim. Un coup d'œil à Plume Grise lui montra qu'il n'était pas le seul. La queue basse, le grand mâle gris couchait les oreilles en arrière sous les gouttes.

« Étoile Filante ! s'écria le félin roux. Peut-être devrions-nous nous arrêter et trouver un refuge pour la nuit. »

Le chef du Clan du Vent fit halte et se laissa rattraper.

« Je suis d'accord, répondit-il. Il y a un fossé, ici. Abritons-nous-y jusqu'au lever du soleil. »

Ses deux cadets échangèrent un regard.

« Il vaudrait peut-être mieux nous cacher sous la haie, suggéra Cœur de Feu. Il y a des rats dans ces trous. »

Le vétéran s'inclina.

« Entendu. »

Il se tourna vers les siens afin de les mettre au courant. Sans attendre, reines et anciens s'affalèrent au sol, malgré la pluie, tandis que guerriers et apprentis se réunissaient afin d'organiser la chasse.

Cœur de Feu et Plume Grise se joignirent à eux.

« Je doute qu'il y ait beaucoup de gibier, par ici, déclara Cœur de Feu. Il y a trop de Bipèdes. »

L'estomac de Plume Grise gargouilla comme pour souligner ces paroles. Les autres, qui lui jetaient des regards amusés mais compréhensifs, se figèrent quand les hautes herbes remuèrent soudain derrière eux. Ils se hérissèrent aussitôt, le dos rond, griffes sorties. Les deux amis, eux, tournèrent la tête, fous de joie. Le vent leur apportait une odeur aussi familière que celle de leur tanière.

« Nuage de Jais ! » s'étrangla le chat roux quand un chat noir à la fourrure lustrée émergea de la végétation.

Il courut accueillir son vieux camarade et glissa le museau dans son cou.

« Le Clan des Étoiles soit loué, tu es sain et sauf ! » ronronna-t-il.

Surpris, il recula ensuite pour l'observer. Qu'était-il arrivé à l'apprenti efflanqué et craintif ? Devant lui se dressait un animal dodu, dont le poil soyeux, autrefois si terne, l'abritait maintenant de la pluie comme les feuilles d'une plante grasse.

« Nuage de Feu ! s'exclama le nouveau venu.

— *Cœur* de Feu », rectifia le chat cendré. Il s'approcha et toucha le nez du félin noir. « Nous sommes des guerriers, désormais ! Moi, c'est Plume Grise.

— Vous connaissez cet intrus ? » lâcha Patte Folle.

Son ton hostile fit tressaillir Cœur de Feu, qui regarda les bêtes sur la défensive. Il se maudit d'avoir prononcé le nom du novice à voix haute. Il espéra que personne n'y avait prêté attention. Si le Clan du Vent le mentionnait à une Assemblée, la rumeur se répandrait comme un feu de forêt. Nuage de Jais était censé être mort !

« C'est un solitaire ? demanda Moustache.

— Il peut nous aider à trouver du gibier, rétorqua

aussitôt Cœur de Feu en lançant un regard entendu au chat couleur d'encre, qui acquiesça :

— Je connais les coins les plus giboyeux des environs ! »

Malgré les regards chargés d'animosité qui l'entouraient, il semblait très calme. *Comme il a changé !* pensa le jeune chasseur.

« Pourquoi un solitaire nous aiderait-il ? marmonna Patte Folle.

— Cela ne serait pas la première fois, rétorqua le félin gris. Un autre nous a sauvés d'une embuscade tendue par des rats tout près d'ici. »

Nuage de Jais fit un pas en avant et s'inclina, plein de respect, pour s'adresser aux combattants du Clan du Vent.

« Laissez-moi vous porter secours ! Je dois la vie à Cœur de Feu et Plume Grise. Si vous voyagez ensemble, c'est que vous êtes amis. »

Il releva la tête et fixa le Clan. Les félins le scrutèrent, plus las qu'hostiles. La pluie se faisait cinglante et, avec leur fourrure détrempée, ils semblaient plus efflanqués que jamais.

« Je vais aller chercher Gerboise, proposa Nuage de Jais. Lui aussi pourra vous être utile. »

Et il disparut dans les hautes herbes.

Brûlant de curiosité, Étoile Filante se contenta de demander :

« Pouvons-nous lui faire confiance ?

— À cent pour cent », répliqua Cœur de Feu, qui soutint son regard sans broncher.

Le chef fit signe à ses guerriers. Ils se détendirent et s'installèrent pour attendre.

Quand Nuage de Jais réapparut, flanqué de Gerboise, Cœur de Feu était presque trempé jusqu'aux os. Il salua le matou noir et blanc d'un miaulement amical, content de le revoir.

Sitôt qu'il constata le piteux état du groupe, Gerboise déclara :

« Il faut vous mettre à l'abri. Suivez-moi ! »

Cœur de Feu s'élança sans hésiter derrière lui, heureux de pouvoir dégourdir ses pattes raides. Plume Grise le suivait de près, mais les autres restaient en arrière, pleins de peur et de soupçons. Étoile Filante lança un regard songeur à sa tribu.

« Il faut lui faire confiance », assura-t-il avant de bondir sur leurs traces.

L'un après l'autre, ses chasseurs l'imitèrent.

Gerboise et Nuage de Jais leur firent traverser la haie. De l'autre côté, dans un coin du pré envahi par les ronces et les orties, se dressait un nid de Bipèdes abandonné. Là où les pierres s'étaient descellées, des brèches laissaient entrer l'air froid, et seule la moitié du toit coiffait encore la bâtisse.

La tribu la regarda, apeurée.

« Aucune chance que je me risque là-dedans ! marmotta l'un des anciens.

— Les Bipèdes n'y viennent jamais, les rassura le solitaire noir et blanc.

— Au moins, nous serons protégés de l'averse, insista Cœur de Feu.

— Pas étonnant qu'il veuille se cacher dans une tanière de Bipèdes : chat domestique un jour, chat domestique toujours ! » chuchota l'un des apprentis, d'une voix assez forte pour être entendue.

La fourrure de Cœur de Feu se hérissa. Il n'avait plus entendu cette insulte depuis plusieurs lunes. Cela dit, l'histoire du matou des villes devenu guerrier avait dû alimenter les ragots aux Assemblées. Le Clan du Vent la connaissait, bien sûr. Il fit volte-face et fixa l'apprenti avec hargne.

« Tu as passé deux lunes dans un tunnel creusé par les Bipèdes. Cela fait-il de toi un rat ? »

Quand le novice se redressa de toute sa hauteur, la fourrure hérissée, Plume Grise s'interposa.

« Allons ! Plus longtemps on hésitera, plus on risque d'attraper froid.

— Nous avons affronté bien pire qu'un nid de Bipèdes ces derniers temps. Une nuit ici ne nous fera pas de mal », ajouta Étoile Filante.

Les siens murmurèrent, nerveux, visiblement peu enthousiastes, mais après un coup d'œil à Cœur de Feu, Belle-de-Jour attrapa son petit et entra dans la masure. La reine grise la suivit en poussant son chaton devant elle. Les autres s'y faufilèrent à leur tour et, bientôt, la tribu entière se retrouva à l'intérieur.

Cœur de Feu observa la pièce sombre. Le sol était nu, sauf là où quelques herbes s'étaient creusées un chemin sous les fondations de pierre. Même si le vent et la pluie pénétraient par les brèches du toit et des murs, l'endroit était plus sec et mieux abrité que la haie. Il vit les félins renifler autour d'eux, méfiants. Lorsqu'ils commencèrent à s'installer à l'écart des trous dégoulinants de pluie et des fissures ouvertes à tous les vents, il regarda Plume Grise, soulagé. Seuls Étoile Filante et Patte Folle restèrent debout.

« Qu'allons-nous manger ? demanda ce dernier.

— Reposez-vous, répondit Gerboise. Nuage de... »

Cœur de Feu l'interrompit avant qu'il puisse finir de prononcer le nom de son ami.

« Pourquoi ne nous montreriez-vous pas les coins les plus riches en gibier, à Plume Grise et à moi ?

— Patte Folle et Moustache vous accompagneront », intervint le chef.

Craignait-il de faire confiance à leurs deux sauveurs, ou voulait-il prouver que sa tribu pouvait se passer de leur aide ? Difficile à savoir.

Les six chats ressortirent sous l'averse. La chasse serait pénible, mais le félin roux était affamé. L'appétit décuplait toujours ses talents. Ce soir, campagnols et souris n'avaient pas la moindre chance de lui échapper.

« Montrez-moi le chemin, et vous allez voir ! » lança-t-il à Gerboise et Nuage de Jais.

Les deux solitaires les conduisirent dans un petit bois. Cœur de Feu inspira à fond : une odeur familière y régnait. Il se tapit contre le sol et s'aventura au milieu des fougères.

Au retour de l'expédition, chacun ramenait plusieurs proies dans la gueule. Ce soir-là, les chats du Clan du Vent partagèrent un véritable festin avec leurs nouveaux alliés. Du plus vieux au plus jeune, tous mangèrent à leur faim, avant de s'attaquer à leur toilette, pelotonnés les uns contre les autres, tandis que le vent et la pluie fouettaient les murs de la bâtisse.

À la nuit tombée, Gerboise se releva :

« Je file, annonça-t-il. J'ai des rongeurs à attraper ! »

Cœur de Feu se redressa et lui frôla le nez du bout de son museau.

« Merci encore ! C'est la deuxième fois que tu nous apportes ton aide.

— Merci de m'avoir envoyé Nuage de Jais, rétorqua le solitaire. Il devient un excellent ratier. Et c'est agréable de manger en compagnie d'un congénère de temps à autre.

— Est-il heureux ici ?

— Demande-le-lui ! » lança Gerboise, avant de disparaître dans la nuit.

Le guerrier roux s'approcha d'Étoile Filante, qui se léchait les pattes. Il ne put s'empêcher de remarquer qu'elles semblaient enflées et douloureuses. Il désigna Plume Grise et Nuage de Jais.

« Nous allons nous relayer pour monter la garde, si vous le voulez. »

Le chef lui adressa un regard reconnaissant, obscurci par la fatigue.

« Merci », répondit-il.

Cœur de Feu s'inclina avant d'aller prévenir ses camarades.

Cette proposition, sincère, lui permettait aussi de se retrouver un peu seul avec eux. Il mourait d'envie d'entendre les aventures de Nuage de Jais hors de portée d'oreilles des chats de la tribu. Aussitôt qu'il les appela, ses deux amis bondirent à sa rencontre.

Il les mena dans un coin assez près de l'entrée pour surveiller les alentours, et assez loin des autres pour pouvoir parler tranquilles.

« Alors, que s'est-il passé, le jour où on t'a laissé ? demanda-t-il au chat noir dès qu'ils furent installés.

« — J'ai traversé le territoire du Vent, comme vous me l'aviez conseillé.

— Et les chiens des Bipèdes ? le coupa Plume Grise. Ils étaient détachés ?

— Oui, mais je les ai évités sans problème. »

Cœur de Feu fut surpris de sa désinvolture.

« Sans problème ? répéta-t-il.

— Je les ai repérés de loin. Il m'a suffi d'attendre l'aurore, et quand ils ont été rattachés, je suis parti à la recherche de Gerboise. Il a été formidable. Je crois qu'il apprécie ma compagnie. » Son visage s'assombrit soudain. « Ce qui est plus qu'on ne peut en dire de Griffe de Tigre, ajouta-t-il d'un ton amer. Que lui avez-vous raconté ? »

Cœur de Feu reconnut l'expression inquiète de Nuage de Jais à l'évocation de son ancien mentor.

« On lui a expliqué que tu avais été tué par une patrouille du Clan de l'Ombre », chuchota-t-il.

Il remua les oreilles pour avertir ses compagnons qu'ils avaient de la visite : deux novices s'approchaient d'eux.

« Oh oui ! s'exclama le chat noir à voix haute. Nous, les solitaires, on ne fait qu'une bouchée des apprentis qu'on capture. »

Les deux jeunes le toisèrent avec mépris.

« Tu ne nous fais pas peur, rétorquèrent-ils en chœur.

— Tiens donc ? ronronna Nuage de Jais. Oh ! De toute façon, je suis sûr que votre chair est dure et filandreuse...

— Comment se fait-il que vous soyez en si bons termes avec un solitaire ? demanda l'un des deux disciples à Cœur de Feu.

— Un guerrier sage sait se faire des amis dès que l'occasion s'en présente, répliqua Cœur de Feu. Sans son aide, au lieu d'être bien au chaud et rassasiés, nous serions encore dehors dans le froid, l'estomac vide ! »

Il étrécit les paupières d'un air menaçant, et les deux jeunes décampèrent.

« Alors, le Clan du Tonnerre me croit mort, reprit Nuage de Jais. Enfin, j'imagine que c'est mieux comme ça. »

Il releva la tête pour observer ses deux compagnons et ajouta avec chaleur :

« Je suis content de vous avoir revus ! »

Plume Grise lui donna un petit coup de patte affectueux. Quant au félin roux, il se mit à ronronner.

« Mais vous avez l'air fatigués, poursuivit le chat noir. Reposez-vous. Je vais monter la garde. Je me reposerai demain. »

Il leur donna quelques coups de langue sur la tête, avant de gagner l'entrée de l'abri où il s'assit, fixant la pluie.

Cœur de Feu scruta son camarade.

« Tu es fatigué ?

— Épuisé », reconnut Plume Grise.

Il posa la tête sur ses pattes et ferma les yeux. Son ami contempla une dernière fois Nuage de Jais, assis seul à l'écart. Il savait à présent qu'il avait fait le bon choix en l'aidant à quitter leur tribu. Peut-être Étoile Bleue avait-elle raison : l'apprenti se débrouillerait mieux en dehors du Clan. *À chacun son destin*, pensa-t-il. Son camarade était heureux, voilà tout ce qui comptait.

Quand Cœur de Feu se réveilla, un peu après l'aube, Nuage de Jais était parti. Les gros nuages de pluie avaient commencé à s'éloigner. Teintés de rose par le soleil levant, ils ressemblaient maintenant à des nénuphars sur un étang. Tandis que Cœur de Feu les regardait dériver par une des ouvertures du toit, les félins qui l'entouraient s'activèrent et entreprirent de dévorer les reliefs du repas de la veille.

Un mâle brun à la queue très courte le rejoignit pour observer lui aussi les nuées. Le guerrier roux sursauta quand le nouveau venu poussa soudain un cri étrange. Aussitôt, un murmure inquiet s'éleva au sein de la tribu.

« Qu'y a-t-il, Écorce de Chêne ? demanda Belle-de-Jour. Le Clan des Étoiles t'a parlé ? »

Il s'agissait de leur guérisseur, en déduisit Cœur de Feu, qui se raidit d'instinct quand la fourrure d'Écorce de Chêne se hérissa.

« Les nuages sont tachés de sang ! chevrota le mâle brun à la queue courte, en écarquillant ses yeux vitreux. Nos ancêtres nous mettent en garde. De graves ennuis nous attendent. Cette journée verra une mort inutile ! »

CHAPITRE 7

AUCUN DES FÉLINS NE BOUGEA NI NE PARLA. Puis
Patte Folle grommela :

« N'importe quel Clan peut voir ces nuages. Le
message ne s'adresse peut-être pas à nous. »

Des miaulements soulagés parcoururent l'assemblée. Le chef observa les siens avant d'ajouter d'une
voix forte :

« Quel que soit l'avenir que nous réserve le Clan
des Étoiles, aujourd'hui nous rentrons chez nous.
Je sens l'odeur d'une averse qui se prépare. Il est
temps de partir. »

Son ton calme rassura Cœur de Feu. Ils n'avaient
pas besoin de la panique que risquait de provoquer
cette inquiétante prophétie.

Étoile Filante les conduisit dehors, dans l'air
glacé du matin. Les deux jeunes guerriers du Clan
du Tonnerre sortirent les derniers. Le chef avait
raison : la pluie n'allait pas tarder.

« Veux-tu que nous partions en éclaireurs ? proposa le chat roux.

— Oui, s'il vous plaît. Faites-moi savoir si vous
apercevez des chiens, des Bipèdes ou des rats. Ma
tribu a retrouvé des forces, mais nous avons été

surpris par deux molosses en venant. Nous devons rester vigilants. »

On comprenait à son air inquiet que la mise en garde d'Écorce de Chêne l'avait plus troublé qu'il ne le laissait paraître. Le groupe avait beau avoir repris du poil de la bête, il n'était pas de taille à repousser une embuscade.

Cœur de Feu détala, suivi de Plume Grise. Ils se relayèrent ensuite pour retourner confirmer aux félins que la voie était libre, ou, au contraire, leur conseiller de rester cachés le temps qu'un Bipède passe avec son chien. Les chats obéissaient en silence, progressant lentement malgré la nuit de repos.

À midi, de lourds nuages noirs s'étaient à nouveau amoncelés : les premières gouttes tombaient déjà. Le sol montait à présent en pente douce. Une fois la dernière haie franchie, Cœur de Feu reconnut le chemin de terre rouge qui menait du territoire des Bipèdes à celui du Clan du Vent. Ravi, il lança à son ami un regard triomphal. *Ils y étaient presque !*

Un bruit de pattes étouffé s'éleva derrière eux. Le jeune guerrier fit volte-face : la troupe les avait rattrapés. En tête, Patte Folle sembla surpris de voir Cœur de Feu.

« Par ici », indiqua ce dernier en désignant le passage pratiqué entre les branches ruisselantes.

Il lui tardait de voir la réaction des félins quand ils apercevraient les contreforts du plateau, de l'autre côté. Toujours précédés du lieutenant, ils traversèrent la haie les uns après les autres.

Bientôt, cependant, Patte Folle et deux chasseurs sautèrent le fossé et se faufilèrent sous les buissons. Ils avaient accéléré l'allure : à l'évidence, ils savaient où ils se trouvaient. Cœur de Feu dut courir pour les rejoindre. Il se coula à travers le mur de végétation et les accompagna sur la longue montée vers leurs terres.

Au pied du versant, les trois matous attendirent leurs congénères. Les yeux plissés à cause de la pluie, ils gardaient toutefois la tête haute. On voyait leur poitrail s'agiter : ils humaient les odeurs familières descendues des hauteurs.

Cœur de Feu repartit à la recherche de Belle-de-Jour. Elle marchait à côté d'un mâle pommelé qui portait son petit. Elle ne cessait de tendre le cou afin de renifler le chaton trempé. Très bientôt maintenant, elle pourrait l'installer dans la pouponnière de la tribu.

Le jeune guerrier alla rejoindre Plume Grise à l'arrière. Les deux amis échangèrent un regard joyeux, gagnés par la jubilation du Clan. Même les anciens avançaient à présent à vive allure, la tête rentrée dans les épaules et les paupières mi-closes pour mieux affronter l'averse. Quand le gros de la tribu parvint au bas de la pente, Patte Folle se releva, remplacé par Étoile Filante à la tête de la procession. Sans s'arrêter, le chef s'engagea sur l'étroite piste à moutons qui serpentait au milieu des hautes herbes et de la bruyère.

En approchant de la crête, certains des chasseurs se mirent à galoper. Ils dessinaient au sommet de fières silhouettes sur le ciel orageux, avec leur fourrure ébouriffée par le vent. Devant eux s'étendaient leurs anciens terrains de chasse. Soudain, deux apprentis, dépassant Cœur de Feu, bondirent au milieu des bruyères. Étoile Filante se raidit aussitôt.

« Attention ! cria-t-il. Vous risquez de croiser des patrouilles d'autres Clans ! »

Les novices s'arrêtèrent immédiatement et revinrent à fond de train vers le groupe, les yeux brillants.

Enfin, depuis une arrête rocailleuse, Cœur de Feu vit le creux qui dissimulait le camp. En ronronnant de joie, Belle-de-Jour reprit son chaton au matou qui le portait et se précipita en avant. Leur chef agita la queue : trois guerriers s'élancèrent pour l'escorter. Ils disparurent dans le repli du terrain.

Tandis que le reste de son Clan se hâtait parmi les buissons, Étoile Filante resta en arrière. Enfin, il se tourna vers les deux étrangers.

« Ma tribu vous remercie de votre aide, déclara-t-il. Vous avez tous les deux prouvé que vous étiez des chasseurs dignes de nos ancêtres. Nous sommes rentrés chez nous : c'est votre tour, maintenant. »

Cœur de Feu éprouva une légère déception. Il aurait voulu voir Belle-de-Jour installée dans la pouponnière avec son petit. Mais le chef avait raison : rien ne les retenait plus ici.

« Comme des patrouilles sillonnent peut-être les environs, Moustache et Patte Folle vont vous accompagner jusqu'aux Quatre Chênes. »

Le chat roux acquiesça.

« Merci, Étoile Filante. »

Après avoir appelé ses guerriers pour leur transmettre ses ordres, le chef posa sur les deux amis un regard las.

« Dites à Étoile Bleue que nous n'oublierons pas que c'est le Clan du Tonnerre qui nous a ramenés chez nous. »

Le lieutenant les conduisit ensuite vers le vallon où se tenaient les Assemblées. Moustache marchait à leur hauteur. L'étroit chemin traversait un dense bouquet d'ajoncs qui les abritait assez bien de l'averse. Ils restèrent serrés les uns contre les autres.

Soudain, Moustache s'arrêta net et huma l'air.

« Un lapin ! » s'écria-t-il, fou de joie, avant de s'engouffrer à toute allure dans les broussailles.

Patte Folle fit halte. Dans ses yeux épuisés brillait une lueur de fierté. On entendit une course précipitée, le bruissement de la végétation, puis plus rien.

Un instant plus tard, le jeune chasseur revint avec un gros lapin dans la gueule. Plume Grise se pencha vers son ami.

« Mieux que les guerriers du Clan de la Rivière, hein ? »

Cœur de Feu s'esclaffa. Moustache déposa sa proie sur le sol.

« Qui a faim ? »

Ils dévorèrent la bête sans attendre. Une fois sa part engloutie, le félin roux se releva en se léchant les babines. Il se sentait revigoré, mais il était transi jusqu'aux os et ses pattes lui faisaient mal. S'ils passaient par les Quatre Chênes, comme à l'aller, il leur resterait une longue route. Pourquoi ne pas couper par le territoire du Clan de la Rivière ? Après tout, leur mission avait été approuvée, à l'Assemblée du moins, par les trois tribus. Pouvait-on vraiment leur refuser le passage ? Ce n'était pas comme s'ils venaient chasser.

« Vous savez, on irait plus vite si on remontait le torrent », hasarda-t-il.

Plume Grise interrompit sa toilette.

« Mais ça voudrait dire pénétrer sur les terres de ceux de la Rivière.

— On pourrait suivre la gorge. Ils n'y chassent pas : la berge est bien trop haute. »

Plume Grise reposa sa patte humide sur le sol.

« J'ai mal partout, même aux griffes, murmura-t-il. Je serais content de prendre un raccourci. »

Pleins d'espoir, ses yeux jaunes se posèrent sur Patte Folle, qui semblait pensif.

« Étoile Filante nous a ordonné de vous accompagner aux Quatre Chênes.

— Si vous ne voulez pas venir, nous le comprendrons, se hâta d'ajouter Cœur de Feu. Nous ne passerons chez eux que très brièvement. Que pourrait-il nous arriver ? »

Le lieutenant secoua la tête.

« Nous ne pouvons pas vous laisser pénétrer seuls sur le territoire du Clan de la Rivière. Vous êtes à bout de forces. Si vous tombiez sur une patrouille, vous ne seriez pas en état de l'affronter.

— Nous ne croiserons personne ! »

Cœur de Feu était décidé à persuader aussi leur escorte.

« Si nous empruntions cette route, dit alors le vétéran d'un air songeur, le Clan de la Rivière serait informé de notre retour. »

Les oreilles du chat roux se dressèrent : il avait compris le sous-entendu.

« Et s'ils l'apprennent, ils hésiteront à revenir chasser le lapin sur vos terres », termina-t-il.

Moustache, qui se léchait les babines afin d'effacer toute trace de son repas, s'exclama :

« On pourrait être de retour chez nous avant le lever de la lune !

— Tu veux être sûr de te réserver une couche moelleuse dans ta tanière, c'est ça ? rétorqua son aîné, la voix sévère, mais une lueur joviale au fond de l'œil.

— Alors, c'est décidé ? On passe par le territoire du Clan du Vent ? demanda Cœur de Feu.

— Oui », confirma Patte Folle.

Il changea de direction et les conduisit sur une ancienne piste de blaireaux qui les éloigna du plateau. Bientôt, ils entraient en territoire ennemi. Malgré le vent et la pluie, ils entendaient au loin gronder la rivière.

D'un coup, le sentier se rétrécit jusqu'à n'être plus qu'un étroit ruban d'herbe perché au bord de la gorge. D'un côté, la falaise s'élevait, abrupte et rocailleuse, de l'autre, elle plongeait droit vers le torrent. La berge opposée se trouvait à peine à quelques longueurs de renard. On était tenté de franchir d'un bond cet espace si étroit. Cœur de Feu se demanda s'il en était capable. Peut-être sans la faim et la fatigue... Malgré la peur de tomber qui lui paralysait les pattes, il ne put s'empêcher de regarder en bas.

L'escarpement tombait à pic. Des fougères poussaient à même la roche : sur les feuilles scintillaient des gouttelettes projetées par la rivière tumultueuse qui bouillonnait au fond de la gorge.

Il recula, la fourrure hérissée par la peur. Devant lui, les trois autres progressaient à grand-peine, la tête basse. Au bout de ce chemin, ils pourraient bifurquer à travers l'étroite bande boisée qui s'étendait entre eux et le territoire du Clan du Tonnerre.

Il s'élança pour les rattraper, les pattes chancelantes. Les oreilles de Patte Folle étaient dressées, sa queue traînait presque dans la poussière. Moustache aussi semblait très nerveux : il ne cessait de scruter le sentier derrière lui, comme s'il entendait des bruits suspects. Cœur de Feu ne remarquait que le grondement de la rivière, cependant la méfiance des chats du Clan du Vent le mettait mal à l'aise. Il regarda derrière lui, les yeux braqués tantôt à droite, tantôt à gauche.

La pente était de moins en moins escarpée : ils finirent par pouvoir cheminer un peu plus loin du précipice. La pluie leur cinglait le museau, et le soleil se couchait dans un ciel sombre. Heureusement, ils n'allaient pas tarder à atteindre les bois. Ils y seraient au moins à l'abri de l'averse. La pensée du gibier et de la couche douillette qui l'attendaient était réconfortante.

Soudain, Patte Folle grogna. Le jeune chasseur se raidit, le nez en l'air. Une patrouille du Clan de la Rivière ! Un cri retentit derrière eux, et ils firent volte-face : six guerriers se précipitaient dans leur direction. L'angoisse leur tordit l'estomac. Ils étaient encore trop près de la gorge et du torrent tumultueux.

Un matou brun foncé se jeta sur Cœur de Feu, qui roula le plus loin possible du gouffre en agitant les pattes en tous sens. Il sentit des crocs s'enfoncer dans son échine et se débattit sous le poids qui l'écrasait. Il s'agrippa à la terre humide pour tenter de se dégager. Les griffes aiguisées de son adversaire lui éraflèrent le flanc. Le chat roux se contorsionna, mordit son assaillant. Il serra fort les mâchoires, mais malgré ses hurlements, l'autre le griffa avec une férocité décuplée.

« C'est la dernière fois que tu oses pénétrer sur notre territoire ! » cracha-t-il.

Autour de lui, ses compagnons se démenaient comme de beaux diables. Ils étaient aussi épuisés que lui par la longue marche. Il entendait Plume Grise feuler à la mort. Moustache grondait de douleur et de rage. Puis, dans la forêt derrière eux, un autre cri retentit. Plein de colère, il remplit pourtant d'espoir Cœur de Feu, qui flaira l'odeur d'une patrouille du Clan du Tonnerre. Le groupe, prêt au combat, approchait à toute allure. C'étaient Griffe de Tigre, Fleur de Saule, Tornade Blanche et Nuage de Sable.

Miaulant et crachant, ils se jetèrent dans la mêlée. Relâché par le chat brun, Cœur de Feu se releva aussitôt. Il regarda le vétéran plaquer au sol et mordre à la patte arrière un mâle gris pommelé, qui s'enfuit en hurlant dans les buissons. Le vainqueur fit volte-face et fixa son regard d'ambre sur Taches de Léopard. Le lieutenant du Clan de la Rivière s'acharnait sur Patte Folle, qui, avec sa blessure, n'était pas de taille à se défendre. Cœur de Feu s'apprêtait à bondir à son secours, mais Griffe de Tigre le devança. Le guerrier au poil sombre plongea tête baissée, attrapa la reine par les épaules.

Avec un cri assourdissant, il la sépara de son adversaire.

Entendant un miaulement de rage, le félin roux se retourna : Nuage de Sable était au corps à corps avec une autre chatte ennemie. Elles roulaient enlacées sur l'herbe humide, toutes griffes dehors, crachant et se débattant. Cœur de Feu poussa un hurlement horrifié. Elles se dirigeaient vers le rebord de la falaise ! Une culbute de plus, et elles tomberaient dans le précipice.

Il se rua vers elles. D'un vigoureux coup de patte, il débarrassa l'apprentie de son assaillante, qu'il poussa loin du rebord. Nuage de Sable, au contraire, fut refoulée vers l'abîme. Cœur de Feu se jeta en avant, la saisit par la peau du cou et l'éloigna du danger. Furieuse, elle planta ses griffes dans la boue afin de l'en empêcher. Elle se releva d'un bond sitôt qu'il lâcha prise et lui souffla au visage :

« Je n'ai pas besoin de ton aide, je sais me battre ! »

Il allait lui répondre quand un miaulement terrible les cloua sur place. Plume Grise était penché au bord du ravin, arc-bouté. À côté de lui, Cœur de Feu aperçut une patte blanche accrochée à la falaise. La gueule ouverte, le chat cendré se pencha pour rattraper son adversaire, mais la petite tache de fourrure se volatilisa sans crier gare. Plume Grise poussa un cri désespéré qui résonna entre les parois de la gorge.

Tous cessèrent le combat. Cœur de Feu se figea ; l'épuisement et le choc le faisaient haleter. La patrouille du Clan de la Rivière se précipita jusqu'au rebord. Il les suivit lentement et scruta le vide. Loin au-dessous d'eux, à travers les vagues grondantes du torrent, il distingua un point sombre, la tête du guerrier ennemi, disparaître sous l'eau bouillonnante.

Glacé d'horreur, il se rappela alors les mots du guérisseur du Clan du Vent : « Cette journée verra une mort inutile. »

CHAPITRE 8

♣

Taches de Léopard releva la tête.

« Griffe Blanche ! Non ! » hurla-t-elle.

Encore en équilibre précaire, Plume Grise recula afin d'éviter la chute. Tétanisé, son pelage humide hérissé, il écarquillait les yeux.

« J'ai essayé de le rattraper... Il a perdu l'équilibre... Je ne voulais pas... »

Les mots se bousculaient dans sa gueule. Cœur de Feu s'approcha en quelques bonds et fourra le museau contre son flanc pour le réconforter, mais le chat cendré recula sans le voir.

Un à un, les autres félins tournèrent le dos au précipice pour fixer le coupable, les paupières étrécies de fureur, les muscles tendus. Fleur de Saule et Tornade Blanche se mirent instinctivement en position de défense de part et d'autre du jeune matou.

Un grognement monta de la gorge de Taches de Léopard : elle avertissait les siens de rester en arrière. Elle regarda Griffe de Tigre.

« Il ne s'agit plus d'un simple incident de frontière, murmura-t-elle. Rentrons chacun chez nous. C'est un problème qu'il faudra résoudre plus tard, d'une autre manière. »

Griffe de Tigre la défiait du regard. Sans montrer la moindre peur, il se contenta d'un imperceptible hochement de tête. La reine agita le bout de la queue avant de s'éloigner. Les chats du Clan de la Rivière la suivirent, et la patrouille s'enfonça dans les fourrés.

Ces paroles menaçantes faisaient frissonner Cœur de Feu. Il comprit soudain que cette bataille pouvait entraîner la guerre. Patte Folle s'avança en boitillant :

« Il faut qu'on y aille. Jeunes chasseurs, vous nous avez beaucoup aidés, et ma tribu vous en remercie. »

Cependant, ces paroles cérémonieuses semblaient vides de sens après la tragédie dont ils venaient d'être les témoins. Griffe de Tigre s'inclina, et les deux combattants du Clan du Vent reprirent le chemin de leur territoire. Cœur de Feu salua Moustache à voix basse. Le matou lui jeta un bref coup d'œil au passage et fila.

Le chat roux remarqua Nuage de Sable, immobile au bord du ravin, contemplant le torrent. Elle paraissait incapable de se détourner du gouffre. Elle venait de comprendre qu'elle avait frôlé la mort.

Il se dirigeait vers elle quand Griffe de Tigre maugréa :

« Suivez-moi ! »

Le vétéran s'élança au milieu des arbres, et le reste de sa patrouille le suivit. Cœur de Feu demeura avec Plume Grise.

« Viens ! lui souffla-t-il. Il faut y aller ! »

Le matou gris haussa les épaules et partit, la démarche traînante.

Bientôt le reste de la troupe disparut dans le bois. Heureusement, Cœur de Feu les suivait à la trace. Griffe de Tigre les ramenait chez eux à travers la bande de forêt du Clan de la Rivière. Cœur de Feu se doutait que les patrouilles ennemies étaient à présent le dernier de leurs soucis. Le mal était fait. Inutile de se rallonger en prenant par les Quatre Chênes, désormais.

Le lieutenant fit halte à la frontière pour attendre les deux retardataires.

« Vous étiez censés me suivre, grommela-t-il.

— Plume Grise était...

— Plus vite il rentre au camp, mieux c'est », l'interrompit Griffe de Tigre.

Plume Grise ne prononça pas un mot, mais la voix cassante du vétéran fit se hérisser l'échine de Cœur de Feu.

« Il n'est pas responsable de la mort de Griffe Blanche ! »

Le grand guerrier se détourna.

« Je sais. Ce qui est fait est fait. Allons ! Et cette fois, ne vous laissez pas distancer ! »

Repartant à vive allure, il franchit la ligne invisible marquée par les odeurs des deux tribus.

Cœur de Feu espérait ce moment depuis leur départ du tunnel où se terrait le Clan du Vent en territoire bipède. Pourtant il ne remarqua rien : il s'inquiétait pour Plume Grise.

Sur le chemin familier du camp, la pluie se calma un peu. Quand la patrouille émergea du tunnel d'ajoncs, certains de leurs congénères sortirent de leurs tanières, la queue dressée en signe de bienvenue.

« Vous avez retrouvé le Clan du Vent ? Tous étaient sains et saufs ? » demanda Poil de Souris.

En voyant Cœur de Feu incliner la tête sans répondre, la chatte baissa la queue. Les autres étaient demeurés en retrait, à l'entrée de leurs gîtes respectifs. Ils comprirent tout de suite à l'expression des nouveaux arrivants qu'un événement grave s'était produit.

« Venez avec moi », ordonna Griffe de Tigre aux deux chasseurs, qu'il conduisit vers le repaire d'Étoile Bleue.

Cœur de Feu se collait à son camarade, si près que sa fourrure effleurait la sienne. Plume Grise se contentait d'avancer, sans réaction.

Les trois guerriers entrèrent dans la caverne. Un miaulement chaleureux les accueillit.

« Bienvenue ! s'écria la chatte en ronronnant, sitôt levée. Vous avez retrouvé le Clan du Vent ? Vous l'avez ramené ?

— Oui, Étoile Bleue, murmura Cœur de Feu. Ses membres sont à l'abri dans leur camp. Étoile Filante m'a dit de te remercier.

— Très bien ! » La reine remarqua alors l'air sombre de Griffe de Tigre. « Que s'est-il passé ?

— Cœur de Feu a décidé de rentrer par le territoire du Clan de la Rivière », maugréa le lieutenant.

Plume Grise releva la tête pour la première fois.

« Il n'a pas pris seul cette décision...

— Ils ont été surpris par une patrouille ennemie, le coupa le vétéran. Si nous n'avions pas entendu leurs cris, c'en était fait d'eux.

— Et tu les as sauvés ! conclut la reine, soulagée. Merci, Griffe de Tigre.

— Ce n'est pas si simple ! Ils se battaient près de la gorge. Un chasseur du Clan de la Rivière qui affrontait Plume Grise est tombé dans le précipice. »

Cœur de Feu vit son camarade tressaillir à ces mots. Les yeux de la reine s'agrandirent.

« Il est mort ? demanda-t-elle, l'air horrifié.

— C'était un accident ! se hâta d'intervenir Cœur de Feu. Plume Grise ne tuerait jamais un adversaire dans une banale escarmouche !

— Je doute que Taches de Léopard voie les choses ainsi. » Griffe de Tigre se tourna vers Cœur de Feu, la queue battant de droite et de gauche. « À quoi pensais-tu ? Traverser le territoire du Clan de la Rivière ! Avec des guerriers du Clan du Vent, en plus. On pourrait croire qu'ils sont nos alliés, l'incident risque de rapprocher encore le Clan de la Rivière et le Clan de l'Ombre.

— Le Clan du Vent était avec vous sur les terres du Clan de la Rivière ? s'exclama Étoile Bleue, alarmée.

— Deux chasseurs, seulement. Étoile Filante nous a donné une escorte pour rentrer. On était fatigués... balbutia Cœur de Feu.

— Vous n'auriez pas dû pénétrer en territoire ennemi, cracha le vétéran. Surtout accompagnés de chats d'une autre tribu.

— Mais il ne s'agit pas d'une alliance. Ils nous escortaient jusque chez nous !

— Le Clan de la Rivière le sait-il ? siffla Griffe de Tigre.

— Il savait que nous étions partis à la recherche du Clan du Vent pour le ramener. Il a donné son accord lors de l'Assemblée. Il n'aurait pas dû nous attaquer, c'était une mission spéciale, comme le voyage jusqu'aux Hautes Pierres.

— Il n'a pas accepté pour autant de vous laisser passer sur son territoire ! rugit le lieutenant. Tu ne comprends toujours rien à nos coutumes, on dirait ! »

Étoile Bleue se leva. Malgré sa colère, elle parla avec calme.

« Vous n'auriez pas dû, en effet, pénétrer sur les terrains de chasse du Clan de la Rivière. C'était dangereux. »

Cœur de Feu s'attendait à des reproches bien plus vifs. Il était déchiré entre la gratitude et la culpabilité. Il avait provoqué entre les deux tribus un incident qui risquait de mettre les siens en danger pendant de nombreuses lunes.

« Vous avez toutefois trouvé et ramené le Clan du Vent, poursuivit la chatte. Votre mission est un succès. Mais il va falloir nous préparer à une attaque du Clan de la Rivière. Nous devons former de nouveaux chasseurs. Cœur de Feu et Plume Grise, Pelage de Givre m'a dit que ses petits étaient presque prêts à commencer leur initiation. Je veux que vous preniez chacun un apprenti. »

Le félin roux n'en revenait pas. Quel honneur ! Il n'arrivait pas à croire qu'Étoile Bleue l'ait suggéré... surtout en de telles circonstances. Il lorgna Griffe de Tigre. Surpris, le vétéran s'était raidi.

« Pourtant aucun des chatons de Pelage de Givre n'a encore six lunes ! intervint Plume Grise.

— Ils n'en sont plus très loin. Les tensions lors de la dernière Assemblée m'avaient inquiétée, et voilà qu'aujourd'hui... »

Elle ne termina pas sa phrase. Plume Grise baissa à nouveau la tête. Griffe de Tigre fixait la reine avec dureté.

« Ne serait-il pas plus avisé de demander à des combattants expérimentés, comme Longue Plume ou Éclair Noir, de prendre un deuxième élève ? Ces deux-là sont à peine plus expérimentés que des novices !

— J'y ai réfléchi, rétorqua-t-elle. Hélas, Longue Plume a déjà fort à faire avec Nuage Agile et Éclair Noir termine la formation de Nuage de Poussière.

— Et Vif-Argent ?

— C'est un excellent chasseur à la loyauté irréprochable, mais je ne le crois pas assez patient pour devenir mentor. Il servira la tribu autrement.

— Et tu penses que ces deux-là sont à la hauteur ? » lâcha le lieutenant, méprisant.

Cœur de Feu fit la grimace. Griffe de Tigre ne regardait que lui. *Croit-il un ancien chat domestique incapable d'entraîner un chat sauvage ?* se dit-il, irrité.

« Nous n'allons pas tarder à le savoir, répondit Étoile Bleue, impassible. N'oublie pas qu'ils ont réussi à ramener le Clan du Vent. Il va de soi, Griffe de Tigre, que je compte sur toi pour superviser l'entraînement. » Le grand matou s'inclina, et la reine se tourna vers les deux jeunes. « Allez vous restaurer et prendre du repos. La cérémonie de baptême des chatons se tiendra à minuit. »

Cœur de Feu sortit le premier, Plume Grise à sa suite. La pluie s'était muée en crachin léger.

« Je meurs de faim », lança-t-il. De la clairière, montait l'odeur alléchante de gibier fraîchement tué. « Pas toi ? »

Un peu à la traîne, Plume Grise avait triste allure.

« J'ai juste envie de dormir », marmonna-t-il avant de filer.

Une fois l'estomac plein, Cœur de Feu se glissa dans la tanière des guerriers. Son ami était roulé en boule, la tête sous les pattes. Les paupières de Cœur de Feu se fermaient, mais il avait toujours sa fourrure trempée : il se força à se lécher avec soin avant de s'installer sur sa couche chaude.

Fleur de Saule le réveilla d'un petit coup de patte.

« C'est l'heure de la cérémonie », chuchota-t-elle.

Cœur de Feu leva la tête et cligna des yeux.

« Merci ! » lui répondit-il.

Elle ressortit de leur repaire et le matou effleura le flanc de Plume Grise du museau.

« Le baptême ! » souffla-t-il avant de se lever et de s'étirer de la queue jusqu'au bout du nez.

Il était sur le point de devenir mentor ! Il en frémissait d'excitation.

Plume Grise remua et se redressa lentement, tel un ancien perclus de rhumatismes : d'un seul coup, la douleur revint dans les pattes de Cœur de Feu, comme si elles se rappelaient soudain les rigueurs du voyage.

Au moins, il ne pleuvait plus. Ils rejoignirent la clairière en silence. La lune luisait au-dessus des arbres, nimbant d'argent les branches humides. Une voix joyeuse fit sursauter le jeune guerrier. Demi-Queue s'était faufilé à côté de lui.

« Bravo pour avoir ramené le Clan du Vent chez lui ! s'exclama le vieux chat. Viens raconter cette histoire aux doyens, un de ces soirs. »

Son cadet promit, puis inspecta les alentours. Pelage de Givre était déjà assise sous le Promontoire, encadrée de deux de ses petits, un mâle brun doré et une femelle gris foncé. La reine à la robe blanche les léchait derrière les oreilles. La petite chatte secoua la tête, exaspérée des attentions de sa mère.

À l'autre bout de la clairière, Plume Grise gardait les yeux baissés. Assis à côté de lui, Cœur de Feu était sur des charbons ardents.

« Je suis dans tous mes états ! s'exclama-t-il. Pas toi ? »

Son ami haussa les épaules.

« Plume Grise ! reprit Cœur de Feu à voix basse. Tu n'es pas responsable de la mort de Griffe Blanche. Les chats du Clan de la Rivière auraient dû savoir qu'une attaque à cet endroit présentait trop de risques. Nuage de Sable a failli tomber dans le précipice, elle aussi. »

Il lorgna la jeune reine. Près d'elle, Nuage de Poussière fixait sur lui un regard plein de jalousie. Comment lui en vouloir ? Son rival était sur le point de devenir mentor alors qu'il n'avait même pas encore reçu son nom de guerrier. Le matou brun murmura à l'oreille de Nuage de Sable, assez fort pour être entendu :

« Je plains l'élève de Cœur de Feu. Un des nôtres entraîné par un chat domestique, voyez-vous ça ! »

Pourtant, cette fois, sa compagne ne réagit pas.

Elle regarda, embarrassée, le chat roux, qui se tourna vers Plume Grise.

« Étoile Bleue ne te blâme pas, insista-t-il. Elle sait que tu es un bon chasseur. Elle te confie un apprenti. »

Son camarade répondit, amer :

« Elle ne le fait que parce que la tribu a besoin de nouveaux combattants. Et pourquoi cela ? Parce que j'ai donné au Clan de la Rivière une raison de nous haïr ! »

Cœur de Feu fut troublé par le ton dur de Plume Grise. Mais avant qu'il puisse ajouter quoi que ce soit, leur chef les appela. Il s'approcha d'Étoile Bleue, son ami se traînant derrière lui.

Quand ils atteignirent le centre de la clairière, la reine observa l'assistance.

« Nous sommes réunis ce soir sous la lune pour baptiser deux nouveaux novices. Avancez-vous, mes petits. »

La petite chatte s'éloigna aussitôt de sa mère, sa queue ébouriffée tenue bien haut, ses yeux bleus arrondis. Son frère la rejoignit plus lentement. Les oreilles pointées en avant et la mine grave, il gagna le pied du Promontoire.

Le cœur du félin roux battait à se rompre : lequel serait son disciple ? Le mâle à l'expression solennelle serait plus facile à entraîner ; mais l'enthousiasme maladroit de sa sœur lui rappelait le sien à son arrivée au sein de la tribu, des lunes plus tôt.

« Jusqu'au jour où elle deviendra une guerrière, cette apprentie s'appellera Nuage Cendré », déclara Étoile Bleue en regardant la petite femelle.

Ravie, cette dernière ne put s'empêcher de répéter à voix haute :

« Nuage Cendré ! »

Sa mère lui souffla de se taire : penaude, la novice se tint tranquille.

« Cœur de Feu, tu es prêt pour ta première élève. Tu commenceras la formation de Nuage Cendré. » Le chat roux se sentit gonflé de fierté. « Tu as eu la chance d'avoir plusieurs mentors. J'espère que tu sauras lui transmettre tout ce que je t'ai appris. » Il commença à se sentir un peu dépassé. Ces paroles lui donnaient des responsabilités qu'il n'était pas sûr de savoir assumer. « Et partager avec elle les connaissances héritées de Griffe de Tigre et Cœur de Lion. »

En entendant ce dernier nom, il s'imagina le chasseur au poil doré le contempler depuis la Toison Argentée, l'air doux et réconfortant. Il plongea les yeux dans ceux d'Étoile Bleue sans broncher.

« Quant à ce novice, il s'appellera Nuage de Fougère, ajouta la reine, tournée vers le second animal, qui resta immobile et silencieux. Plume Grise, tu seras chargé de son initiation. Cœur de Lion, qui nous manque tant, était ton mentor. J'espère que ses talents et sa sagesse passeront à ton élève à travers toi. »

À ces mots, le chasseur cendré dressa haut la tête, empli de fierté. Il s'avança et effleura le nez de son apprenti. Nuage de Fougère, poli, s'inclina. Seules ses prunelles brillantes trahissaient une joie égale à celle de sa sœur.

Aussitôt que Cœur de Feu les vit se saluer, il comprit qu'il aurait dû lui aussi le faire. Il s'empressa de réparer son oubli. Nuage Cendré releva brusquement le museau et leurs nez se heurtèrent avec violence. *Aïe !* Ensuite, la petite chatte effleura de nouveau son mentor, moins maladroite cette fois, mais le guerrier souffrait le martyre. Au bord du fou rire, Nuage Cendré tentait de réprimer le tremblement convulsif de ses moustaches. Cœur de Feu avait envie de rentrer sous terre. *Non, je suis mentor, maintenant*, se rappela-t-il.

Il parcourut l'assemblée du regard. Chacun semblait hocher la tête d'un air approbateur. Il finit par apercevoir Griffe de Tigre, assis à l'orée de la clairière. Le vétéran le considérait, narquois.

Cœur de Feu se dépêcha de se tourner vers Nuage Cendré, qui l'observait avec un orgueil non dissimulé. La fourrure du jeune chasseur se hérissa soudain. Plus que tout au monde, il désirait devenir un grand guerrier et un bon mentor. Malheureusement, le lieutenant ne souhaitait qu'une chose : le voir échouer.

CHAPITRE 9

À SON RÉVEIL, CŒUR DE FEU TROUVA son camarade tapi à ses côtés, le dos raide et la fourrure ébouriffée.

« Plume Grise ? Ça va ? » chuchota-t-il.

L'animal tressaillit.

« Ça va ! »

Cœur de Feu doutait de la sincérité du miaulement joyeux de son ami, mais au moins il marquait sa volonté de se montrer positif.

« Il fait froid, on dirait », déclara-t-il, toujours blotti contre les corps bien chauds des autres guerriers. L'haleine de son compagnon formait un petit nuage. Le chat roux se redressa, s'ébroua. L'air sentait le givre. « Que prévois-tu de faire avec Nuage de Fougère, aujourd'hui ?

— Lui montrer les bois.

— Et si on faisait ça ensemble, avec Nuage Cendré ?

— Il vaut peut-être mieux qu'on aille chacun de son côté », répondit Plume Grise.

Cœur de Feu se sentit un peu vexé. Lors de leur initiation, ils avaient exploré la forêt ensemble. Il aurait voulu recommencer, puisqu'ils étaient

121

désormais mentors. Cependant, si son ami préférait être seul, comment lui en vouloir ?

« D'accord. À tout à l'heure. On partagera une souris en comparant les résultats de nos apprentis.

— Ça marche ! »

Cœur de Feu se coula au-dehors. L'air y était encore plus froid. Sa respiration décrivait des volutes autour de son museau, comme de la fumée. La fourrure hérissée, il frissonna avant d'étirer une patte, puis l'autre. Il trotta jusqu'à la tanière des apprentis. Sous ses coussinets, le sol était aussi dur que de la pierre. À l'intérieur, son élève dormait encore, roulée en boule, et ses flancs se soulevaient au rythme de sa respiration.

« Nuage Cendré ! » chuchota-t-il.

La petite chatte se dressa aussitôt. Il recula pour la laisser sortir de son gîte d'un bond, déjà débordante d'enthousiasme.

« Que fait-on aujourd'hui ? s'enquit-elle, les oreilles pointées en avant, le regard fixé sur lui.

— Le tour de notre territoire.

— On va voir le Chemin du Tonnerre ? s'exclama-t-elle, surexcitée.

— Euh, oui. »

Il ne pouvait s'empêcher de penser qu'elle serait déçue par cet endroit sale et malodorant. *Fallait-il lui dire de se restaurer avant de partir ?*

« Tu as faim ?

— Non !

— Bon, très bien. On mangera plus tard. Euh... Suis-moi.

— D'accord ! »

Elle le regardait, les yeux étincelants. Le pincement au cœur qui ne l'avait pas quitté depuis sa conversation avec Plume Grise fut remplacé par un sentiment de fierté. Il se dirigea vers l'entrée du camp.

Nuage Cendré le dépassa d'un trait et s'engouffra dans le tunnel d'ajoncs. Il dut se mettre à courir pour rester à sa hauteur.

« Je t'ai demandé de me *suivre* ! s'écria-t-il quand elle s'élança sur la pente du ravin.

— Mais je veux voir le paysage de là-haut ! »

Cœur de Feu la rattrapa, grimpa jusqu'au sommet et s'assit pour se lécher une patte en surveillant la chatte qui se hissait de rocher en rocher. Lorsqu'elle le rejoignit, haletante, elle n'avait rien perdu de son enthousiasme.

« Regarde ces arbres ! On les croirait en pierre de lune », s'exclama-t-elle, hors d'haleine.

Elle avait raison. Au soleil, les branches au-dessous d'eux étincelaient de givre. Cœur de Feu inspira une bouffée d'air glacé.

« Tu devrais essayer d'économiser tes forces, la prévint-il. La journée sera longue.

— Oh ! Oui. D'accord. Et maintenant, c'est par où ? »

Elle piétinait, impatiente, prête à se précipiter à toute vitesse dans les bois.

« Suis-moi ! répondit-il, espiègle, les prunelles étrécies. Et cette fois, j'ai bien dit *suivre* ! »

Il la conduisit sur un sentier qui longeait la crête du ravin, jusqu'à la combe sablonneuse où il avait appris à chasser et à se battre.

« C'est là qu'auront lieu la plupart de nos entraînements », lui expliqua-t-il.

À la saison des feuilles vertes, les arbres qui entouraient la clairière laissaient filtrer une lumière éclatante. Aujourd'hui, la lueur blafarde du soleil se déversait sur la terre rouge durcie par le froid.

« Il y a bien des lunes, une rivière coulait à cet endroit. Un ruisseau passe encore de l'autre côté de cette colline, déclara-t-il, le museau pointé dans la direction indiquée. L'été, il est à sec. C'est là que j'ai attrapé ma première proie.

— C'était quoi ? » Mais Nuage Cendré n'attendit même pas la réponse. « L'eau est-elle gelée ? Allons voir s'il y a de la glace ! »

Elle se rua dans le vallon et commença à remonter la pente.

« Une autre fois ! » lui cria son mentor.

Comme elle poursuivait malgré tout sa course, il dut se lancer à sa poursuite. Il s'arrêta près d'elle, au sommet. Ensemble, ils contemplèrent le petit torrent en contrebas. De la glace s'était formée sur les rives, mais la vitesse du courant l'avait empêché de geler complètement.

« On n'y attraperait pas grand-chose, en ce moment, fit remarquer Nuage Cendré. Sauf du poisson, peut-être. »

À la vue de l'endroit où il avait capturé sa première proie, des souvenirs heureux revinrent à Cœur de Feu. Il regarda son élève, debout au bord du ruisseau, tendre le cou pour scruter les eaux noires.

« À ta place, je laisserais la pêche aux chats du Clan de la Rivière, lui jeta-t-il. S'ils aiment se mouiller les pattes, grand bien leur fasse. Moi je préfère rester au sec. »

Nuage Cendré tournait en rond.

« Et maintenant, qu'est-ce qu'on fait ? »

L'excitation de la novice et ses propres souvenirs d'apprenti remplirent Cœur de Feu d'énergie. Il s'éloigna comme une flèche et lui cria :

« L'Arbre aux Chouettes ! »

Elle se rua derrière lui, sa petite queue touffue à l'horizontale. Un arbre abattu que Cœur de Feu avait déjà utilisé à de nombreuses reprises barrait le cours d'eau.

« Il y a un gué plus loin, mais c'est plus rapide par ici, expliqua-t-il. Fais quand même attention ! Le tronc écorcé est glissant par temps froid ou humide. »

Le jeune mentor invita son élève à passer devant. Il la suivit de près afin de la rattraper si elle perdait l'équilibre. Le torrent avait beau ne pas paraître très profond, ses eaux étaient sans doute glaciales, et Nuage Cendré était encore trop petite pour courir un tel risque.

Elle franchit l'obstacle sans encombre et sauta sur le sol de la forêt. Cœur de Feu se sentit gonflé de fierté.

« Bravo ! ronronna-t-il.

— Merci, répondit Nuage Cendré, les yeux brillants. Alors, où est cet Arbre aux Chouettes ?

— Par là ! »

Il s'élança à travers le sous-bois. Depuis sa première chasse, les fougères avaient pris une teinte marron. À la fin de la saison des feuilles mortes, elles seraient couchées par la pluie et le vent ; pour le moment, toutefois, elles se dressaient, hautes et craquantes. Cœur de Feu et Plume Grise se glissèrent sous les frondes.

Devant eux, un chêne énorme surplombait les cimes environnantes. Nuage Cendré se tordit le cou pour en apercevoir le faîte.

« Il y a vraiment une chouette, là-haut ? demanda-t-elle.

— Oui. Tu vois le trou dans le tronc ? »

Les pupilles étrécies, elle scruta le feuillage.

« C'est peut-être un nid d'écureuils...

— Sers-toi de ton nez ! » rétorqua-t-il.

Après avoir reniflé bruyamment, Nuage Cendré secoua la tête et observa son mentor avec perplexité.

« Je t'enseignerai l'odeur des écureuils une autre fois. Tu n'en trouveras pas un seul dans les parages. Aucun n'oserait bâtir son nid si près du repaire d'une chouette. Regarde par terre : que vois-tu ? »

Elle obtempéra, perplexe.

« Des feuilles ?

— Essaie de creuser. »

Le sol de la forêt était tapissé de feuilles de chêne marron, couvertes de givre. Nuage Cendré se mit à fouiller dedans et finit même par y fourrer le museau jusqu'aux oreilles. Quand elle se rassit, elle tenait un objet de la taille et de la forme d'une pomme de pin dans la gueule.

« *Beurk !* Ça pue la charogne ! » jeta-t-elle.

Cœur de Feu ronronna, amusé.

« Tu savais que c'était là, non ? dit-elle.

— Étoile Bleue m'a joué le même tour quand j'étais apprenti. On n'oublie jamais cette puanteur.

— Et c'est... ?

126

— Un bézoard. Les chouettes mangent le même gibier que nous, mais elles ne peuvent pas digérer les os et la fourrure ; alors, dans leur ventre, les restes s'amalgament en une concrétion minérale qu'elles recrachent. Si tu déterres ce genre de boule sous un arbre, c'est que tu as trouvé une chouette.

— Qu'est-ce que je ferais d'une chouette ? » piailla-t-elle, inquiète.

Ses prunelles, aussi bleues que celles de sa mère, exprimaient l'incrédulité. Les moustaches de Cœur de Feu frémirent. Pelage de Givre avait dû lui raconter cette vieille histoire de petits emportés par des rapaces s'ils s'éloignaient de leur tanière.

« Elles ont une meilleure vue de la forêt que nous. Par les nuits venteuses, quand les pistes sont brouillées, c'est bien d'en repérer une et de la suivre jusqu'à son territoire de chasse. »

Les yeux de Nuage Cendré étaient toujours écarquillés, mais la peur les avait désertés, et elle hocha la tête. *Elle écoute quand même ce qu'on lui dit, de temps en temps !* pensa le guerrier, soulagé.

« Et maintenant, où on va ? lança-t-elle.

— Au Grand Sycomore. »

Tandis que le soleil se levait dans un ciel bleu pâle, ils traversèrent les bois, croisèrent un sentier tracé par les Bipèdes et un ruisseau minuscule. Ils finirent par arriver à l'arbre.

Nuage Cendré poussa une exclamation étouffée.

« Il est immense !

— Petite Oreille prétend qu'il a grimpé jusqu'à sa cime quand il était apprenti.

— Tu plaisantes !

— Remarque, à l'époque, ce sycomore n'était

sans doute pas plus haut qu'un brin d'herbe ! »
gloussa-t-il.

Il fixait toujours le faîte quand il entendit un
bruissement derrière lui : Nuage Cendré avait
encore filé. Il soupira et se jeta à ses trousses à travers la végétation. Il décela un effluve familier qui
le rendit nerveux. Elle se dirigeait droit vers
les Rochers aux Serpents. *Des vipères !* Il accéléra
l'allure.

Il émergea des bois et regarda autour de lui,
tendu. Nuage Cendré l'attendait sur un rocher au
bas d'une pente abrupte et rocailleuse.

« Allez ! On fait la course ! » s'écria-t-elle.

Il se figea, frappé d'horreur, quand il la vit se
tapir, prête à sauter sur le rocher suivant.

« Nuage Cendré ! Descends de là tout de suite ! »
hurla-t-il.

Il retint son souffle quand elle se tourna et sauta
à terre. Il se précipita vers la novice tremblante.

« Ici, ce sont les Rochers aux Serpents, siffla-t-il.

— Les Rochers aux Serpents ? répéta-t-elle,
ahurie.

— Ils grouillent de vipères. Leur morsure tuerait une chatte aussi petite que toi ! » Il lui donna
un petit coup de langue sur le sommet du crâne.
« Viens. Allons voir à quoi ressemble le Chemin du
Tonnerre. »

Elle cessa aussitôt de frissonner.

« Le Chemin du Tonnerre ?

— Oui ! Suis-moi. »

Il la mena parmi les fougères, le long d'une piste
qui contournait les Rochers aux Serpents et qui les

conduisit à la partie des bois où le grand ruban de pierre grise tranchait net la verdure.

Quand ils parvinrent à l'orée de la forêt, Cœur de Feu tint son apprentie à l'œil. Il voyait à sa queue frémissante qu'elle mourait d'envie d'aller renifler le bitume. Un grondement familier s'éleva, et le sol se mit à trembler sous ses pattes.

« Reste où tu es ! l'avertit son mentor. Un monstre arrive. »

Elle entrouvrit la gueule.

« *Beurk !* » s'exclama-t-elle, le nez froncé, les oreilles couchées en arrière.

Le rugissement enflait, et une forme apparut à l'horizon.

« C'est lui ? » demanda-t-elle.

Cœur de Feu acquiesça. Tandis que la créature se rapprochait à toute allure, la novice planta ses griffes dans le sol. Elle ferma les yeux quand la machine les dépassa dans un bruit de tonnerre, en soulevant autour d'eux un tourbillon de vent. Elle ne les rouvrit que lorsque le vacarme se fut éloigné.

Son mentor s'ébroua pour se débarrasser des relents malodorants.

« Hume l'air, lui ordonna-t-il. Tu sens autre chose que la puanteur du Chemin du Tonnerre ? »

Elle respira à fond à plusieurs reprises. Au bout d'un moment, elle déclara :

« Cette odeur me rappelle le jour où Étoile Brisée a attaqué notre camp. Elle était aussi sur les petits qu'il avait enlevés quand tu les as ramenés. C'est celle du Clan de l'Ombre ! Ce sont leurs terrains de chasse, de l'autre côté ?

« — Oui, répliqua-t-il, nerveux d'être si près des terres ennemies. Mieux vaut ne pas nous attarder. »

Il décida de faire un détour au retour afin de montrer à Nuage Cendré les Grands Pins et la cabane à couper le bois.

À l'ombre des conifères, les senteurs de la ville mirent Cœur de Feu mal à l'aise, malgré son enfance passée dans une maison non loin de là.

« Reste sur tes gardes, souffla-t-il à l'apprentie, qui le suivait sans bruit. Des Bipèdes promènent parfois leurs chiens par ici. »

Ils se glissèrent sous les arbres pour examiner les clôtures qui bordaient le territoire des hommes. L'air froid leur apportait un bouquet d'odeurs qui faisaient étrangement chaud au cœur du félin roux.

« Regarde ! »

La novice avait pointé le nez vers une chatte qui se promenait dans la forêt. Elle avait une fourrure tachetée de brun clair, le poitrail et les pattes de devant blancs. À en juger par le renflement de son ventre, elle allait bientôt mettre bas.

« Une chatte domestique ! s'écria Nuage Cendré, le poil hérissé. À l'attaque ! »

Cœur de Feu fut surpris de ne pas ressentir l'irritation qu'il éprouvait toujours envers les étrangers osant pénétrer sur leur territoire. Il avait la certitude que cette intruse ne présentait aucune menace. Avant que son élève ne puisse fondre sur elle, il effleura la tige d'une fougère sèche.

Alertée par le bruit, l'inconnue leva aussitôt la tête. Elle ouvrit de grands yeux inquiets avant de faire volte-face et de s'éloigner d'une démarche lourde. Elle sortit de la forêt et se hissa par-dessus l'une des clôtures.

« Zut ! gémit Nuage Cendré. Je voulais lui donner la chasse ! Je parie que Nuage de Fougère aura traqué des centaines de proies aujourd'hui.

— Oui, mais sans risquer se faire mordre par une vipère, lui ! rétorqua Cœur de Feu, la queue battante. Allez viens, je commence à avoir faim. »

Elle le suivit à travers les Grands Pins, en bougonnant parce que les aiguilles lui piquaient les pattes. Cœur de Feu lui conseilla de se taire, car il n'y avait pas de broussailles pour les dissimuler : il se sentait mal à l'aise, comme tous les chats sauvages, quand il était à découvert. Ils longèrent l'un des fossés malodorants creusés par le dévoreur d'arbres et s'arrêtèrent à bonne distance de la cabane à couper le bois. L'endroit était silencieux, comme toujours avant la saison des feuilles vertes. Jusque-là, seules ces ornières – profondes, larges et durcies par le gel – rappelaient à la tribu l'existence du monstre.

Quand ils regagnèrent enfin le camp, le jeune mentor était éreinté. Ses muscles étaient encore douloureux du périple entrepris avec le Clan du Vent. La novice, elle aussi, semblait épuisée. Elle étouffa un bâillement et alla rejoindre Nuage de Fougère.

Cœur de Feu vit Plume Grise lui faire signe près du bouquet d'orties.

« Tiens, je t'ai rapporté un peu de gibier », déclara son ami en lui lançant une souris.

Le félin roux la happa au vol et s'allongea à côté de son camarade.

« La journée a été bonne ? lui demanda-t-il.

— Meilleure qu'hier. »

Cœur de Feu le regarda, inquiet, mais Plume Grise reprit :

« Je me suis bien amusé, en fait. Nuage de Fougère a soif d'apprendre !

— Comme Nuage Cendré.

— Cela dit, continua Plume Grise, joyeux, je n'arrêtais pas d'oublier que j'étais le mentor et non l'apprenti !

— Moi aussi ! »

Ils firent leur toilette, puis le lever de la lune et la fraîcheur de la nuit les poussèrent à rentrer se coucher. Au bout de quelques instants, Plume Grise ronflait déjà. Cœur de Feu, lui, restait éveillé. L'image de la chatte pleine lui revenait sans cesse, ainsi que sa douce odeur.

Celle-ci hanta ses songes. Il était allongé, chaton, contre le ventre de sa mère, dans un panier plus moelleux que la mousse de la forêt, avec ses frères et sœurs.

Il se réveilla en sursaut. La chatte qu'il avait vue dans les bois était sa sœur !

CHAPITRE 10

♣

Cœur de Feu se réveilla à l'aube, l'image de sa sœur toujours à l'esprit. Il sortit de son antre, comptant sur les activités de la journée pour le distraire de son obsession. Encore un matin glacial. La végétation était couverte de givre. Tornade Blanche et Longue Plume, immobiles à l'entrée du camp, s'apprêtaient à partir en patrouille. Poil de Souris, qui les rejoignait, salua le jeune guerrier d'un miaulement joyeux. Tornade Blanche appela Nuage de Sable, qui bondit de sa tanière pile au moment où l'expédition se mettait en route. Cœur de Feu avait souvent observé ces départs avec envie ; ce jour-là, toutefois, il n'éprouvait qu'indifférence.

Il traversa la clairière. Nuage Cendré était-elle déjà réveillée ? Plume Blanche apparut à l'entrée de la pouponnière. Un chaton tacheté, puis un autre surgirent derrière elle. Un troisième, à la fourrure gris pâle constellée de taches foncées, déboula dehors et trébucha.

Plume Blanche le souleva par la peau du cou et le remit sur ses pattes avec douceur. La tendresse de ce geste rappela son rêve à Cœur de Feu. Sa propre mère avait dû l'accomplir, elle aussi. Il savait

133

que le dernier-né de Plume Blanche était mort peu après sa naissance. Elle entourait les survivants d'un amour encore plus farouche.

Il fut pris d'un accès de jalousie. Tous les chats d'ici sauf lui avaient un point commun : *ils étaient nés au sein du Clan*. Il était fier de sa loyauté envers la tribu qui l'avait accepté et lui avait permis de vivre une existence inconnue d'un chat domestique. Sa loyauté était intacte – il était prêt à mourir pour protéger les siens –, mais aucun de ses compagnons ne comprenait ni ne respectait ses origines de chat des villes. Il était certain que sa sœur, elle, n'aurait pas le même mépris. Avec un pincement au cœur, il se demanda quels souvenirs ils auraient à partager.

Derrière lui, il entendit Plume Grise s'approcher. Il toucha le museau de son ami avant de lancer :

« Tu pourrais te charger de Nuage Cendré, aujourd'hui ? »

Son camarade lui jeta un regard empreint de curiosité.

« Pourquoi ?

— Oh, rien d'important, répondit Cœur de Feu avec une feinte désinvolture. Je voulais juste vérifier quelque chose. Méfie-toi de Nuage Cendré, au fait : elle n'écoute pas trop les ordres. Ne la lâche pas un instant ou elle détalera dans n'importe quelle direction. »

Le chat gris remua les moustaches, amusé.

« Je sens que ça ne va pas être de tout repos ! Toutefois, ça ne fera pas de mal à Nuage de Fougère. Il ne va jamais nulle part sans y avoir mûrement réfléchi.

— Merci, Plume Grise ! »

Cœur de Feu s'éloigna à fond de train vers l'entrée du camp sans laisser à son compagnon le temps de l'interroger sur sa destination.

Quand les premières tanières de Bipèdes se profilèrent à travers le rideau des arbres, il se tapit au sol. Il ouvrit la gueule pour humer l'air froid. Pas de patrouille du Clan du Tonnerre en vue, pas d'odeurs de Bipèdes non plus. Il se détendit.

Il s'approcha lentement de la clôture derrière laquelle il avait vu disparaître la chatte. Il hésita au pied de la palissade et regarda autour de lui en reniflant à nouveau. Alors seulement, il sauta d'un bond sur un poteau. Pas trace de Bipède, juste un jardin vide où poussaient des plantes à l'odeur entêtante.

Se sentant trop exposé sur son perchoir, Cœur de Feu se coula dans un arbre proche et s'aplatit contre l'écorce rugueuse.

Il aperçut une chatière dans la porte de la maison, identique à celle qu'il utilisait, petit. Il la scruta dans l'espoir de voir la tête de la future mère apparaître. Il commençait à avoir froid. Peut-être les Bipèdes gardaient-ils la chatte enfermée. Il se lécha la patte, se demandant s'il ne ferait pas mieux de rentrer au camp.

Il entendit soudain un cliquetis et sa sœur émergea de la chatière. Son échine se hérissa. Il brûlait d'envie de sauter dans le jardin et se retint à grand-peine. Il craignait de l'effrayer, comme la veille. Son odeur était celle d'un félin des bois, désormais.

Il attendit qu'elle atteigne le bout de la pelouse pour quitter sa cachette, refranchir la clôture et se glisser dans des buissons.

Comment attirer son attention sans lui faire peur ? Il se creusa la tête pour se rappeler le nom de sa sœur. En vain. Il chuchota :

« C'est moi, Rusty ! »

La chatte se figea et regarda autour d'elle. Cœur de Feu inspira à fond et sortit à découvert. Il savait de quoi il devait avoir l'air : maigre et sauvage, avec les parfums de la forêt sur sa fourrure. Le poil hérissé, la femelle cracha d'un air féroce. Malgré lui, il fut impressionné par son courage.

En un éclair, le nom lui revint.

« Princesse ! C'est moi, Rusty, ton frère ! Tu te souviens de moi ? »

Elle ne sembla pas plus rassurée. Il devina qu'elle se demandait à présent comment un étranger pouvait connaître ces détails. Il se recroquevilla dans une position de soumission et, le cœur gonflé d'espoir, vit l'expression de sa sœur passer lentement de la peur à la curiosité.

« Rusty ? »

Elle huma l'air, la prunelle arrondie, méfiante. Il avança encore. Voyant qu'elle ne bougeait pas, il s'approcha plus près. Bientôt, il fut à moins d'une longueur de souris.

« Ton odeur est différente de celle de Rusty, déclara-t-elle.

— Je ne vis plus chez les Bipèdes. J'habite la forêt avec le Clan du Tonnerre. C'est la leur que je porte. »

Elle n'a jamais dû entendre parler des quatre tribus, se dit-il. Il se rappela sa propre naïveté avant son combat contre Plume Grise dans les bois.

Elle tendit le cou et frotta le museau sur sa joue, encore un peu réticente.

« Mais l'odeur de notre mère est toujours là », murmura-t-elle, comme pour elle-même.

Ces paroles remplirent de joie Cœur de Feu. Cependant les pupilles de Princesse s'étrécirent et elle recula, les oreilles couchées en arrière.

« Pourquoi es-tu ici ?

— Je t'ai vue hier, dans les bois. Je suis revenu pour te parler.

— Pourquoi ? »

Il la regarda, surpris.

« Parce que tu es ma sœur ! »

Elle devait pourtant l'aimer un peu, quand même ! Elle le scruta un instant. Au grand soulagement de Cœur de Feu, son expression circonspecte disparut.

« Tu es très maigre, remarqua-t-elle d'un ton critique.

— Plus qu'un chat domestique, peut-être, mais pas trop pour un guerrier... enfin un chat de la forêt. La nuit dernière, ton odeur a envahi mes songes. J'ai rêvé de toi, de nos frères et sœurs, de... » Il s'interrompit. « Où est notre mère ? reprit-il.

— Elle vit toujours avec ses maîtres.

— Et... ? »

Elle devina ce qu'il allait lui demander.

« ... Nos frères et sœurs ? La plupart vivent près d'ici. Je les vois de temps à autre dans leurs jardins. »

Ils restèrent assis un moment, puis Cœur de Feu demanda :

« Tu te souviens du panier moelleux de notre mère ? »

Il se sentit un peu coupable de regretter son confort d'autrefois.

« Oh oui ! J'aimerais l'avoir pour mes petits ! » répliqua Princesse.

Son malaise se dissipa. Quel réconfort de pouvoir évoquer sans honte un souvenir si cher !

« C'est ta première portée ? »

Princesse acquiesça d'un air anxieux. Il compatissait. Ils étaient du même âge, mais elle lui semblait encore très jeune et très naïve. La mise bas de Plume Blanche lui revint.

« Tout ira bien, affirma-t-il. On voit que tes Bipèdes prennent soin de toi. Je suis sûr que tes petits naîtront en parfaite santé. »

Elle s'approcha de lui, se pressa contre son flanc. Il sentit son cœur se gonfler d'émotion. Pour la première fois depuis son enfance, il comprit que les chats de sa tribu tenaient pour acquise l'intimité tissée par les liens du sang.

Soudain, il eut envie de raconter à sa sœur la vie qu'il menait.

« Tu as entendu parler des Clans ? »

Elle le fixa, perplexe.

« Tu as parlé du Clan du Tonnerre. »

Il hocha la tête.

« Il y en a quatre. Au sein de la tribu, tous prennent soin les uns des autres. Les plus jeunes chassent pour les plus vieux, les guerriers protègent notre territoire des incursions des autres Clans. Je me suis entraîné pendant la saison des feuilles vertes à devenir un guerrier. Maintenant, j'ai ma propre apprentie. »

138

Il vit, à son air éberlué, qu'elle ne comprenait pas vraiment ce qu'il lui disait, mais les yeux de sa sœur brillaient de plaisir.

« On dirait que ta nouvelle vie te plaît », conclut-elle, impressionnée.

Un Bipède l'appela depuis la maison. Cœur de Feu détala aussitôt sous le buisson le plus proche.

« Il faut que je file, ajouta-t-elle. Si je ne rentre pas, ils vont s'inquiéter, et j'ai beaucoup de minuscules bouches à nourrir. Je les sens bouger en moi. »

Son frère glissa la tête hors des fourrés.

« Vas-y. Je dois retourner auprès de mon Clan, de toute façon. Mais je reviendrai te rendre visite.

— Oui, ça me ferait très plaisir ! » Elle se dirigeait déjà vers la tanière de ses maîtres. « Au revoir !

— À bientôt ! »

Sa sœur disparut, et il entendit la chatière se refermer derrière elle. Quittant le jardin silencieux, le félin roux regagna le chemin de la forêt, assailli par le souvenir des odeurs de son enfance, plus réelles soudain que celles qui l'environnaient.

Il s'arrêta sur la crête du ravin et contempla le camp. Il ne se sentait pas encore prêt à rentrer. Il avait peur que tout lui paraisse étrange. *Je vais aller chasser*, pensa-t-il. Nuage Cendré était entre de bonnes pattes, et le Clan apprécierait quelques proies supplémentaires. Il fit volte-face et s'enfonça dans la forêt.

Quand il finit par rentrer, un campagnol et un pigeon ramier pendaient de sa gueule. Le soleil se couchait, et ses congénères se réunissaient pour le repas du soir. Plume Grise était assis seul près du bouquet d'orties, un pinson entre les pattes. Cœur de Feu le salua en se dirigeant vers le tas de viande. Assis sous le Promontoire, Griffe de Tigre étrécit ses yeux ambrés.

« J'ai remarqué que Nuage Cendré avait passé la journée avec Plume Grise, jeta-t-il quand le félin déposa son butin sur la pile. Où étais-tu ? »

Cœur de Feu soutint son regard sans broncher.

« Je me suis dit que c'était une journée parfaite pour la chasse, trop belle pour ne pas en profiter, répliqua-t-il, le cœur battant. La tribu a besoin du maximum de gibier. »

Le lieutenant hocha la tête, soupçonneux.

« Oui, mais nous avons aussi besoin de combattants. L'entraînement de Nuage Cendré est sous ta responsabilité.

— Je comprends, Griffe de Tigre, déclara Cœur de Feu, la nuque inclinée en signe de respect. Je me charge d'elle demain.

— Très bien. »

Le vétéran se remit à observer le camp. Cœur de Feu saisit une souris et alla la déposer près de son camarade.

« Tu as trouvé ce que tu cherchais ? s'enquit le matou cendré d'un air distrait.

— Oui, répondit le jeune chasseur, le cœur serré devant le chagrin de son ami. Tu penses toujours à ce guerrier du Clan de la Rivière ?

— J'essaie de m'en empêcher, murmura Plume Grise. Pourtant quand je suis seul, malgré moi, la prédiction d'Écorce de Chêne me revient : une mort inutile et des ennuis en perspective...

— Tiens, l'interrompit son compagnon, qui poussa sa souris vers lui. Ce pinson semble n'avoir que les plumes sur les os, et je n'ai pas très faim. Tu veux échanger ? »

Plume Grise, reconnaissant, accepta.

En grignotant sa proie, Cœur de Feu scruta la clairière. Il voyait Nuage de Sable et Nuage de Poussière devant la tanière des apprentis. Le mâle était occupé à démembrer un lapin. Le félin roux croisa le regard de la jeune chatte, qui s'empressa de détourner la tête.

Nuage Cendré était couchée près de la vieille souche où il avait partagé tant de repas du temps de son initiation. Débordante d'enthousiasme, elle bavardait avec Nuage de Fougère, qui hochait de temps en temps le menton en déplumant un moineau. À la vue des deux novices, le frère et la sœur, allongés côte à côte, détendus et heureux, Cœur de Feu repensa à Princesse et, pour la première fois, le spectacle familier de ses congénères le mit mal à l'aise. Il avait pris bien soin de lécher sa fourrure avant de rentrer au camp afin d'en effacer toute trace de la chatte domestique, mais cette odeur lui chatouillait toujours les narines quand le soleil disparut à l'horizon. Il avait retrouvé l'intimité qui lui manquait, et pourtant il se sentait seul. Les souvenirs d'autrefois partagés avec Princesse risquaient-ils de l'emporter sur sa loyauté envers le Clan ?

CHAPITRE 11

❧

« Une autre journée ensoleillée ! » déclara Cœur de Feu à Plume Grise, sa fourrure couleur de flamme luisant dans la faible lumière de l'aurore.

Grâce à ce beau temps, il pouvait rendre visite à Princesse presque chaque jour : il s'éclipsait discrètement entre les patrouilles, les expéditions de chasse et les séances d'entraînement. Ce matin-là, il cheminait avec son ami sur le petit sentier qui menait à la combe sablonneuse où leurs apprentis les attendaient sans doute déjà.

« Espérons qu'il ne pleuvra pas le reste de la saison des neiges », répliqua Plume Grise.

Le chat roux savait combien le guerrier au poil épais détestait la pluie : sa fourrure trempée collait à son corps et restait longtemps humide.

Les deux combattants arrivèrent sur la crête du petit vallon à l'instant où Nuage Cendré sautait sur un tas de feuilles couvertes de givre, qu'elle envoya voler dans toutes les directions. Elle bondit et se tordit afin d'en attraper une.

Les chasseurs se regardèrent, amusés.

« Au moins, elle sera échauffée pour la mission d'aujourd'hui », s'esclaffa Plume Grise.

Nuage de Fougère se leva aussitôt, les yeux rivés sur son mentor.

« Bonjour, Plume Grise ! s'écria-t-il. Quelle est la mission du jour ?

— Une expédition de chasse. »

Plume Grise descendit la pente, suivi de son camarade.

« Où ça ? s'exclama Nuage Cendré, qui se précipita vers eux. Qu'est-ce qu'on va chasser ?

— Du côté des Rochers du Soleil, répliqua Cœur de Feu, galvanisé par son enthousiasme. Et on attrapera ce qu'on trouvera.

— Un campagnol, ce serait bien ! Je n'y ai jamais goûté.

— J'ai bien peur que nos prises d'aujourd'hui ne soient réservées aux anciens, l'avertit Plume Grise. Mais si tu le leur demandes gentiment, je suis sûr qu'ils seront ravis de partager avec toi.

— D'accord ! C'est par où ? »

Elle bondit d'un côté de la combe et examina la forêt, la queue haute.

« Par là ! annonça son mentor, qui s'élança sur le versant opposé.

— C'est parti ! »

Elle débaula sur la pente, traversa le vallon comme une flèche et dépassa Cœur de Feu en soulevant une nuée de feuilles sur son passage.

Les quatre chats longèrent le sentier familier jusqu'aux Rochers du Soleil. Lorsqu'ils émergèrent en terrain découvert, l'astre du jour était déjà haut dans le ciel. Devant eux s'élevait la surface lisse mais craquelée d'une pente rocailleuse. Après l'ombre des bois, la roche était aveuglante.

« On y est ! annonça Cœur de Feu en clignant des paupières. Venez !

— Oh là là ! Que c'est chouette ! » s'exclama Nuage Cendré.

Ils se reposèrent un instant au sommet. Cœur de Feu tendit l'oreille pour surprendre les bouillonnements du torrent qui serpentait le long des Rochers du Soleil avant de s'enfoncer dans le territoire du Clan de la Rivière.

Il s'étira et ferma les yeux, fier d'être étendu là, à un endroit où les chats du Clan du Tonnerre venaient se réchauffer depuis des générations, un lieu gagné de haute lutte. Plume Grise le rejoignit.

« Allez, lança-t-il aux deux novices. Profitez du soleil tant qu'il brille. Il y a assez de journées froides et humides qui nous attendent. »

Les apprentis s'étendirent près de leurs aînés, ronronnant de plaisir.

Tout à coup, Cœur de Feu perçut un raclement.

« Chut ! souffla-t-il. Vous entendez ? »

Les chatons se concentrèrent.

« Un animal qui rampe, chuchota Nuage de Fougère.

— Peut-être un campagnol, murmura Plume Grise. D'où vient le bruit ?

— De là-bas ! » s'écria Nuage Cendré qui se leva d'un bond.

Le bruissement s'accentua soudain avant de s'atténuer.

« Je crois qu'il t'a entendue », fit observer Cœur de Feu.

Nuage Cendré eut l'air déconfit. Son frère ronronna, amusé par sa maladresse.

« Restez immobiles et écoutez, leur conseilla

Cœur de Feu. La prochaine fois, repérez où se trouve la proie et approchez-vous-en très lentement. Une souris perçoit tout, jusqu'au frottement de votre fourrure : faites-lui croire que c'est le vent qui souffle sur les rochers. »

Ils se figèrent sur place. Le même bruit finit par retentir. Les oreilles pointées en avant, Cœur de Feu rampa vers lui à pattes feutrées. Il atteignit le bord d'une petite fissure qui courait à la surface du rocher et y plongea la patte. Il parvint à en extraire un campagnol bien dodu, qu'il précipita contre la paroi étincelante. La bestiole couina en touchant le sol, assommée, et il l'acheva en vitesse.

« Retournons dans la forêt, maintenant, commanda Plume Grise.

— On n'attrape rien d'autre ? protesta Nuage Cendré.

— Tu as entendu le cri de ce campagnol ? lui demanda son mentor. Tous les animaux des environs aussi. Le gibier va se terrer un moment. J'aurais dû l'attraper et le tuer sans lui laisser le temps de faire un bruit. »

Cœur de Feu prit la proie dans sa gueule. Ensemble, les chats descendirent la pente et retournèrent parmi les arbres. Après la chaleur des Rochers du Soleil, les bois semblaient glacés, même si midi approchait. Le félin roux sentait que le Clan de la Rivière avait récemment marqué son territoire à la frontière, d'où un raidillon menait au torrent.

Une feuille virevolta vers Nuage de Fougère. Le chaton bondit aussitôt pour l'attraper entre ses pattes.

« Bravo ! s'écria Plume Grise. Tu n'auras aucun problème avec les campagnols ! »

Le petit se rengorgea.

« La rivière ne fait pas grand bruit aujourd'hui, marmonna Cœur de Feu.

— C'est parce qu'elle est gelée ! hurla Nuage Cendré, surexcitée. Je la vois à travers les arbres ! »

Cœur de Feu en lâcha le campagnol.

« Gelée ? Complètement ? »

La rivière scintillait, immobile et glacée.

« On peut aller voir ? » demanda son apprentie.

Sans attendre de réponse, elle franchit la frontière à toute allure. Affolé, Cœur de Feu la vit disparaître en territoire ennemi. Il ne pouvait la rappeler, sous peine d'attirer l'attention d'une patrouille du Clan de la Rivière. Mais il fallait la ramener. Abandonnant son gibier, il s'élança à sa poursuite, ses deux compagnons à sa suite.

Ils la rattrapèrent sur la berge. Le cours d'eau était presque totalement gelé, à l'exception d'un étroit chenal d'eau noire. Frissonnant, Cœur de Feu se rappela Griffe Blanche. Il allait leur suggérer de partir quand il remarqua que les oreilles de Plume Grise étaient pointées en avant.

« Un rat d'eau ! » s'exclama son ami.

Le chat roux surveillait les deux novices, craignant qu'ils ne cherchent à attraper cette nouvelle proie. Mais aucun d'eux ne bougea. Il se sentit soulagé, puis son cœur manqua un battement quand Plume Grise bondit sur la glace.

« Reviens ! » souffla Cœur de Feu.

Trop tard. Sous le poids du chasseur, la glace craqua et se fissura. Avec un miaulement surpris, Plume Grise tomba à l'eau. Il battit des pattes un instant avant de disparaître dans les profondeurs de la rivière.

Consterné, Nuage de Fougère regarda la scène sans réagir et sa sœur poussa un cri désespéré. Son mentor ne la fit pas taire. Fou de terreur, il épiait les flots sombres où avait sombré Plume Grise. Était-il coincé sous la glace ? Le jeune guerrier s'avança à son tour sur la surface glissante : impossible de courir. Il retourna sur la berge. À la panique succéda le soulagement quand une tête trempée surgit un peu plus loin.

Mais son soulagement fut de courte durée – Plume Grise était emporté en aval. Ses pattes s'agitaient en vain : l'instinct qui le poussait à nager semblait contrecarré par le courant. Cœur de Feu se précipita le long de la rivière, s'engouffrant parmi les fougères. Son ami s'éloignait de plus en plus.

Soudain, un cri s'éleva sur la rive opposée. Cœur de Feu s'arrêta net. Une chatte gris argent au corps élancé avait bondi sur la glace. Elle s'avança d'une patte légère et se glissa dans l'eau. Stupéfait, Cœur de Feu la vit nager à contre-courant à longs coups de patte assurés. Lorsque Plume Grise passa à sa hauteur, elle referma les mâchoires sur sa fourrure.

Mais le poids du mâle les fit couler tous les deux. Cœur de Feu se remit à courir, les yeux fixés sur le torrent. Où étaient-ils ? Tout à coup, une tête argentée apparut au milieu du bouillonnement. La chatte progressait vers l'amont en remorquant son fardeau. Cœur de Feu n'en croyait pas ses yeux... Une femelle si frêle... Elle s'accrocha à la berge, tordit le cou pour retenir Plume Grise entre ses crocs. Après de multiples glissades, elle parvint à se hisser hors de l'eau. Le corps du guerrier était ballotté par les flots, mais elle tint bon.

Cœur de Feu fila le long de la rive, se rua sur la glace et fit halte à côté d'eux. Sans un mot, il agrippa la fourrure de son camarade. À deux, ils le tirèrent sur la berge.

Cœur de Feu se pencha sur son ami, inquiet. Puis il vit ses flancs se soulever de façon saccadée. Plume Grise toussa, postillonna et recracha une gorgée d'eau, avant de retomber, immobile.

— Plume Grise ! s'écria Cœur de Feu, alarmé.

— Ça va », souffla son ami pour le rassurer.

Cœur de Feu soupira et s'assit. Il observa la chatte pommelée. À en juger par son odeur, elle était du Clan de la Rivière. Le guerrier, qui l'avait vue nager, n'était pas surpris. Elle le fixa avec froideur, s'ébroua et se coucha, haletante, afin de reprendre haleine. L'eau coulait de son pelage luisant comme sur des plumes de canard.

Plume Grise tourna la tête vers elle.

« Merci, bafouilla-t-il.

— Espèce d'imbécile ! jeta-t-elle, les oreilles couchées en arrière. Qu'es-tu venu faire sur mon territoire ?

— Me noyer ? » suggéra-t-il.

Elle agita les oreilles, et le félin roux perçut son amusement.

« Et tu ne peux pas faire ça chez toi ? »

Les moustaches du mâle frémirent.

« Si... mais dans ce cas, qui me sauverait ? » rétorqua-t-il d'une voix rauque.

On entendit un petit miaulement. Derrière Cœur de Feu, son apprentie était couchée sur la rive, près d'une touffe d'herbe.

« Où est Nuage de Fougère ? s'enquit-il.

— Il arrive », répondit-elle en le montrant du bout du museau.

Nerveux, l'apprenti rampait vers eux le long de la berge. Avec un soupir, Cœur de Feu se tourna vers Plume Grise.

« Nous devons partir.

— Je sais. » Le matou cendré se redressa et regarda la chatte. « Merci encore. »

Elle s'inclina avec grâce, siffla :

« Filez, et en vitesse ! Si mon père savait que j'ai sauvé un intrus du Clan du Tonnerre, il m'étriperait.

— Pourquoi l'as-tu fait, alors ? » la taquina-t-il.

Elle détourna le regard.

« Par instinct. Je ne peux pas laisser un chat se noyer. Allez-vous-en ! »

Cœur de Feu se leva.

« Merci. Cette vilaine boule de poil m'aurait manqué si elle s'était noyée. » Il donna un petit coup de museau à son ami, qui ne s'était pas encore ébroué : il semblait trempé jusqu'aux os. « Allez, il est temps de rentrer au camp. Tu es glacé !

— J'arrive ! » rétorqua le jeune mâle. Mais avant de suivre son complice, il se tourna vers la chatte. « Comment t'appelles-tu ? Moi, c'est Plume Grise.

— Et moi, Rivière d'Argent ! » répondit-elle avant de retourner en hâte sur la glace et de franchir la rivière d'un bond.

Les deux chasseurs conduisirent leurs apprentis vers la frontière à travers les fougères. Cœur de Feu vit son camarade se retourner plus d'une fois. Ce détail n'échappa pas non plus à Nuage Cendré. Elle leva la tête, espiègle.

« Jolie, cette chatte du Clan de la Rivière, non ? »

Plume Grise lui donna un léger coup de patte sur l'oreille : elle fila un peu plus loin.

« Reste avec nous ! » siffla Cœur de Feu.

Ils se trouvaient toujours en territoire ennemi. Il lança à la novice un regard noir quand elle s'arrêta pour les attendre. Sans ses bêtises, l'un d'eux n'aurait pas frôlé la noyade. Il jeta un coup d'œil à Plume Grise. Même après s'être ébroué du mieux qu'il le pouvait, celui-ci gardait une fourrure bonne à tordre. De la glace se formait au bout de ses moustaches.

Cœur de Feu accéléra l'allure.

« Ça va ? lui demanda-t-il.

— T... Très bien ! répliqua Plume Grise en claquant des dents.

— Désolée », murmura la novice, qui se glissa derrière eux.

Cœur de Feu soupira.

« Ce n'est pas ta faute. »

Il était mort d'inquiétude. Qu'allaient-ils dire au reste de la tribu ? Pas de gibier pour les anciens – ils n'avaient pas le temps de retourner chercher le campagnol – et Plume Grise trempé de la tête aux coussinets. Le chat roux frissonna en pensant qu'il avait failli perdre son ami le plus cher. Le Clan des Étoiles soit loué, Rivière d'Argent avait pu lui sauver la vie.

« Le ruisseau qui coule près de la combe d'entraînement n'est pas tout à fait gelé, déclara Nuage de Fougère d'un air pensif.

— Quoi ? s'étonna Cœur de Feu, tiré de ses sombres ruminations.

— La tribu pensera sans doute que Plume Grise y est tombé, poursuivit l'apprenti.

— On pourrait dire qu'il nous montrait comment attraper du poisson, ajouta Nuage Cendré.

— Plume Grise, volontaire pour se mouiller les pattes par ce temps ? Personne n'y croira, déclara son mentor.

— Mais je ne veux pas qu'on sache qu'une chatte du Clan de la Rivière a dû venir à ma rescousse ! s'écria Plume Grise avec un peu de sa véhémence habituelle. Et il est hors de question de leur avouer qu'on s'est encore aventurés chez l'ennemi. »

Cœur de Feu hocha la tête.

« Venez, jeta-t-il. On va courir jusqu'au camp, ça aidera Plume Grise à se réchauffer. »

Ils filèrent jusqu'à la frontière, longèrent les Rochers du Soleil. L'astre commençait à descendre derrière la cime des arbres quand ils parvinrent à l'orée de la clairière.

La fourrure du chat cendré avait un peu séché, mais des gouttes gelées s'accrochaient à ses moustaches et à sa queue.

Cœur de Feu passa le premier par le tunnel d'ajoncs. Il eut un pincement au cœur lorsqu'il aperçut Griffe de Tigre assis au milieu de la clairière.

Toisant Cœur de Feu avec méfiance, le lieutenant grogna :

« Pas de gibier ? Je pensais que vous deviez apprendre à ces deux petits à chasser, aujourd'hui. Tu es trempé, Plume Grise. Tu as dû tomber dans une rivière pour être dans cet état. » Ses narines se dilatèrent et il se redressa de toute sa hauteur. « Ne me dis pas que vous êtes retournés sur le territoire du Clan de la Rivière ! »

CHAPITRE 12

❧

Cœur de Feu leva la tête, prêt à parler. Nuage Cendré le devança.

« C'est ma faute, Griffe de Tigre, déclara-t-elle avec assurance. Nous chassions sur le ruisseau gelé à côté de la combe réservée à l'entraînement. J'ai glissé et Plume Grise a voulu me secourir, mais la glace n'était pas assez épaisse pour supporter son poids : elle a cédé et il est tombé à l'eau. »

Le lieutenant scruta ses yeux clairs et brillants.

« Le bassin est vraiment profond à cet endroit, ajouta-t-elle. Il a fallu que Cœur de Feu le repêche. »

Son mentor grimaça au souvenir de la terreur qui l'avait figé sur place lorsque son camarade avait disparu dans la rivière.

Après un hochement du menton, Griffe de Tigre regarda Plume Grise.

« Va voir Croc Jaune avant d'attraper la mort. »

Il se leva et s'éloigna. Le chat roux poussa un soupir de soulagement.

Plume Grise n'hésita pas une seconde. Malgré leur retour au pas de course, ses dents claquaient encore. Il bondit vers la tanière de la guérisseuse. Nuage de Fougère regagna son gîte, la queue basse tant il était épuisé.

Cœur de Feu fixa son apprentie.

« Griffe de Tigre ne t'intimide pas ? lui demanda-t-il, empli de curiosité.

— Pourquoi devrais-je le craindre ? C'est un guerrier fameux. Je l'admire. »

Bien sûr, pourquoi penserait-elle autrement ? songea-t-il.

« Tu mens bien, grommela-t-il d'un air sévère, s'efforçant d'agir en mentor.

— Je n'aime pas ça. Mais je me suis dit que, dans ce cas, la vérité ne nous serait pas d'un très grand secours. »

Elle n'avait pas tort, il fallait l'avouer. Cœur de Feu secoua lentement la tête.

« Va te réchauffer.

— Oui, Cœur de Feu ! »

Elle s'inclina et s'élança sur les traces de son frère.

Le chat roux se dirigea vers l'antre des chasseurs, préoccupé. Avec quelle facilité la novice avait brodé sur la noyade de Plume Grise ! Cependant, il la croyait honnête et pleine de bonnes intentions. Il pensa à Nuage de Jais, un autre chat bourré de qualités. Le récit de l'assassinat de Plume Rousse par Griffe de Tigre avait-il, lui aussi, été imaginé sous le coup de la nécessité ? Cœur de Feu écarta cette pensée. Quand il lui avait confié son secret, le petit chat noir semblait mort de peur. De toute évidence, il croyait à son histoire. Pourquoi, sinon, aurait-il accepté de quitter le Clan ?

Cœur de Feu choisit quelques proies et les apporta près du bouquet d'orties. Une fois installé, il se mit à mâchonner une souris, pensif. L'admiration de Nuage Cendré pour Griffe de Tigre le mettait mal à l'aise. À croire que personne d'autre ne soupçonnait le lieutenant de dissimuler un secret. L'attitude d'Étoile Bleue envers le vétéran n'avait pas varié d'un pouce. Elle le traitait avec la même confiance et le même respect qu'elle lui avait toujours témoignés. Irrité, Cœur de Feu arracha une autre bouchée de viande.

Un éternuement le fit sursauter. Plume Grise se dirigeait vers lui.

« Ça va ? » demanda le chat roux à son ami.

Enveloppé de l'odeur d'une des mixtures de la guérisseuse, le malade s'assit lourdement. Il fut soudain pris d'une quinte de toux.

« Je t'ai gardé un peu de gibier, poursuivit le jeune félin, qui poussa vers son compagnon une grive bien grasse et un campagnol.

— Croc Jaune dit qu'il faut que je reste au camp. J'ai un rhume, annonça Plume Grise d'une voix rauque.

— Ça ne m'étonne pas. Que t'a-t-elle fait prendre ?

— Un mélange de grande camomille et de lavande. » Il s'allongea et attaqua la grive. « Ça me suffira. Je n'ai pas très faim. »

Cœur de Feu le regarda, ahuri. Jamais il n'aurait cru entendre un jour ces mots dans la gueule de Plume Grise.

« Tu es sûr ? J'ai ce qu'il me faut, tu sais.

— Quoi ? » Le matou cendré posa sur lui un regard lointain. « Euh... oui. »

Il doit avoir de la fièvre, se dit son ami. De toute façon, l'important c'était qu'il soit là, grâce à cette chatte du Clan de la Rivière.

Quelques jours plus tard, à son réveil, Cœur de Feu vit le premier brouillard de la saison des neiges envahir sa tanière. Dehors, il discernait à peine l'autre côté de la clairière. Il entendit un bruit de pas précipités et Poil de Souris émergea de la brume.

« Griffe de Tigre veut te voir, lui annonça-t-elle.
— D'accord, merci. »

L'inquiétude lui serrait la gorge. Il s'était éclipsé la veille pour rentre visite à Princesse. Le lieutenant l'avait-il remarqué ?

La voix enrouée de Plume Grise retentit dans son dos.

« Que se passe-t-il ? »

Son camarade s'assit près de lui, éternua et bâilla.

« Griffe de Tigre veut me voir. Tu devrais rester allongé. »

L'état du matou cendré commençait à l'inquiéter. Il aurait déjà dû se sentir mieux.

« Tu t'es reposé hier ? s'enquit-il.
— Entre les éternuements et les accès de toux.
— Pourtant, tu n'étais pas sur ta couche quand je suis rentré de... » Il hésita, car il avait passé l'après-midi à discuter avec Princesse. « ... l'entraînement.
— Tu crois que je suis tranquille, là-dedans ? » Plume Grise indiqua la tanière du bout de la queue. « C'est plein de guerriers qui vont et qui viennent

156

toute la journée ! J'ai trouvé un endroit plus calme. »

Cœur de Feu allait lui demander lequel, mais son ami le devança.

« Je me demande ce que te veut Griffe de Tigre.

— Je ferais mieux d'y aller », répondit le chat roux, la peur au ventre.

À travers le brouillard, il distinguait à peine les silhouettes du lieutenant et de Tornade Blanche, assis sous le Promontoire. Quand il s'approcha d'eux, ils interrompirent leur conversation. Le guerrier au poil sombre se tourna vers lui.

« Il est temps pour Nuage Cendré et Nuage de Fougère de subir une évaluation, grogna-t-il.

— Déjà ? » s'étonna Cœur de Feu.

Les deux novices ne s'entraînaient pas depuis très longtemps.

« Étoile Bleue désire vérifier la progression de leur initiation. Surtout depuis que Plume Grise est trop malade pour s'occuper de son élève. Si Nuage de Fougère prend du retard, elle doit le savoir afin de lui attribuer un nouveau mentor. »

Cœur de Feu, irrité, agita la queue. Son camarade n'allait pas tarder à retrouver la santé. Quelle injustice de confier son premier apprenti à un autre !

« J'emmène Nuage de Fougère et Nuage Cendré tous les jours », se hâta-t-il de préciser.

Après un coup d'œil à Tornade Blanche, Griffe de Tigre acquiesça.

« Oui, mais c'est la première fois que tu as la charge d'un novice. C'est une lourde responsabilité, et le Clan a besoin de guerriers bien entraînés. »

Je sais. Je ne suis qu'un chat domestique, pas un chasseur né au sein de la tribu, pensa Cœur de Feu, amer. Il fixa ses pattes, plein de ressentiment. Personne ne lui avait demandé de former Nuage de Fougère, et il faisait de gros efforts avec les deux chatons.

« Envoie-les chasser aux Grands Pins, près de la ville, continua le vétéran. Surveille-les, jauge leur technique et fais-moi ton rapport. J'aimerais savoir combien de proies ils ajouteront au tas de gibier.

— Si les talents de Nuage Cendré égalent son enthousiasme, nous devrions avoir à manger en abondance, ce soir, ajouta Tornade Blanche. On m'a dit qu'elle avait soif d'apprendre.

— C'est vrai », confirma son mentor qui écoutait à peine.

Les paroles de Griffe de Tigre lui faisaient battre le cœur. *Pourquoi m'envoie-t-il encore du côté de chez les Bipèdes ?* Sa propre évaluation avait eu lieu exactement au même endroit, et Griffe de Tigre l'avait vu parler à un vieil ami chat domestique. En l'apprenant, Étoile Bleue avait mis en doute sa loyauté au Clan. Cœur de Feu sentit son échine le picoter. Le lieutenant lui laissait-il entendre par là qu'il l'avait vu bavarder avec Princesse ?

Cœur de Feu tourna la tête et se donna un petit coup de langue sur le dos, afin d'aplatir sa fourrure hérissée. Il se rassit bien droit et suggéra d'une voix posée :

« Les Rochers du Soleil seraient un endroit tout aussi approprié pour tester leurs capacités. Il y aura peut-être moins de brouillard, là-bas.

— Non, maugréa Griffe de Tigre. La patrouille

du matin y a relevé l'odeur du Clan de la Rivière. Il a peut-être recommencé à y chasser. » Une lueur de colère brilla dans ses yeux, et il retroussa les babines, découvrant des crocs pointus. « Il faudra que nous le repoussions avant de pouvoir y continuer l'entraînement. Pour l'instant, les Grands Pins sont plus sûrs. »

Tornade Blanche inclina la tête afin de marquer son accord, mais à cette nouvelle, Cœur de Feu, mal à l'aise, remua les oreilles. Le Clan de la Rivière repéré aux Rochers du Soleil ! Quelle chance de ne pas avoir été aperçus par les patrouilles ennemies le jour où Plume Grise était tombé dans la rivière !

« Pour ce qui est du brouillard, reprit le lieutenant d'une voix mielleuse, des conditions de chasse ardues rendront l'épreuve d'autant plus intéressante.

— Oui, Griffe de Tigre, répondit le jeune guerrier qui s'inclina respectueusement devant ses aînés. Je vais l'annoncer à Nuage Cendré et à Nuage de Fougère. Nous partirons sur-le-champ. »

Quand il apprit les détails du test aux deux apprentis, Nuage Cendré agita la queue et se mit à tourner en rond, surexcitée.

« Une évaluation ! Tu crois qu'on est prêts ?

— Bien sûr, rétorqua Cœur de Feu pour cacher ses doutes. Vous travaillez dur et vous apprenez vite.

— Hum... Le brouillard risque de rendre la chasse plus difficile, non ? s'inquiéta Nuage de Fougère.

— Le brouillard a ses avantages », leur expliqua leur mentor.

D'abord pensif, le chaton finit par s'exclamer, les yeux brillants :

« Il sera plus difficile de repérer nos proies, mais elles auront aussi de la peine à déceler notre présence !

— Tout à fait !

— On part maintenant ? voulut savoir la petite chatte.

— Dès que vous le voulez. Prenez votre temps, ce n'est pas une course... » Ses paroles n'eurent aucun effet sur Nuage Cendré, qui s'élançait déjà vers l'entrée du camp. « Vous avez jusqu'au coucher du soleil ! » lui cria-t-il.

Nuage de Fougère regarda Cœur de Feu, poussa un léger soupir et suivit sa sœur.

Leur mentor les laissa prendre de l'avance, puis chercha leurs traces parmi les Grands Pins. La couche d'épines qui couvrait le sol semblait étrangement moelleuse après la terre gelée de la forêt. Il pista Nuage Cendré et finit par la voir ramper parmi les arbres, excitée comme une puce. Il repéra ensuite l'odeur de Nuage de Fougère. Leurs deux pistes se croisaient ici et là. Il décelait les lieux où ils avaient couru, ceux où ils s'étaient assis ou attardés ensemble. Bientôt, il tomba sur un endroit où son apprentie avait attrapé une bête. Elle l'avait emmenée avec elle – il sentait le fumet de la prise mêlé à celui de la chatte. Il découvrit ensuite celui où son frère avait attrapé une grive. Ses plumes étaient éparpillées un peu partout. Les deux novices se débrouillaient bien. Cœur de Feu en eut la confirmation quand il détecta la senteur marquée d'une proie. Il creusa parmi les aiguilles au pied d'un pin. Un tas de gibier, laissé là par son élève qui comptait repasser le chercher plus tard, était caché sous le tapis de verdure. La fierté gonfla sa poitrine. Elle avait réuni beaucoup de prises, et se dirigeait à présent vers la chênaie située derrière les premières tanières des Bipèdes.

Il fit de même. À l'extrémité de la pinède, il retrouva l'odeur de Nuage de Fougère. Elle était très forte : le novice ne devait pas être loin. Le guerrier rampa derrière un jeune chêne pour mieux l'épier. Son élève était tapi sous un taillis de ronces, bien caché dans l'ombre. On voyait seulement sa queue osciller de droite à gauche.

Le chaton avait les yeux fixés sur un rat des bois qui contournait les racines d'un arbre. L'apprenti prenait son temps. *Bien*, pensa Cœur de Feu. Il le regarda s'avancer, une patte après l'autre. Les feuilles crissaient à peine. Il était aussi silencieux que le rongeur lui-même, qui continuait à chercher sa nourriture sans se douter de rien. Cœur de Feu retint son souffle ; le souvenir de sa première proie lui revint.

Nuage de Fougère s'approcha encore. Le léger bruissement de ses coussinets sur les feuilles se fondait parmi les autres bruits de la forêt. Son mentor encourageait mentalement le jeune chat, qui n'était plus qu'à un saut de lièvre de sa cible, le corps pressé contre le sol. Le rat trottina le long d'une racine, regarda autour de lui et s'arrêta net. Il sentait le danger.

Maintenant ! pensa Cœur de Feu. Le novice bondit et atterrit sur sa proie, qu'il attrapa entre ses pattes de devant. Le rongeur n'eut pas le temps de lutter. Une seule morsure, et ce fut fini.

Nuage de Fougère releva la tête. Il inspira l'odeur du rat, satisfait. Sans attendre, il fila entre les arbres.

« Salut ! »

La petite voix fit sursauter Cœur de Feu. Il pivota.

« Alors, on se débrouille comment ? l'interrogea Nuage Cendré, la tête penchée sur le côté.

— Tu n'es pas censée poser cette question ! rétorqua-t-il en léchant sa fourrure ébouriffée. Tu ne devrais même pas m'adresser la parole. C'est une évaluation, tu te rappelles ?

— Oh ! Désolée. »

Il soupira. Jamais il n'aurait osé aborder Griffe de Tigre lors de son propre examen. Il ne voulait pas contraindre son apprentie à lui obéir par la peur, comme le lieutenant l'avait fait avec Nuage de Jais, mais il aurait bien aimé se voir témoigner un peu de respect de temps en temps. Parfois, il n'avait pas du tout l'impression d'être le mentor de la jeune chatte.

Elle fixa le sol un instant avant de relever la tête, l'expression perplexe.

« Tu es vraiment né là-bas, à la ville ? »

Pris au dépourvu, il lorgna avec nervosité la clôture en priant pour que les odeurs inconnues des deux novices dissuadent Princesse de sortir de son jardin ce jour-là.

« Pourquoi me demandes-tu ça ? rétorqua-t-il, dans l'espoir de changer de sujet.

— Parce que Griffe de Tigre m'en a parlé, c'est tout. »

Sa curiosité paraissait sincère ; pourtant, son mentor frémit à la simple mention de ce nom, comme s'il se sentait menacé. Quels autres détails le lieutenant avait-il confiés à son élève ?

« Je suis né chat domestique, déclara-t-il d'une voix ferme. Mais aujourd'hui, je suis un guerrier. Ma vie est ici, avec le Clan. Même si mon passé n'était pas désagréable, il est derrière moi, et je suis heureux ainsi.

— Euh... D'accord, répondit Nuage Cendré, sans manifester un très grand intérêt. À tout à l'heure ! »

Elle fit volte-face et s'élança entre les arbres.

Il resta seul dans les bois, le cœur battant, à fixer la palissade. Une lune auparavant, il aurait tenu ce discours sans arrière-pensées. Désormais, il n'était plus si sûr de lui. Il frémit : ces derniers temps, c'était pendant les heures passées à partager ses souvenirs avec sa sœur qu'il avait été le plus heureux.

CHAPITRE 13

❧

TANDIS QUE LE SOLEIL se couchait sur la forêt, Cœur de Feu s'installa près du pin où Nuage Cendré avait enterré son premier tas de gibier. Il entendit des bruits : ses élèves approchaient. Ils avaient plusieurs proies dans la gueule. Nuage de Fougère pouvait à peine les tenir toutes. Leur mentor se sentit soulagé. Même Griffe de Tigre ne pourrait critiquer les résultats des deux apprentis.

« Je vais vous aider à transporter votre butin », proposa-t-il.

Il ôta le tapis d'aiguilles sous lequel était dissimulée la réserve de la chatte, déterra la viande, la saisit entre ses crocs et prit le chemin du camp.

À leur retour dans la clairière, certains de leurs congénères prélevaient leur repas sur le tas de gibier. Griffe de Tigre devait guetter leur arrivée, car il se dirigea vers eux sitôt qu'ils déposèrent leurs prises à côté des autres.

« Ils ont attrapé tout ça seuls ? demanda-t-il en effleurant la pile du bout d'une de ses larges pattes.

— Eh oui ! rétorqua Cœur de Feu.

— Très bien. Joins-toi à Étoile Bleue et moi. Apporte ta part, nous dînons déjà. »

Les deux chatons regardèrent Cœur de Feu avec admiration : manger avec le chef du Clan et son lieutenant était un privilège. Leur aîné, cependant, ne partageait pas leur enthousiasme. Il avait espéré rendre compte à la chatte grise seul à seule. Il n'avait pas la moindre envie de souper en compagnie du vétéran.

« Au fait, tu sais où est Plume Grise ? l'interrogea Griffe de Tigre. Il est censé rester au camp se reposer, mais je ne l'ai pas vu depuis midi. »

Cœur de Feu se balança d'une patte sur l'autre, embarrassé. Plume Grise était-il encore parti s'isoler ?

« Non, avoua-t-il. Il est peut-être avec Croc Jaune ?

— Peut-être », répondit le lieutenant avant de s'éloigner vers l'endroit où leur chef dévorait un gros pigeon.

Cœur de Feu le suivit en s'efforçant de réprimer son inquiétude grandissante. Sur le tas de gibier, il avait jeté son dévolu sur un pinson. Aussitôt, il regretta son choix : il allait devoir faire son compte rendu la gueule pleine de plumes.

« Bienvenue, Cœur de Feu, lui lança Étoile Bleue quand il se coucha devant elle. Griffe de Tigre m'a dit que tes apprentis s'étaient très bien débrouillés. »

Étoile Bleue l'observait, amicale. Le vétéran, assis à côté d'elle, le fixait d'un air plus critique. Tendu, le jeune mentor agita la queue.

« Oui. Ils n'avaient jamais chassé par temps de brume, mais ça n'a pas semblé les déstabiliser. J'ai vu Nuage de Fougère attraper un rat des bois. Sa position était excellente.

— Et Nuage Cendré ? » s'enquit la reine.

Son regard semblait soudain plus dur. Doutait-elle des capacités de la novice ?

« Ses talents de chasseuse se développent convenablement. Elle est pleine de fougue et n'a peur de rien.

— Tu ne crains pas qu'elle commette des imprudences ?

— Elle est rapide et curieuse, ce qui fait d'elle une bonne élève. Je pense que ces qualités compenseront... » Anxieux, il chercha le mot approprié. « ... son ardeur. »

La chatte agita la queue.

« Son *ardeur*, comme tu dis, m'inquiète, déclarat-elle après un coup d'œil rapide à son lieutenant. Elle aura besoin d'être guidée avec attention dans son initiation. »

Le cœur du félin roux se serra. Étoile Bleue remettait-elle en question ses aptitudes de mentor ?

Cependant, l'expression d'Étoile Bleue s'adoucit.

« Depuis le début, son éducation était un défi. Mais à l'évidence, elle est en train de devenir une excellente chasseuse. Tu as bien travaillé avec elle, Cœur de Feu. Avec son frère aussi, d'ailleurs. »

Le félin roux se ragaillardit aussitôt.

« J'ai remarqué, poursuivit-elle, que tu as repris l'entraînement de Nuage de Fougère sans qu'on ait besoin de te le demander et, pour l'instant, je veux que tu continues à leur transmettre ton savoir à tous les deux. »

Avant que Griffe de Tigre ait le temps de tourner la tête, Cœur de Feu remarqua la colère qui luisait au fond de ses prunelles.

« Merci, Étoile Bleue.

— Je vois que ton ami est rentré », grogna le lieutenant sans daigner lui jeter un regard.

Cœur de Feu pivota : Plume Grise sortait de derrière la pouponnière.

« Il cherchait sans doute un peu de tranquillité, suggéra-t-il. Il a encore de la fièvre, et ça ne doit pas être facile pour lui d'être coincé au camp du matin au soir.

— Facile ou pas, il devrait se concentrer sur sa guérison, répliqua Griffe de Tigre. À la saison des neiges, les maladies peuvent se transformer en épidémies. Ce matin, en patrouille, Poil de Souris toussait. J'espère que, cette fois, le Clan des Étoiles nous protégera du mal vert. Il nous a pris cinq petits l'an dernier. »

Étoile Bleue acquiesça d'un air solennel.

« Prions pour que la mauvaise saison soit plus courte et moins pénible. Ce n'est jamais une période faste pour le Clan. »

Un instant, elle sembla rêveuse, puis dit à Cœur de Feu :

« Va partager ce pinson avec Plume Grise. Il voudra sans doute savoir comment son apprenti s'en est sorti aujourd'hui.

— Oui, Étoile Bleue. Merci. »

Cœur de Feu prit sa proie entre ses dents et bondit vers le buisson d'orties où son ami s'était installé avec un gros rat des bois. Il en avait mangé la moitié. Il semblait se remettre de son rhume.

Pourtant, quand Cœur de Feu déposa sa proie près de lui, le convalescent éternua.

« Toujours pas d'amélioration ?

— Non, répondit son camarade, la bouche pleine. Il va falloir que je reste encore un peu au camp. »

Cœur de Feu le trouvait bien plus joyeux qu'avant, mais il ne voulait pas dévoiler ses soupçons : il lui semblait que son compagnon lui cachait quelque chose.

« Nuage de Fougère s'est très bien débrouillé à son évaluation, aujourd'hui, annonça-t-il.

— Ah bon ? » Le jeune mentor mordit dans son rat des bois. « Parfait.

— Oui, c'est un excellent chasseur. »

Cœur de Feu attaqua le pinson, puis, après un long silence, demanda :

« Plume Grise, tu es sorti du camp, ces derniers jours ? »

Son camarade cessa de mastiquer.

« Pourquoi cette question ? »

Cœur de Feu, anxieux, agita la queue.

« Parce que tu n'étais pas là quand je suis rentré de patrouille la nuit dernière, et que Griffe de Tigre s'est étonné de ne pas t'avoir vu depuis midi.

— Griffe de Tigre, répéta Plume Grise d'un air inquiet.

— Je lui ai dit que tu cherchais peut-être un peu de calme, ou que tu étais avec Croc Jaune. C'est le cas ? »

Il mâchonna les plumes, dans l'espoir que Plume Grise lui réponde.

Son ami, cependant, fit la sourde oreille.

« Merci de m'avoir défendu », se contenta-t-il de rétorquer.

Et il se remit à manger.

Malgré sa curiosité, Cœur de Feu ne lui posa pas d'autres questions. Plume Grise se leva et déclara qu'il allait se coucher.

« D'accord, répondit Cœur de Feu. Moi je reste encore un peu. »

Une fois seul, le jeune chasseur se roula sur le dos pour s'étirer longuement en grattant le sol de ses griffes. Il demeura ainsi un moment, pensif. À en juger par son odeur, Plume Grise venait de faire une toilette complète. Cherchait-il à dissimuler un effluve indésirable ? Il avait quasiment admis avoir quitté le camp. Mais dans quel endroit secret était-il allé dont il ne pouvait – ou n'osait – lui parler ? Soudain, le poil de Cœur de Feu se hérissa sur son échine : que dire de ses propres visites à Princesse – dans le territoire des Bipèdes, en plus ! Lui aussi s'était léché avec soin avant de rentrer au camp, sans jamais avouer la vérité à son ami.

Il se redressa et se rassit. Quelque chose était coincé sous une de ses griffes. Il leva la patte et arracha avec ses crocs un de ces petits épis qu'on trouvait sur les saules, desséché et rabougri. Que faisait-il là ? Les saules ne poussaient pas sur le territoire de la tribu. D'ailleurs, les seuls qu'il ait jamais vus bordaient le torrent, sur les terres du Clan de la Rivière. Il retint son souffle, le cœur battant. Et si c'était Plume Grise qui l'avait rapporté ?

Il se glissa dans leur tanière. Son compagnon dormait déjà. Cœur de Feu resta étendu à côté de lui, les yeux grands ouverts dans le noir, à se demander si Plume Grise avait été assez stupide pour retourner chez l'ennemi. Le regard de Taches de Léopard après la mort de Griffe Blanche ne laissait pas de place au doute : elle avait des comptes à régler. Frissonnant, il résolut de découvrir où allait Plume Grise et pourquoi.

Au réveil, leur antre était humide et froid. Il suffisait de humer l'air pour comprendre que la pluie n'allait pas tarder. Cœur de Feu sortit en bâillant. Inquiet pour son camarade, il avait mal dormi. Même à présent, la pensée du jeune guerrier seul de l'autre côté de la frontière l'emplissait d'inquiétude.

« Il ne fait pas chaud, hein ? »

La voix de Vif-Argent le fit sursauter. Il regarda par-dessus son épaule, la queue frémissante. Le chasseur sortait de leur gîte.

« Euh... non.

— Ça va ? Tu n'as pas attrapé le rhume de ton ami, au moins ? Poil de Souris a le nez qui coule depuis ce matin et Longue Plume m'a dit que Nuage Agile avait éternué pendant son entraînement, hier. »

Cœur de Feu secoua la tête.

« Ça va. Je suis juste fatigué après l'évaluation.

— Ah ! Étoile Bleue s'en doutait. Elle m'a demandé de t'aider à t'occuper de tes deux apprentis aujourd'hui. Ça ne t'ennuie pas ?

— Non. Merci !

— Je te rejoins à la combe après le déjeuner. Si Nuage Agile a un rhume, on devrait avoir l'endroit pour nous. Tu as faim ? »

171

Cœur de Feu déclina l'invitation, et son camarade partit se trouver de quoi manger parmi les reliefs du repas de la veille.

Cœur de Feu, lui, se dirigea droit vers le vallon, où il attendit l'arrivée des autres. Il n'avait pas l'esprit au travail : il n'arrêtait pas de penser à Plume Grise. Il était prêt à parier que son ami allait encore tenter de s'éclipser ce jour-là.

Le vent, chargé d'une odeur de pluie, agitait les branches nues quand les deux novices apparurent, suivis de Vif-Argent.

« Qu'est-ce qu'on fait, aujourd'hui ? » lui demanda Nuage Cendré en déboulant dans la petite dépression.

Son mentor la regarda, l'œil vide. Il n'y avait pas du tout réfléchi.

« On s'entraîne à chasser ? » s'écria Nuage de Fougère, plein d'espoir, avant de s'arrêter à côté de sa sœur.

Vif-Argent traversa la combe pour les rejoindre.

« Que diriez-vous de pratiquer quelques positions de chasse ? proposa-t-il.

— Bonne idée, se hâta d'approuver Cœur de Feu.

— Oh non, pas encore cette vieille leçon ! gémit la chatte. "Le lapin vous entend arriver, mais la souris sent le sol vibrer sous vos pattes ! »

Vif-Argent la fit taire d'un regard sévère et se tourna vers le félin roux, qui sursauta quand il comprit qu'il était censé commencer.

« Euh, je vais vous montrer la meilleure façon de traquer un lapin », balbutia-t-il.

172

Il se mit en position et s'avança, la patte rapide et légère, jusqu'au bout du vallon. En se retournant, il vit les trois autres félins le fixer, dubitatifs.

« Tu es sûr que ça tromperait un lapin ? » hasarda la novice, les moustaches frémissantes.

D'abord perplexe, Cœur de Feu s'aperçut qu'il venait de faire la démonstration de sa meilleure technique pour débusquer les oiseaux. Un rongeur aurait perçu le frottement de sa fourrure contre les broussailles à trois longueurs de renard.

Embarrassé, il pivota vers Vif-Argent, qui se renfrogna.

« Je vais vous indiquer comment surprendre une musaraigne. »

Nuage Cendré observa leur nouveau mentor. Cœur de Feu soupira, soulagé, et s'approcha pour le regarder faire.

Mais quand midi arriva, il trouvait encore difficile de se concentrer sur la séance. Il ne cessait d'imaginer Plume Grise se faufiler en douce hors du camp ; il mourait d'envie de le suivre. Sa fébrilité finit par l'emporter. Il murmura à l'oreille de Vif-Argent :

« J'ai mal au ventre. Pourrais-tu me remplacer le reste de la journée ? Je vais voir si Croc Jaune peut soulager la douleur.

— Je me disais bien que tu semblais un peu distrait. Rentre. Je vais emmener les petits à la chasse.

— Merci ! » répondit Cœur de Feu, honteux d'avoir si facilement trompé son camarade.

Il traîna la patte à travers la combe. Sitôt hors de vue, il se mit à courir et fila au camp. À son retour, la veille, Plume Grise était sorti de derrière la pouponnière. Le chat roux savait d'expérience qu'il s'agissait du meilleur moyen de quitter la clairière sans se faire remarquer : c'est par là que Croc Jaune s'était échappée quand le Clan l'avait soupçonnée du meurtre de Petite Feuille.

Il longea le périmètre du camp et renifla le mur de fougères. Le cœur lourd, il sentit l'odeur de Plume Grise. Le chat avait sans le moindre doute emprunté ce passage – et souvent, d'ailleurs, à en juger par le fumet. Coup de chance, les traces commençaient à dater : il n'était pas sorti ce jour-là.

Cœur de Feu se coucha derrière un arbre et se prépara à attendre. Les bois s'assombrissaient à mesure que les nuages s'amoncelaient dans le ciel. Les ombres le dissimulaient, et il s'assura qu'il était bien sous le vent afin de ne pas être repéré. Tendu et plein d'appréhension, il avait vraiment mal au ventre, à présent. Il espérait à moitié que son ami ne viendrait pas, ou irait se réfugier dans un coin tranquille sans quitter leur territoire.

Son cœur fit un bond dans sa poitrine quand il entendit bruire les fougères. Un museau gris tentait de s'y frayer un chemin. Le félin roux se recroquevilla lorsque Plume Grise, sur le qui-vive, scruta les alentours. Au bout d'un moment, le chat cendré sortit du camp d'un bond et se dirigea vers la combe sablonneuse.

Cœur de Feu éprouva un soulagement infini. Son rhume s'améliorant, peut-être le jeune guerrier avait-il décidé de se joindre à l'entraînement. Cœur de Feu se lança à sa poursuite, à bonne distance, se fiant à son odorat plus qu'à sa vue.

174

Mais quand la piste s'écarta du chemin du vallon, il comprit que ses espoirs étaient vains. Redoutant le pire, il vit apparaître entre les arbres une paroi de pierre grise : les Rochers du Soleil. Il dressa l'oreille et entrouvrit la gueule, à l'affût de la moindre odeur ennemie. À la lisière de la forêt, il aperçut Plume Grise contourner le versant rocailleux en direction de la frontière. Impossible de douter de sa destination.

Sitôt son camarade hors de vue, Cœur de Feu s'avança pour observer la pente qui descendait vers le torrent. Aux mouvements des fourrés, il pouvait deviner où se trouvait son compagnon. Pourvu qu'aucun chasseur du Clan de la Rivière ne surveille les environs !

Il se faufila parmi les fougères. Le cours d'eau avait dégelé : il entendait les flots clapoter sur la rive et éclabousser les pierres. Il ralentit l'allure lorsque les broussailles commencèrent à se clairsemer et examina la berge.

Plume Grise, assis sur les cailloux, regardait autour de lui, les oreilles pointées en avant. On sentait à son air détendu qu'il ne guettait pas de proie.

Le miaulement d'un chat inconnu s'éleva au loin. Une patrouille ennemie ? La fourrure de Cœur de Feu se hérissa, ses muscles se crispèrent, et pourtant Plume Grise resta immobile. De l'autre côté de la rivière, un bruissement monta de la végétation. Plume Grise ne réagit toujours pas. Cœur de Feu retint son souffle : un museau apparut sur la rive opposée. Sans un bruit, la chatte pommelée émergea du sous-bois et se glissa dans l'eau. Il sentit son sang se figer : c'était Rivière d'Argent, la femelle qui avait sauvé la vie à son ami !

Elle traversa le torrent sans difficulté. Plume Grise se leva et miaula, ravi, pétrissant le sol dans sa hâte de la voir. La queue dressée, il s'approcha quand elle se hissa sur la berge.

Elle s'ébroua et les deux félins gris se touchèrent doucement le nez. Le mâle caressa la mâchoire de la chatte du bout du museau, et elle leva le menton, aux anges. Puis elle se haussa pour enrouler son corps mince autour de celui du matou. Cette fois, Plume Grise ne sembla pas mécontent de se trouver trempé : quand elle pressa son pelage humide contre lui, il se mit à ronronner si fort que Cœur de Feu l'entendit depuis sa cachette.

CHAPITRE 14

❧

FRAPPÉ D'HORREUR, CŒUR DE FEU SENTIT son échine se hérisser. Comment son ami pouvait-il se montrer si irresponsable ? Ces rencontres avec un membre d'un Clan adverse transgressaient le code du guerrier !

« Plume Grise ! » souffla-t-il en bondissant hors des buissons.

Les deux félins pivotèrent vers lui. Furieuse, Rivière d'Argent coucha les oreilles en arrière. Plume Grise, lui, le fixa d'un air ahuri.

« Tu m'as suivi ! »

Cœur de Feu fit la sourde oreille.

« Que fais-tu ? Ignores-tu les risques que tu prends ?

— Aucun souci, intervint Rivière d'Argent. Il n'y aura pas de patrouille ici jusqu'au coucher du soleil.

— Comment peux-tu en être sûre ? Tu ne connais pas tous les déplacements de ta tribu ! »

Elle leva le menton, défiante.

« Si, justement ! Je suis la fille d'Étoile Balafrée, notre chef. »

Soudain cloué sur place, Cœur de Feu cracha à Plume Grise :

« Mais à quoi joues-tu ? Tu n'aurais pas pu plus mal choisir ! »

Plume Grise le regarda un instant dans les yeux, avant de se tourner vers Rivière d'Argent.

« Il vaut mieux que j'y aille. »

Désolée, la chatte lui effleura la joue du bout du museau. Ils fermèrent les yeux, immobiles. Cœur de Feu les contempla, rongé par l'inquiétude. Elle murmura quelques mots à l'oreille de Plume Grise, puis chacun fit un pas en arrière. Rivière d'Argent leva la tête bien haut et plongea à nouveau dans l'eau glacée.

Plume Grise rejoignit son camarade. En silence, ils quittèrent le territoire ennemi et longèrent les Rochers du Soleil à fond de train. À l'approche du camp, Plume Grise ralentit l'allure, imité par son ami, qui haleta :

« Il faut que tu cesses de la voir. »

Si ses craintes s'étaient un peu calmées depuis qu'ils étaient loin de la frontière, sa colère, elle, était intacte.

« Impossible », répliqua le guerrier.

À bout de souffle, il se mit à tousser.

« Je n'y comprends rien. Le Clan de la Rivière est très hostile à notre tribu en ce moment. Tu as entendu les paroles de Taches de Léopard après la mort de Griffe Blanche. » Sachant que ce rappel ne pouvait que blesser son camarade, Cœur de Feu grimaça, mais il fallait qu'il parle. « Es-tu même sûr de pouvoir faire confiance à cette chatte ?

— Tu ne connais pas Rivière d'Argent, rétorqua

178

Plume Grise, qui fit halte et s'assit, les yeux pleins de douleur. Et inutile de me rappeler Griffe Blanche. Tu crois que c'est facile, pour moi, de savoir que je suis responsable de la disparition de l'un des siens ? »

Cœur de Feu renifla, exaspéré : Griffe Blanche était un chasseur adverse, pas *un des siens* ! Mais Plume Grise reprit :

« Elle sait que c'était un accident. Se battre près de la gorge était risqué. N'importe quel chat aurait pu tomber ! »

Cœur de Feu marcha de long en large avec agitation, tandis que son camarade se léchait afin de se débarrasser de l'odeur de la femelle.

« Ce qu'elle pense ne compte pas ! Où est passée ta loyauté au Clan ? Vos rencontres sont contraires au code du guerrier ! »

Plume Grise interrompit sa toilette.

« Tu crois que je ne le sais pas ? souffla-t-il. Me prendrais-tu pour un traître ?

— Qu'imaginer d'autre ? Tu ne peux la voir sans mentir à tout le monde. Et si nous affrontons le Clan de la Rivière ? Tu y as réfléchi ?

— Tu t'inquiètes trop. On n'en arrivera pas là. La paix règne grâce au départ d'Étoile Brisée et au retour du Clan du Vent.

— Le Clan de la Rivière n'a pas l'air très paisible, lui, marmonna le chat roux. Tu sais qu'ils chassent sur les Rochers du Soleil, dans notre territoire ?

— Ils le font depuis bien avant ma naissance », s'esclaffa son ami, qui se mit à lécher la base de sa queue.

Mais Cœur de Feu ne cessait d'aller et venir : Plume Grise ne semblait pas mesurer les conséquences de ses actes.

« D'accord. Et si une patrouille ennemie t'attrape ?

— Rivière d'Argent ne la laissera pas faire.

— Pour l'amour de nos ancêtres ! Tu n'es même pas un peu inquiet ? » s'écria-t-il, exaspéré.

Plume Grise posa sur Cœur de Feu un regard implorant.

« Tu ne comprends donc pas ? C'est la volonté du Clan des Étoiles qui s'accomplit. Écoute, Rivière d'Argent veut me connaître... *malgré ce qui est arrivé à Griffe Blanche*. Nous partageons les mêmes idées, comme si nous étions nés au sein du même Clan. »

Cœur de Feu se rendit compte que la discussion ne les mènerait à rien.

« Viens, lança-t-il, la mort dans l'âme. Rentrons avant qu'on s'aperçoive de ton absence. »

Côte à côte, ils s'avancèrent jusqu'au sommet du ravin et observèrent le camp. Cœur de Feu tournait et retournait une seule pensée dans sa tête : comment son ami pouvait-il aimer la fille d'Étoile Balafrée et rester en même temps loyal à sa tribu ?

Ils descendirent la pente escarpée avant de se faufiler dans le camp de la même façon qu'ils l'avaient quitté. Furieux contre son camarade de se trouver forcé de rentrer en douce, Cœur de Feu retint son souffle en se glissant par l'ouverture. Soudain, sa gorge se serra : une fois parvenu au coin de la pouponnière, il vit Tornade Blanche s'approcher d'eux.

« Plume Grise ! Tu devrais rester sur ta couche au lieu de traîner dehors. Ton mal a déjà commencé à se répandre. Que se passera-t-il s'il contamine la pouponnière ! » s'écria le grand chasseur.

Plume Grise s'inclina et retourna à sa tanière.

« Et toi, ajouta le vétéran, tu ne devrais pas être en train d'entraîner tes apprentis ? »

Nerveux, Cœur de Feu agita les oreilles et marmonna :

« J'ai mal au ventre. Je suis revenu demander un remède à Croc Jaune.

— Alors vas-y. Ensuite, rends-toi utile et dégotenous un peu de gibier. C'est la saison des neiges : on ne peut pas laisser les jeunes guerriers paresser au camp ! »

Cœur de Feu fila vers l'antre de la guérisseuse, soulagé d'échapper à d'autres questions.

Croc Jaune mélangeait des herbes. Plusieurs tas de feuilles s'empilaient devant elle. Il l'observa un moment sans mot dire. Après sa dispute avec Plume Grise, il se sentait triste et épuisé. Il ne pouvait s'empêcher de souhaiter que Petite Feuille soit là, occupée à préparer ses mixtures à la place de la vieille chatte.

Elle leva les yeux vers lui.

« Mes réserves baissent. Je pourrais avoir besoin d'aide pour les reconstituer. »

Il ne répondit pas. Il se demandait s'il serait sage de lui confier ses inquiétudes, quand elle interrompit le cours de ses pensées.

« On dirait une épidémie de mal blanc, grommela-t-elle en broyant avec impatience une feuille séchée. Deux cas, ce matin.

— Nuage Agile ?

— Non, il n'a qu'un rhume. C'est le petit de

Perce-Neige, et Pomme de Pin. Rien de sérieux pour l'instant, mais nous devons rester vigilants. Avec l'arrivée de la saison des neiges, la menace du mal vert grandit. »

Cœur de Feu comprenait son inquiétude. La maladie était mortelle. Croc Jaune releva la tête.

« Que voulais-tu ?

— Oh ! rien. J'avais juste mal au ventre. Ce n'est pas grave, si tu es occupée...

— Tu souffres beaucoup ?

— Non, reconnut-il, incapable de soutenir son regard.

— Alors reviens quand ce sera le cas. » Elle retourna à ses remèdes. Il allait partir, quand elle le rappela : « Assure-toi que Plume Grise demeure dans sa tanière. C'est un jeune guerrier plein de force. S'il se reposait, il serait déjà presque guéri. »

Cœur de Feu agita la queue, fébrile. Avait-elle deviné que le convalescent quittait régulièrement le camp ? Il attendit, le cœur battant, qu'elle ajoute quelque chose, mais elle fronçait déjà les sourcils, concentrée sur sa tâche. Il s'éloigna sans bruit.

Le soir tombait. Il lui restait peu de temps pour chasser. Il attrapa une musaraigne, un pinson et une souris. Pourtant, il hésita avant de rentrer au camp. Ses craintes au sujet de Plume Grise lui semblaient plus importantes que les reproches de Tornade Blanche s'il rapportait le gibier après l'heure du dîner. Il finit par prendre sa décision : si Plume Grise n'écoutait pas la voix de la raison, peut-être Rivière d'Argent aurait-elle plus de bon sens.

Il enterra ses prises sous les racines d'un chêne et les recouvrit de feuilles. Pour la seconde fois ce jour-là, il retourna aux Rochers du Soleil. La pluie qui menaçait depuis le matin se mit à tomber. Lorsqu'il rampa enfin vers le torrent sur la pente plongée dans l'obscurité, elle tambourinait sur les fougères.

Malgré l'averse, il repéra sans mal l'odeur de la chatte. Cœur de Feu suivit sa trace jusqu'à l'endroit où il avait trouvé Plume Grise en sa compagnie. Il s'avança sur la rive, tous ses sens en éveil. L'échine parcourue d'un frisson, il fixa les flots noirs qui coulaient en tourbillonnant. Il n'avait aucune envie de traverser à la nage. Sa fourrure n'était pas protégée contre l'eau comme l'était le pelage des membres du Clan de la Rivière, et se retrouver trempé à la saison des neiges n'avait rien de tentant.

Il se figea soudain. Il sentait les effluves de plusieurs guerriers ennemis ! Il se tapit et, sur l'autre berge, vit Rivière d'Argent surgir sous les branches basses d'un saule. Deux chats de sa tribu la suivaient ; l'un d'eux était un guerrier aux épaules massives et aux oreilles déchiquetées par de nombreux combats. Il huma l'air, méfiant, et parcourut les alentours du regard.

Cœur de Feu sentit le sang battre à ses oreilles. Le combattant avait-il décelé sa présence ?

CHAPITRE 15

❧

TRÈS, TRÈS LENTEMENT, CŒUR DE Feu recula vers les fougères. Même si le chasseur du Clan de la Rivière avait cessé de humer l'air, il épiait encore la berge.

Le jeune chat fit demi-tour, toujours accroupi, et commença à ramper vers la frontière. Il entendit un léger plouf derrière lui : une bête s'était jetée à l'eau. Il regarda par-dessus son épaule, le cœur battant. À travers les fougères, il voyait une tête grise se diriger vers lui. Rivière d'Argent ! Mais où étaient donc les deux autres félins ? Il rebroussa prudemment chemin, la gueule entrouverte afin de mieux capter leurs effluves. Pas trace des deux animaux dans les parages. Ils avaient dû continuer leur route. Il observa la chatte nager avec détermination vers le bord. Un instant, il se demanda s'il s'agissait d'un piège et songea à fuir. Cependant, la pensée de Plume Grise le poussa à rester.

La chatte grimpa sur la berge et souffla :

« Cœur de Feu, je sais que tu es là. Je sens ton odeur ! Tout va bien, Pelage de Silex et Nuage d'Ombre sont partis. »

Il resta à couvert.

« Cœur de Feu, je ne laisserais jamais rien arriver au meilleur ami de Plume Grise ! » Elle semblait impatiente. « Crois-moi, pour l'amour de nos ancêtres ! »

Il sortit avec méfiance de sa cachette. Elle le scruta, la queue frémissante.

« Que fais-tu là ?

— Je te cherchais », chuchota-t-il, mal à l'aise à l'idée de se trouver en territoire ennemi.

Elle agita les oreilles, affolée.

« Plume Grise va bien ? Sa toux s'est aggravée ? »

Son anxiété irrita Cœur de Feu. Il ne voulait pas savoir à quel point la chatte tenait à son ami.

« Il va bien ! jeta-t-il, toute prudence balayée par la colère. Mais s'il continue de te voir, cela ne va pas durer ! »

Elle se hérissa aussitôt.

« Je ne permettrai à personne de lui faire du mal !

— Ah oui ? Comment le défendras-tu ?

— Je suis la fille de notre chef.

— Et alors ? Tu crois pouvoir contrôler les guerriers de ton père ? Tu sors à peine de ton initiation !

— Comme toi ! rétorqua-t-elle, indignée.

— En effet, admit-il. C'est d'ailleurs pourquoi je doute de réussir à protéger Plume Grise de la colère de son propre Clan – ou du tien – s'ils découvrent que vous vous fréquentez. »

Elle s'efforça de le fixer avec sévérité, sans parvenir à dissimuler l'émotion qui l'avait envahie.

« Je ne peux pas cesser de le voir, murmura-t-elle. Je l'aime.

— Mais la tension entre nos deux tribus est déjà

assez forte ! grommela-t-il, trop furieux pour ressentir la moindre compassion. Nous savons que le Clan de la Rivière chasse sur notre territoire... »

Elle le toisa avec défi.

« Si le Clan du Tonnerre connaissait nos raisons, il ne nous refuserait pas ce gibier !

— Quelles sont-elles ?

— Nous avons faim. Nos petits pleurent parce que leurs mères n'ont plus de lait. Les anciens meurent faute de nourriture. »

Cœur de Feu la regarda, pris au dépourvu.

« Vous avez le torrent, pourtant ! » protesta-t-il.

Tout le monde savait que le Clan de la Rivière disposait des meilleurs terrains de chasse des environs : aux poissons du cours d'eau s'ajoutaient les petites bêtes des champs vivant sur l'autre rive.

« Ça ne suffit pas. En aval, les Bipèdes nous ont pris nos territoires. À la saison des feuilles nouvelles, ils y ont bâti un camp et ils sont restés tant qu'il y a eu du poisson. Lorsqu'ils sont partis, il n'en restait presque plus. Et leur présence a chassé le gibier. »

Malgré sa colère, Cœur de Feu sentit la pitié l'étreindre. Il devinait la gravité de la crise pour le Clan de la Rivière. Ils engraissaient à chaque saison des feuilles nouvelles en prévision des rigueurs à venir. Il fixa sur elle un regard pénétrant. Elle n'était pas seulement mince, mais maigre à faire peur. Sous la fourrure collée à sa peau, on lui voyait les côtes. Il comprit mieux, d'un seul coup, l'hostilité qu'avait manifestée Étoile Balafrée au sujet du plan du Clan du Tonnerre à l'Assemblée.

« Voilà pourquoi vous ne vouliez pas que le Clan du Vent reprenne son territoire !

— Les lapins abondent sur la lande toute l'année, confirma-t-elle. C'était notre seul espoir de ne pas voir mourir nos petits à la saison des neiges.

— Plume Grise le sait-il ? »

Elle fit signe que oui. Il la considéra un moment, perplexe. Mais il ne pouvait pas laisser ses sentiments prendre le pas sur le code du guerrier.

« Quels que soient les problèmes de ta tribu, il faut que tu cesses de voir Plume Grise.

— Non, rétorqua-t-elle, le menton levé, les yeux étincelants. Comment notre amour pourrait-il causer du tort à qui que ce soit ? »

Il lui rendit son regard. Un autre frisson courut le long de son échine. La pluie était glaciale. Il sursauta soudain en entendant la chatte souffler :

« Va-t'en ! La patrouille revient. »

Il perçut un léger bruissement de l'autre côté du torrent. Il semblait inutile – et dangereux – de s'attarder davantage. Le bruit se rapprochait. Sans saluer Rivière d'Argent, il bondit parmi les fougères humides et repartit vers le camp.

Il retourna au pas de course vers le gibier qu'il avait laissé sous le chêne. À mi-chemin, l'odeur du passage récent d'un Bipède l'arrêta net : Princesse, il l'avait oubliée ! Il se demanda s'il avait le temps de faire un détour par la ville. Il brûlait de savoir si elle avait mis bas ou non. Mais elle était sans doute déjà à l'abri dans son panier, et la tribu avait besoin de nourriture. Avec un pincement au cœur, il se rendit compte que Plume Grise n'était pas le seul à avoir une loyauté vacillante.

La pluie commença à dégouliner au bout de ses moustaches. Il s'ébroua et repartit vers la cachette, puis le camp.

À son arrivée, les félins s'abritaient dans leurs tanières. Il traversa la clairière boueuse pour déposer son butin sur le tas. Il y préleva son repas et trotta jusqu'à l'antre des guerriers. Ce soir, il n'avait pas la moindre intention de manger dehors.

Il passa la tête à l'entrée. À son grand soulagement, Plume Grise somnolait. Il allait peut-être se remettre, s'il ne passait pas son temps à vadrouiller dans la forêt à la recherche de Rivière d'Argent.

« Croc Jaune a été trop occupée pour chasser, aujourd'hui, lui lança Tornade Blanche depuis l'ombre de leur gîte. Je pense qu'elle apprécierait beaucoup la souris que tu portes. »

Le jeune combattant ressortit donc. Si la guérisseuse croulait sous la tâche, c'est que les malades devaient se multiplier. Il traversa le camp ventre à terre, prit un autre rongeur sur la pile et longea le tunnel de fougères.

À l'orée de la clairière, un chaton pommelé était étendu sur une couche de mousse placée sous les frondes. Allongée à côté de lui, Croc Jaune tentait de le convaincre de mâcher quelques herbes. Les reniflements du malade, ses yeux larmoyants fendaient le cœur. Son nez coulait. Il devait s'agir du petit atteint du mal blanc.

Au bruit de son arrivée, la vieille chatte se tourna vers le guerrier.

« C'est pour moi ? » s'exclama-t-elle à la vue des souris.

Il hocha la tête et posa son présent sur l'herbe.

« Merci. Puisque tu es là, voudrais-tu essayer de convaincre ce jeune chat de prendre son médicament ? »

Elle s'approcha des deux proies d'un pas raide – sa vieille blessure à l'épaule semblait la faire souffrir – et se jeta sur son repas.

Cœur de Feu rejoignit le petit malade, qui le regarda en ouvrant une bouche minuscule sur une quinte de toux grasse. Le chasseur poussa vers lui un brin d'herbe verte.

« Si tu veux devenir un guerrier, il va falloir t'habituer à avaler tous ces affreux remèdes, tu sais. Quand tu te rendras à la Pierre de Lune, il te faudra mâcher des plantes au goût bien pire. »

Le petit lui lança un regard étonné de derrière ses paupières mi-closes.

« Considère ça comme un entraînement, insista Cœur de Feu. Pour te préparer à grandir. »

L'animal se pencha en avant et avala une bouchée du mélange.

Son aîné ronronna un encouragement. Croc Jaune apparut à côté de lui.

« Bravo ! » s'écria-t-elle.

D'un geste, elle lui indiqua qu'elle désirait lui parler sans témoins. Il la suivit à l'abri du grand rocher où elle dormait. La pluie tombait toujours : la fourrure hirsute de la guérisseuse était toute mouillée et sa queue détrempée traînait dans la boue.

« Étoile Bleue a attrapé le mal blanc, lui annonça-t-elle d'un air sombre.

— Mais cette maladie n'est pas trop grave, si ? »

Elle secoua la tête.

« Elle s'est déclarée très vite et l'a beaucoup affaiblie », expliqua-t-elle.

Au souvenir du nombre de plus en plus restreint de vies qui restaient à leur chef, l'angoisse serra les tripes de Cœur de Feu.

« Je l'ai prévenue de ne pas s'approcher des malades, mais elle tenait à les voir, reprit Croc Jaune. En ce moment, elle dort dans sa tanière. Pelage de Givre veille sur elle. »

La peur qui brillait dans les yeux de Croc Jaune lui donna à réfléchir : savait-elle la vérité ? Il croyait être le seul à connaître le secret d'Étoile Bleue – le Clan pensait qu'elle disposait encore de quatre vies –, mais peut-être une guérisseuse sentait-elle ces choses-là d'instinct.

En réalité, Étoile Bleue n'en avait plus qu'une en réserve.

CHAPITRE 16

♣

LA PLUIE TOMBA TOUTE LA NUIT et la matinée du lendemain. Par bonheur, les nuages se dissipèrent vers midi. Une ambiance sinistre régnait dans la clairière : la tribu attendait des nouvelles de son chef.

Cœur de Feu s'abritait depuis l'aube sous un buisson de ronces près des fortifications. Il sortit de son refuge et s'approcha du repaire d'Étoile Bleue, creusé dans une des parois du Promontoire. À l'intérieur, on n'entendait aucun bruit. Il allait repartir quand il tomba sur Fleur de Saule, qui apportait du gibier à la pouponnière. Elle pencha la tête d'un air interrogateur.

Il savait qu'elle espérait des nouvelles de la malade.

« Rien de neuf, j'en ai peur », annonça-t-il en haussant les épaules.

Il avait donné un jour de repos à ses deux apprentis qui, couchés devant leur gîte, s'ennuyaient ferme. Il leur causait une déception, mais il refusait de quitter le camp tant que la reine grise était souffrante. Griffe de Tigre n'avait pas pu critiquer sa décision : le vétéran était parti en patrouille à l'aube.

Soudain, le rideau de lichen qui fermait l'entrée de la tanière d'Étoile Bleue remua et Pelage de Givre apparut. Elle traversa la clairière à fond de train jusqu'à l'antre de Croc Jaune, dont elle ressortit au bout d'un instant, accompagnée de la guérisseuse.

Cœur de Feu rejoignit le Promontoire au moment où les deux chattes s'y faufilaient. Il s'arrêta devant et s'assit, le cœur battant. Pelage de Givre glissa la tête par l'ouverture.

« Que se passe-t-il ? » s'enquit-il d'une voix tremblante.

Elle ferma les yeux, l'air sombre.

« Elle a attrapé le mal vert. Monte la garde. Personne ne doit entrer. »

Elle disparut aussitôt à l'intérieur. Il resta cloué sur place : il n'en revenait pas. Le mal vert ! Étoile Bleue risquait bel et bien de perdre une autre vie.

Un miaulement aigu retentit à l'entrée du camp. Le chasseur fixa le tunnel d'ajoncs. Nuage de Poussière déboula dans la clairière, pila à sa hauteur.

« C'est Griffe de Tigre qui m'envoie. J'ai un message pour Étoile Bleue.

— Elle est malade. Tu ne peux pas entrer. »

L'apprenti agita la queue, exaspéré.

« Il faut qu'elle le rejoigne au Chemin du Tonnerre. C'est très urgent.

— Qu'y a-t-il ? »

Le nouveau venu le toisa, furieux.

« Il a réclamé Étoile Bleue, pas un chat domestique qui prétend être un guerrier ! »

Cœur de Feu serra les dents et sortit ses griffes.

« Étoile Bleue ne peut pas quitter le camp », rétorqua-t-il, les oreilles couchées en arrière.

Il barra à Nuage de Poussière l'accès au repaire. Croc Jaune sortit.

« Cœur de Feu a raison », confirma-t-elle.

Le novice se recroquevilla, intimidé.

« Griffe de Tigre a repéré des traces du passage de combattants du Clan de l'Ombre sur notre territoire, annonça-t-il. Ils ont pénétré chez nous ! »

En dépit de ses préoccupations, Cœur de Feu retroussa les babines de colère. Comment osaient-ils ? Après ce que sa tribu avait fait pour eux !

La guérisseuse se moquait du rapport de Nuage de Poussière. Elle se tourna vers Cœur de Feu, inquiète.

« Dis-moi, sais-tu s'il y a de l'herbe aux chats en ville ?

— De l'herbe aux chats ?

— Il m'en faut pour Étoile Bleue. Je n'en ai pas utilisé depuis des lunes, mais je pense que ce remède pourrait la soulager. Cette plante a des feuilles très douces et une odeur irrésistible...

— Oui, je sais où en trouver ! » la coupa le guerrier.

S'il n'en avait jamais vu dans les bois, il se souvenait, chaton, de s'être roulé sur un carré d'herbe aux chats planté dans son jardin.

« Parfait ! répondit-elle. J'aurai besoin de tout ce que tu pourras me rapporter, le plus vite possible.

— Et Griffe de Tigre ? demanda Nuage de Poussière.

« — Il va devoir se débrouiller seul pour l'instant ! » rétorqua Croc Jaune.

Nuage Cendré les regardait discuter, assise à côté de la souche. Elle s'approcha en quelques bonds.

« Comment ça, se débrouiller seul ? » s'écria-t-elle, surexcitée.

Cœur de Feu lui intima le silence d'un battement de la queue. Nuage de Poussière, lui, ignora l'apprentie.

« Le Clan de l'Ombre pourrait être sur notre territoire, à l'heure qu'il est ! » clama-t-il.

La novice tint sa langue. La vieille chatte prit le temps de réfléchir.

« Où est Tornade Blanche ? jeta-t-elle.

— En patrouille aux Rochers du Soleil, avec Nuage de Sable et Poil de Souris.

— Étoile Bleue malade et Cœur de Feu parti chercher l'herbe, on ne peut pas prendre le risque d'envoyer d'autres guerriers hors du camp. Si le Clan de l'Ombre est vraiment sur nos terres, il pourrait attaquer. Ce ne serait pas la première fois.

— Si je trouve le remède rapidement, intervint Cœur de Feu, je peux essayer de rejoindre Griffe de Tigre et revenir donner les détails à Étoile Bleue ensuite. »

Nuage de Poussière bouillait de colère.

« Mais il veut qu'elle voie les preuves de ses yeux ! L'ennemi a laissé des restes de gibier de ce côté du Chemin du Tonnerre ! »

La guérisseuse le fit taire d'un grondement.

« Elle n'a pas besoin de les voir ! La parole de son lieutenant devrait lui suffire.

— Il faut seulement prévenir Griffe de Tigre

qu'elle ne peut pas se déplacer, ajouta Cœur de Feu. Je lui porterai le message dès que j'aurai accompli ma mission. Où est-il ?

— Non, c'est moi qui irai ! grinça le novice. Tu te crois meilleur messager que moi parce que tu es guerrier et moi simple apprenti ? »

Il lança au chasseur un regard de haine pure. Croc Jaune, cependant, n'avait pas de temps à perdre.

« Et qui protégera le Clan en l'absence de Cœur de Feu ? demanda-t-elle à Nuage de Poussière, les oreilles couchées en arrière. Cette tâche ne te semble pas assez importante, peut-être ? Alors, où est Griffe de Tigre ?

— Près du frêne abattu par la foudre qui surplombe le Chemin du Tonnerre, rétorqua le félin, boudeur.

— D'accord, maugréa-t-elle. Pars tout de suite, Cœur de Feu ! Dépêche-toi ! »

Il s'élançait à travers la clairière quand il entendit de petites pattes le suivre.

« Attends-moi ! s'exclama Nuage Cendré.

— Retourne dans ta tanière, lui ordonna-t-il sans ralentir l'allure.

— Mais je pourrais aller porter le message à Griffe de Tigre pendant que tu vas chercher l'herbe aux chats ! »

Il s'arrêta net.

« Écoute, si des guerriers du Clan de l'Ombre rôdent dans les parages, tu dois rester au camp. Retourne dans ton antre ! » répéta-t-il.

Puis il fit volte-face et remonta le tunnel d'ajoncs.

Il traversa les Grands Pins comme une flèche, se glissa à travers les broussailles qui bordaient la ville. Lorsqu'il se hissa sur la clôture de son ancienne maison, l'odeur familière de la végétation lui chatouilla les narines. Les souvenirs l'assaillirent : un instant, la tête lui tourna. Il repensa aux après-midi ensoleillés passés à s'amuser dans les allées avec les jouets que ses maîtres lui agitaient sous le nez. Il s'attendait presque à les entendre secouer sa boîte de croquettes et l'appeler par son nom de chat domestique. Mais soudain, il se rappela Étoile Bleue, qui luttait contre le mal vert.

Une fois dans le jardin, il traversa la pelouse en quelques bonds jusqu'à l'endroit où l'herbe aux chats poussait autrefois. Il inspira à fond, la gueule entrouverte, et soupira de soulagement. L'odeur entêtante était toujours là.

Le museau en l'air, il longea les plates-bandes. Il n'apercevait toujours pas le remède et approchait de plus en plus de son ancienne tanière. Petit à petit, il ralentit. Les parfums de son enfance qui se mélangeaient à ceux de la plante brouillaient son esprit.

Il secoua la tête pour s'éclaircir les idées et se concentra sur ce qu'il cherchait. Il finit par se glisser sous un gros buisson, encore humide de pluie, où il tomba sur un beau carré d'herbe douce et odorante. Le gel avait tué certains plants, mais le fourré en avait protégé une quantité suffisante pour permettre à Croc Jaune de préparer le remède. Il arracha autant de feuilles qu'il pouvait en transporter. Leur odeur délicieuse lui envahit la gueule, et il se retint à grand-peine de les mâcher : Étoile

Bleue aurait besoin de chaque goutte du précieux liquide.

Il fit demi-tour et sauta la barrière pour s'élancer dans la forêt, insouciant des ronces qui s'accrochaient à sa fourrure. Il avait les poumons en feu – les mâchoires serrées, il ne pouvait respirer que par le nez.

Croc Jaune l'attendait à l'entrée du tunnel d'ajoncs. Il déposa son butin entre ses pattes et inspira convulsivement une grande goulée d'air. Reconnaissante, la guérisseuse s'empara des herbes et fila vers l'antre d'Étoile Bleue.

Toujours haletant, Cœur de Feu décela soudain l'odeur de Nuage Cendré sur les ajoncs qui l'entouraient. Il renifla le sol. Avait-elle donc quitté le camp malgré sa mise en garde ?

Il se hâta vers la tanière des novices où il passa la tête. Son deuxième apprenti y somnolait.

« Où est ta sœur ? s'écria le jeune mentor.

— Hein ? Quoi ? balbutia le chaton, qui releva la tête, les yeux lourds de sommeil.

— Nuage Cendré ! Où est-elle ?

— Aucune idée ! »

Le félin roux scruta la clairière. Très agitée, la fourrure ébouriffée, Pelage de Givre marchait devant le gîte d'Étoile Bleue.

Que faire ? Il n'avait pas le temps de retrouver Nuage Cendré et ne voulait pas avouer sa disparition aux autres chasseurs. *Plume Grise !* pensa-t-il soudain. Plume Grise irait à sa recherche pendant qu'il portait le message à Griffe de Tigre. Cœur de Feu fonça vers le repaire des guerriers, où il se faufila.

La couche de Plume Grise était vide. Une bouffée de colère le submergea. Où était son ami quand on avait besoin de lui ? Facile à deviner ! Le jeune guerrier feula, furieux. Nuage Cendré allait devoir se débrouiller seule le temps qu'il informe le lieutenant de l'état d'Étoile Bleue.

Il ressortit par le tunnel d'ajoncs et mit le cap sur le Chemin du Tonnerre. Parvenu à la piste qui sortait du ravin et menait au cœur des bois, il repéra de nouveau la trace de son apprentie. Elle avait dû se diriger par là. Mais bien sûr ! Elle était partie retrouver Griffe de Tigre ! La gorge du félin se serra. Comment pouvait-elle se montrer si imprudente ?

En contournant les Rochers aux Serpents, il distingua les premières fumées et entendit le rugissement des monstres.

Soudain, un cri perçant s'éleva à l'orée de la forêt. Il sentit son sang se glacer dans ses veines. C'était le hurlement qu'il avait entendu en rêve.

Il jaillit d'entre les arbres telle une flèche et fit halte sur l'herbe qui couvrait le bas-côté de la route. Fou d'inquiétude, il regarda à gauche et à droite : il finit par apercevoir un frêne carbonisé par la foudre. C'était l'endroit désigné par Nuage de Poussière comme le point de rendez-vous. Griffe de Tigre, encore loin, se dirigeait lentement vers l'arbre.

Cœur de Feu se mit à courir. L'accotement était très étroit, à peine assez large pour laisser passer un lapin.

« Tu as entendu ce cri ? » lança-t-il au vétéran sans ralentir l'allure.

Mais le grondement d'une créature qui approchait couvrit ses paroles.

Quand elle le dépassa, il se recroquevilla en frissonnant, impatient de la voir s'éloigner pour pouvoir enfin interroger Griffe de Tigre. C'est alors qu'il remarqua sur l'étroite bande d'herbe une petite forme sombre, à côté du frêne. Avec un haut-le-cœur, il reconnut la silhouette qui gisait immobile près du Chemin du Tonnerre. C'était Nuage Cendré.

CHAPITRE 17

🍃

IL FIXA UN REGARD ÉPOUVANTÉ sur la boule de poils. Devant lui, Griffe de Tigre s'arrêta près du corps qu'il fixa sans bouger, les épaules raidies par le choc. Cœur de Feu s'obligea à approcher. Hésitant, il tendit le cou et renifla le flanc de l'apprentie. Elle empestait l'odeur du Chemin du Tonnerre. L'une de ses pattes arrière, tordue, était maculée de sang. Le jeune mentor tremblait si fort qu'il vacillait. Il vit soudain se soulever le petit poitrail. Elle respirait encore ! Muet de soulagement, il regarda le lieutenant.

« Elle est vivante, grommela le vétéran. Que fait-elle là ?

— Elle était partie te rejoindre.

— Tu l'as envoyée ici ? »

Cœur de Feu demeura interdit. Griffe de Tigre le croyait-il si stupide ?

« Je lui ai ordonné de rester au camp ! protesta-t-il. Elle est venue d'elle-même ! »

Parce que je ne suis pas parvenu à m'en faire obéir ! songea-t-il, horrifié. Le grand guerrier poussa un grognement écœuré.

« Ramenons-la. »

Il se pencha, la mâchoire entrouverte, vers la forme recroquevillée. Cœur de Feu attrapa vivement la novice par la peau du cou sans laisser le temps à Griffe de Tigre de la toucher. Il commença à traîner vers les bois, le plus délicatement possible, le corps qui pendait entre ses pattes de devant.

Éclair Noir trotta vers eux.

« J'ai encore inspecté les Rochers aux Serpents. Il n'y a pas trace du Clan de l'Om... » Il s'interrompit en voyant Nuage Cendré. « Que s'est-il passé ? »

Sans attendre la réponse de leur lieutenant, Cœur de Feu s'éloigna entre les arbres avec son précieux fardeau. Il aurait pu empêcher cet accident ! S'il avait forcé la chatte à l'écouter, si seulement il était un meilleur mentor ! À présent, blessée, ensanglantée, Nuage Cendré demeurait silencieuse. Il serra les dents et poursuivit son chemin. Les pattes arrière de l'apprentie creusaient une piste étroite sur le tapis de feuilles.

Croc Jaune n'était pas dans sa tanière. Deux petits atteints du mal blanc dormaient, pelotonnés sur leur couche. Cœur de Feu déposa Nuage Cendré à même le sol froid avant de lui aménager un nid douillet parmi les fougères en tournant sur lui-même. Ensuite, il la tira doucement à l'abri.

« Cœur de Feu ? » s'écria la guérisseuse, derrière lui.

Griffe de Tigre avait dû lui rapporter l'accident.

« Elle est ici, répondit-il d'une voix rauque, soulagé de voir la vieille chatte.

— Laisse-moi l'examiner. »

Elle s'avança au milieu des fougères. Cœur de Feu s'assit pour patienter. Croc Jaune s'écarta enfin.

« Elle est gravement touchée, déclara-t-elle, la mine sombre. Mais j'espère pouvoir la sauver. » C'était un espoir bien mince, aussi ténu qu'une goutte de rosée scintillant sur un brin d'herbe. « Je ne peux rien te promettre », ajouta Croc Jaune. Elle le regarda bien en face et chuchota : « Étoile Bleue est très malade et je ne peux rien faire de plus pour elle. Son sort repose entre les mains du Clan des Étoiles, désormais. Va lui tenir compagnie. Elle te réclamait, tout à l'heure. Je m'occupe de Nuage Cendré. »

Il s'éloigna aussitôt, le cœur lourd. Leur chef était son ancien mentor ; il avait toujours existé un lien particulier entre eux depuis leur première rencontre. Pourtant, il se sentait déchiré. Il aurait dû veiller son apprentie.

Une ombre se découpait à l'autre bout du tunnel de fougères. La tête haute, comme à son habitude, le lieutenant était assis à l'entrée de la tanière de Croc Jaune. Les épaules de Cœur de Feu se raidirent. *Griffe de Tigre aurait au moins pu montrer quelques signes de chagrin !* pensa-t-il, furieux. Après tout, c'était lui que Nuage Cendré était partie chercher. Et pour quoi avait-elle donc risqué sa vie ? Le chat roux n'avait aperçu aucune trace du prétendu gibier laissé par le Clan de l'Ombre ! Il passa devant le vétéran sans un mot et traversa la clairière vers la tanière du chef.

Longue Plume y montait la garde. La sentinelle jeta un coup d'œil torve au nouvel arrivant mais n'essaya pas de l'arrêter quand il se faufila à travers le lichen.

Bouton-d'Or, l'une des reines, se trouvait à l'intérieur. Il entrevit ses yeux brillants dans l'obscurité, ainsi que la fourrure claire d'Étoile Bleue roulée en boule sur sa couche. La garde-malade léchait doucement la tête de sa patiente pour la rafraîchir, comme une mère avec son petit. Pelage de Givre était-elle allée au chevet de sa fille ?

« Croc Jaune lui a donné de l'herbe aux chats et de la grande camomille, chuchota Bouton-d'Or. Il ne nous reste plus qu'à espérer. » Elle se leva et toucha le nez du visiteur. « Tu veux bien rester un peu avec elle ? »

Il acquiesça et la regarda quitter la caverne, l'oreille basse. Il se coucha sur le ventre. Ses pattes, étendues devant lui, effleuraient le museau d'Étoile Bleue. Il se tint parfaitement immobile, les yeux rivés sur la malade. Elle n'avait même plus la force de tousser, maintenant. Dans le noir, il épiait sa respiration laborieuse, qu'il écoutait faiblir à mesure que la nuit s'avançait.

Elle expira juste avant l'aube. Cœur de Feu allait sombrer dans le sommeil quand il prit conscience du calme qui régnait. Un silence de mort planait sur l'ensemble du camp, comme si la tribu entière retenait son souffle.

Étoile Bleue ne bougeait pas. Cœur de Feu savait qu'elle était désormais avec le Clan des Étoiles, où elle se préparait à sa dernière vie. Il l'avait déjà vue mourir une fois. Impuissant face à l'inquiétante immobilité de la chatte, il attendit.

Soudain, il l'entendit hoqueter. Elle était revenue à elle.

« C'est toi, Cœur de Feu ? souffla-t-elle d'une voix rauque.

— Oui, Étoile Bleue, je suis là, murmura-t-il.

— J'ai perdu une autre vie. »

Malgré la faiblesse de sa voix, il se sentit si soulagé qu'il faillit lui donner un coup de langue entre les oreilles, comme Bouton-d'Or un peu plus tôt.

« Quand je perdrai celle-ci, je partirai pour toujours. »

La gorge du matou se serra. Que le Clan puisse perdre son chef lui causait une peine immense, perdre un mentor et une amie lui semblait infiniment plus douloureux.

« Comment te sens-tu ? Veux-tu que j'aille chercher Croc Jaune ? »

Lentement, elle lui fit signe que non.

« La fièvre est tombée. Je vais bien. Je n'ai besoin que de repos. »

La lumière du matin commençait à poindre à travers le lichen et, après sa nuit blanche, la tête de Cœur de Feu lui tournait.

« Tu dois être fatigué, ajouta-t-elle. Va te coucher.

— D'accord. » Il se redressa à grand-peine. Après sa longue inactivité, ses pattes étaient ankylosées. « Souhaites-tu quelque chose ?

— Non. Informe Croc Jaune de ce qui s'est passé. Merci de m'avoir veillée. »

Quand il voulut ronronner un salut, sa voix s'étrangla. Il sortit de la tanière.

Une fois dehors, il cligna des yeux, ébloui. Il avait neigé durant la nuit. Il considéra le manteau blanc, sidéré. Il n'avait jamais vu un tel spectacle de sa vie : dans son enfance, quand il faisait froid, ses maîtres le gardaient enfermé. Mais il avait entendu les anciens en parler. Il salua Éclair Noir, désormais en sentinelle à la place de Longue Plume, et s'avança dans la neige. Humide et froide, elle crissait sous ses pattes.

Griffe de Tigre était debout au milieu de la clairière ; les flocons se posaient sur son épaisse fourrure sans fondre. Il indiquait à plusieurs félins comment couvrir de feuilles les parois de la pouponnière afin de l'isoler du froid.

« Ensuite, je veux que vous creusiez un trou où entreposer la viande. La neige doit en tapisser le fond et recouvrir ensuite le gibier. Autant l'utiliser, puisqu'elle est là. »

Des guerriers s'affairaient autour de lui.

« Poil de Souris, Longue Plume ! Organisez plusieurs expéditions de chasse. Il nous faut autant de proies que possible avant qu'elles n'hibernent dans leurs terriers ! »

Il vit soudain le chat roux traverser la clairière.

« Cœur de Feu, attends ! Euh... Enfin non, j'imagine que tu as besoin de repos. Tu ne ferais sans doute pas un chasseur très efficace, ce matin. »

Le jeune combattant le fixa, plein de dégoût.

« Je vais voir comment se porte Nuage Cendré, d'abord », maugréa-t-il.

Le lieutenant plongea le regard dans le sien.

« Comment va Étoile Bleue ? »

Cœur de Feu, méfiant, sentit un frisson lui remonter l'échine. Il avait déjà entendu Étoile Bleue mentir au vétéran sur le nombre de vies qui lui restait.

« Je ne saurais le dire. Je ne suis pas guérisseur. »

Griffe de Tigre poussa un grognement impatient et reprit ses instructions. Cœur de Feu se dirigea vers la tanière de Croc Jaune, soulagé d'échapper à l'activité du camp. Le cœur battant, il se demanda dans quel état il allait trouver son élève.

« Croc Jaune !

— Chut ! souffla la chatte grise, qui s'éloigna d'un bond de la couche de fougères où reposait sa patiente. Elle vient de s'endormir. La nuit a été dure pour elle. Je ne pouvais pas lui donner de pavot pour soulager la douleur avant qu'elle se soit remise du choc.

— Alors, elle va survivre ? s'écria-t-il, tremblant de soulagement.

— Je n'en serai certaine que dans quelques jours. Elle souffre de blessures internes, et l'une de ses pattes postérieures a une vilaine fracture.

— Mais elle va guérir ? s'exclama-t-il, la gorge nouée. Elle reprendra l'entraînement à la saison des feuilles nouvelles ? »

Croc Jaune se tourna vers lui, emplie de compassion.

« Même si elle vit, Cœur de Feu, elle ne pourra jamais devenir une guerrière. »

Le jeune mentor fut pris de vertige. Le manque de sommeil lui donnait le tournis, et ces nouvelles accablantes sapaient le peu d'énergie qui lui restait. On lui avait confié l'apprentie pour faire d'elle une combattante. Le souvenir de la cérémonie de bap-

têm lui revint, lancinant : la fébrilité de Nuage
Cendré, la fierté de sa mère...

« Pelage de Givre le sait-elle ? demanda-t-il, soudain envahi par un grand vide.

— Oui, elle est restée à son chevet jusqu'à l'aube.
Elle est à la pouponnière en ce moment, elle doit
aussi s'occuper des autres petits. Je vais demander
à l'un des anciens de veiller Nuage Cendré. Il faut
qu'elle reste au chaud.

— Je m'en charge. »

Il s'approcha de la couche de la malade. Nuage
Cendré gigotait, et ses flancs tachés de sang s'agitaient, comme si elle livrait bataille dans son sommeil. Croc Jaune donna au chasseur un petit coup
de museau.

« Il faut que tu te reposes, insista-t-elle d'une voix
rauque. Je vais prendre soin d'elle. »

Il ne bougea pas.

« Étoile Bleue a perdu une autre vie », annonça-
t-il.

La guérisseuse demeura un instant interdite,
avant de lever la tête vers le ciel. Elle ne prononça
pas un mot, mais on pouvait lire une vive angoisse
dans ses prunelles.

« Tu sais la vérité, n'est-ce pas ? » murmura-t-il.

Elle le regarda bien en face.

« Que c'est la dernière vie d'Étoile Bleue ? Oui,
je suis au courant. Une guérisseuse sent ces
choses-là.

— Le reste du Clan peut-il le deviner ? »

Il pensait surtout à Griffe de Tigre. Elle fronça
le museau.

« Non. Elle ne sera pas plus faible dans cette vie que dans une autre. »

Il s'inclina, soulagé.

« Bon, reprit-elle, veux-tu quelques graines de pavot pour t'aider à dormir ? »

Il déclina son offre. Une part de lui aspirait au sommeil profond qu'elles lui procureraient, mais si Griffe de Tigre avait raison et que le Clan de l'Ombre soit vraiment sur le point d'attaquer leurs frontières, il ne voulait pas émousser ses sens. On aurait peut-être besoin de lui pour défendre le camp.

Plume Grise était de retour dans la tanière des guerriers. Cœur de Feu ne lui adressa pas la parole : la rage qu'il avait éprouvée, la veille au soir, en constatant son absence, lui laissait un goût amer dans la gorge. Il rejoignit sa couche en silence, tourna sur lui-même et s'attela à sa toilette. Son ami leva les yeux.

« Ah, te voilà de retour », lança-t-il d'un air crispé, comme s'il se retenait d'en dire plus.

Cœur de Feu arrêta de se lécher la patte et l'observa.

« Tu as essayé d'intimider Rivière d'Argent », reprit le matou cendré, furieux.

Fleur de Saule, qui somnolait de l'autre côté de l'antre, ouvrit un œil et le referma. Plume Grise baissa la voix.

« Reste en dehors de cette affaire, d'accord ? jeta-t-il. Je continuerai de la voir, quoi que tu dises ou fasses. »

Cœur de Feu grogna, plein de rancune. Sa discussion avec la jeune femelle semblait remonter à si longtemps qu'il l'avait presque oubliée. En revanche, il se rappelait parfaitement que son camarade n'avait pas été là pour porter secours à Nuage Cendré. Irrité, il posa la tête sur ses pattes boueuses et ferma les yeux. Nuage Cendré se battait contre la mort et Étoile Bleue entamait sa neuvième et dernière vie. Plume Grise pouvait bien faire ce qu'il voulait, peu lui importait, désormais.

CHAPITRE 18

❧

Quand Cœur de Feu se réveilla le lendemain, Plume Grise avait déjà quitté la tanière. À en juger par la lumière qui filtrait à travers les branches, il était près de midi. Le félin roux se leva, le corps ankylosé, et passa la tête par l'ouverture. La neige avait dû tomber toute la matinée : elle recouvrait le sol en une couche épaisse et formait un amoncellement contre l'antre. Le guerrier se retrouva devant un mur blanc qui lui arrivait à l'épaule.

L'activité du camp semblait un peu ralentie. Fleur de Saule et Demi-Queue chuchotaient de l'autre côté de la clairière. Un lapin dans la gueule, Poil de Souris se frayait un chemin vers la réserve de gibier. Elle s'arrêta, éternua et reprit sa progression.

Cœur de Feu effleura la surface immaculée. Au début, elle tint bon, mais quand il appuya plus fort, la croûte glacée se fissura et sa patte s'enfonça. Il se retrouva avec de la neige jusqu'au museau et éternua. Il secoua la tête, releva le menton, bondit en avant... et disparut dans une congère encore plus profonde. Il continua de se démener, affolé. Il avait l'impression de se noyer au milieu des flocons !

213

D'un seul coup, ses coussinets touchèrent le sol. Il se trouvait à l'orée de la clairière, où le tapis blanc était haut comme une souris : il s'assit, soulagé, dans un léger crissement.

Il se raidit aussitôt : Plume Grise se dirigeait vers lui. Protégé du froid mordant par son épaisse fourrure, son camarade semblait parfaitement à l'aise. Le chagrin assombrissait sa face.

« Tu as entendu la nouvelle, pour Étoile Bleue ? lui demanda-t-il. Elle a perdu une vie à cause du mal vert. »

Cœur de Feu agita la queue, excédé. Il aurait pu le lui apprendre lui-même.

« Je sais, rétorqua-t-il. J'étais avec elle.

— Pourquoi ne m'as-tu rien dit ? s'exclama Plume Grise, estomaqué.

— Tu ne t'es pas montré très amical, hier soir, si tu te rappelles bien. De toute façon, si tu ne passais pas ton temps à enfreindre le code du guerrier, tu saurais ce qui se passe dans ton propre Clan. »

Plume Grise remua les oreilles d'embarras.

« Je viens de voir Nuage Cendré, répondit-il. Quelle tristesse qu'elle soit blessée !

— Comment va-t-elle ?

— Elle avait l'air en piteux état, mais Croc Jaune dit qu'elle est presque tirée d'affaire. »

Cœur de Feu scruta la clairière, anxieux, et se leva. Il voulait voir son apprentie de ses yeux.

« Elle dort, l'avertit son compagnon. Pelage de Givre est avec elle, et Croc Jaune ne veut pas qu'on la dérange. »

Une grimace involontaire échappa à Cœur de Feu. Comment expliquer à la pauvre mère qu'il était responsable de l'équipée de sa fille jusqu'au Chemin du Tonnerre ? D'instinct, il se tourna vers Plume Grise pour trouver du réconfort. Mais le chat pataugeait à nouveau dans la neige, vers la pouponnière. *Il retourne voir Rivière d'Argent*, devina Cœur de Feu, qui regarda partir son ami en serrant les mâchoires, furieux.

Il ne remarqua Perce-Neige, la doyenne des reines – la mère d'un des petits atteints du mal blanc – que lorsqu'elle s'arrêta devant lui.

« Griffe de Tigre est-il dans votre tanière ? » s'enquit-elle.

Il secoua la tête.

« Le mal vert s'est déclaré. Deux des chatons de Plume Blanche sont touchés.

— Le mal vert ! s'étrangla-t-il, sa colère oubliée. Ils vont mourir ?

— C'est possible. La saison des neiges s'accompagne toujours d'épidémies, tu sais, fit-elle remarquer non sans douceur.

— Il faut agir !

— Croc Jaune fait l'impossible. Mais en définitive, leur sort est entre les mains du Clan des Étoiles. »

Un nouvel accès de rage tordit le ventre de Cœur de Feu. La reine retourna à la pouponnière. Comment le Clan pouvait-il tolérer ces drames ? Il brûlait de quitter le camp, d'échapper à cette atmosphère lugubre qui ne semblait pas déranger le reste de la tribu.

Il se releva d'un bond, traversa la clairière enneigée, longea le tunnel et déboula dans la forêt. Il s'aperçut avec étonnement qu'il se dirigeait d'instinct vers la combe sablonneuse. La pensée qu'en temps normal, à cette heure, il aurait dû s'y rendre avec son apprentie lui fut soudain insupportable. Il bifurquait afin de la contourner quand il entendit les voix de Tornade Blanche et Nuage de Fougère. Le vétéran avait dû emmener le chaton s'entraîner pendant que Cœur de Feu dormait. Personne n'avait donc interrompu ses occupations pour pleurer la vie perdue par leur chef ? La gorge de Cœur de Feu se serra : il refoula sa colère et continua sur sa lancée, avide de mettre le plus de distance possible entre lui et le camp.

Il finit par s'arrêter sous les Grands Pins, à bout de souffle après sa course folle dans la neige. Le calme de cette partie de la forêt l'apaisa. Même les oiseaux avaient cessé de chanter. Il avait l'impression d'être le seul animal vivant à des lieues à la ronde.

Il poursuivit sa route sans savoir où il allait, laissant la quiétude des bois calmer ses émotions. En chemin, ses idées s'éclaircirent. Il ne pouvait rien faire pour Nuage Cendré, et Plume Grise refusait d'entendre raison, mais peut-être était-il en mesure d'aider Croc Jaune à lutter contre le mal vert. Il allait retourner chercher de l'herbe aux chats.

Il prit le chemin de son ancienne maison, louvoya parmi les ronces de la chênaie qui bordait les premières habitations. Lorsqu'il sauta au sommet de la barrière de son logis d'autrefois, la neige qui la couronnait tomba dans le jardin, en contrebas. Il scruta les allées. Il repéra des traces plus petites que celles d'un chat : un écureuil était sorti renflouer ses réserves de noisettes.

Cœur de Feu ne mit pas longtemps à cueillir une bonne quantité de la plante. Il voulait en prendre le plus possible. Par ce temps, elle risquait de sécher : c'était peut-être sa dernière chance d'en rapporter.

La gueule pleine, il se dirigea vers la chatière qu'il utilisait, petit. Il se demandait si ses Bipèdes vivaient toujours là. Ils avaient été de bons maîtres. Il avait passé sa première saison des neiges dorloté, dans leur lit, bien au chaud, loin des dangers du Chemin du Tonnerre et du mal vert.

L'odeur de cette plante doit me monter à la tête, se dit-il brusquement. Il remonta l'allée et bondit sur la clôture. Les émotions suscitées en lui par la maison de ses anciens maîtres le troublaient. Souhaitait-il vraiment retrouver la sécurité et le train-train d'une vie de chat domestique ? *Bien sûr que non !* Il écarta cette idée inconcevable. Il rechignait cependant à rentrer au camp.

Il pensa soudain à Princesse.

Il longea les bois jusqu'à la partie de la ville où se trouvait le jardin de sa sœur. Près de sa palissade, il creusa un trou dans la neige où enterrer sa cueillette sous une couche de feuilles mortes pour la protéger du froid. Encore haletant, il se hissa sur la palissade et appela la jeune chatte. Ensuite, il redescendit l'attendre parmi les arbres.

Les pattes douloureuses à cause de la neige glacée, il se mit à marcher de long en large sous un chêne. *Elle est peut-être en train de mettre bas*, pensa-t-il, *ou bien enfermée à l'intérieur*. Il venait de se persuader qu'il ne la verrait pas ce jour-là, quand il entendit sa voix. Perchée sur la barrière, elle avait de nouveau le ventre plat. Il se mit à trépigner d'impatience : elle avait eu ses petits.

Lorsqu'elle s'approcha, il se sentit mieux sitôt qu'il inhala son odeur.

« Tu as mis bas ! » s'exclama-t-il.

Elle lui effleura doucement le nez.

« Oui, murmura-t-elle.

— Ça s'est bien passé ? Tous les chatons sont en bonne santé ? »

Elle commença à ronronner.

« Il n'y a pas eu de problèmes. J'ai cinq petits très robustes », dit-elle, radieuse.

Il lui donna un coup de langue sur la tête.

« Je ne pensais pas que tu sortirais par ce temps, s'étonna-t-elle.

— Je suis venu chercher de l'herbe aux chats. Le mal vert s'est déclaré dans notre camp. »

L'inquiétude assombrit le regard de Princesse.

« Vous avez beaucoup de malades ?

— Trois, pour le moment. »

Il hésita un instant avant d'ajouter d'un ton triste :

« Étoile Bleue a perdu une autre de ses vies, la nuit dernière.

— Une autre de ses vies ? Que veux-tu dire ? Je pensais que c'étaient des légendes, ces histoires de chats à neuf vies.

— Elle les a reçues en cadeau de nos ancêtres le jour où elle est devenue notre chef. »

Princesse le considéra, fascinée.

« Alors, c'était vrai !

— Seulement pour nos chefs. Les autres n'ont qu'une vie, comme toi, comme Nuage Cendré... »

Il s'interrompit.

« Nuage Cendré ? » répéta sa sœur, à qui son anxiété n'avait pas échappé.

Il la fixa dans les yeux, et les mots se bousculèrent.

« C'est mon apprentie. Elle a été renversée sur le Chemin du Tonnerre, hier soir. » Sa voix se brisa au souvenir du petit corps ensanglanté. « Elle est dans un état affreux. Elle risque de mourir. Et même si elle s'en sort, elle ne deviendra jamais une guerrière. »

Princesse s'approcha et fourra le museau contre son flanc.

« Tu as parlé d'elle avec tant d'affection à ta dernière visite. Elle semblait si vivante, si pleine d'énergie...

— Cet accident n'aurait jamais dû se produire, avoua-t-il. Je devais prévenir Griffe de Tigre. Il avait demandé qu'Étoile Bleue le rejoigne, mais elle était mourante. Alors, je me suis porté volontaire. Il fallait d'abord que j'ailler chercher de l'herbe aux chats, et Nuage Cendré en a profité pour s'y rendre à ma place. »

Comme Princesse semblait horrifiée, il se hâta d'ajouter :

« Je le lui avais interdit. Mais peut-être que si j'avais plus d'autorité, elle m'aurait obéi.

— Je suis certaine que tu es un excellent mentor, le réconforta la chatte, qu'il entendit à peine.

— J'ignore pourquoi Griffe de Tigre insistait pour qu'Étoile Bleue vienne le retrouver à un endroit aussi dangereux ! Il voulait lui montrer des preuves de l'invasion de notre territoire par le Clan de l'Ombre. Pourtant, à mon arrivée, je n'ai remarqué aucune odeur suspecte !

— Et si c'était un piège ? »

Le regard plongé dans celui de sa sœur, il se demanda si elle avait raison.

« Pourquoi Griffe de Tigre voudrait-il du mal à Nuage Cendré ?

— C'est à Étoile Bleue qu'il avait demandé de venir. »

La fourrure de Cœur de Feu se hérissa. Princesse avait-elle vu juste ? Le vétéran avait convoqué la reine grise à l'endroit le plus dangereux du Chemin du Tonnerre. Mais de là à mettre délibérément le chef du Clan en danger... Le chat roux secoua la tête.

« Je... Je ne sais pas, balbutia-t-il. Je suis un peu perdu, ces temps-ci. Plume Grise ne m'adresse quasiment plus la parole.

— Pourquoi ? »

Il haussa les épaules.

« C'est trop compliqué à expliquer. »

Princesse se coucha contre son frère dans la neige, pressa sa douce fourrure contre la sienne.

« C'est juste que... je me sens comme un étranger, ces temps-ci, reprit-il d'un air sombre. C'est dur d'être différent.

— Différent ? s'étonna-t-elle, perplexe.

— D'être né chat domestique, quand tous les autres ont du sang de guerrier qui coule dans leurs veines.

— Pour moi, tu as tout d'un vrai chasseur. Mais si tu n'es pas heureux au sein du Clan, tu peux toujours venir vivre avec moi. Mes maîtres s'occuperont de toi, j'en suis sûre. »

Il s'imagina reprendre sa vie douillette de chat des villes, au chaud, en sécurité. Pourtant, comment oublier les soirées passées autrefois à observer les bois depuis son jardin et à rêver de s'y aventurer ? La brise qui soulevait son épaisse fourrure lui apportait l'odeur d'une souris. Il secoua fermement la tête.

« Merci, Princesse. Ma place est au sein de la tribu. Je ne pourrais plus jamais vivre heureux chez des Bipèdes. Les parfums de la forêt, les nuits à la belle étoile, la chasse et le gibier partagé avec le Clan me manqueraient trop.

— Quelle vie passionnante ! s'exclama Princesse. Parfois, je contemple la forêt en me demandant comment c'est d'y habiter. »

Cœur de Feu ronronna, se redressa.

« Alors tu me comprends ? »

Elle fit oui de la tête.

« Tu t'en vas ?

— Oui, je dois rapporter l'herbe aux chats à Croc Jaune tant qu'elle est fraîche. »

Princesse nicha son museau contre le flanc de son frère.

« La prochaine fois que tu reviendras, peut-être mes petits seront-ils assez robustes pour sortir te voir.

— J'espère bien ! s'écria-t-il, ému.

— Fais attention à toi, petit frère, lui lança-t-elle lorsqu'il s'éloigna. Je ne veux pas te perdre à nouveau.

— Ça n'arrivera pas », lui assura-t-il.

« Bonne initiative, Cœur de Feu », le félicita Tornade Blanche quand il le vit arriver dans la clairière, la gueule pleine d'herbe aux chats.

Le jeune guerrier avait salivé pendant tout le trajet du retour, même si la plante commençait à l'écœurer. Mais au moins, son humeur s'était améliorée depuis son départ du camp. La mise bas de sa sœur s'était bien passée et il avait les idées plus claires.

Il se dirigeait vers la tanière de la vieille chatte quand Griffe de Tigre apparut.

« Encore de l'herbe aux chats ? jeta-t-il, soupçonneux. Je me demandais où tu étais passé. Nuage de Fougère peut s'en charger. »

L'apprenti aidait ses aînés à déneiger la clairière.

« Apporte cette herbe à Croc Jaune », ordonna le lieutenant au chaton.

Le novice s'approcha aussitôt.

« Je voulais rendre visite à Nuage Cendré, expliqua Cœur de Feu au vétéran.

— Tu iras plus tard », grommela son aîné.

Il attendit que l'apprenti s'éloigne, avant de se tourner vers le félin roux.

« Je veux savoir ce que mijote Plume Grise. »

Le jeune guerrier aurait voulu rentrer sous terre. Il fit face à Griffe de Tigre.

« Je l'ignore », répondit-il.

Le lieutenant le toisa, plein de froideur et d'animosité.

« Lorsque tu le verras, dis-lui qu'il ne doit plus quitter le chêne abattu, ordonna-t-il.

— L'ancienne tanière de Croc Jaune ? »

Cœur de Feu jeta un regard en direction des branches enchevêtrées sous lesquelles la guérisseuse avait vécu à son arrivée au sein de la tribu. À l'époque, elle était encore considérée comme une traîtresse bannie du Clan de l'Ombre. Ce jour-là, Nuage Agile y était allongé à côté d'un chaton noir, l'un des petits de Perce-Neige.

« Tous les chats atteints du mal blanc y sont confinés jusqu'à leur guérison.

— Mais Plume Grise n'a qu'un rhume !

— Ça suffit bien. Je ne veux pas le voir ailleurs, point final ! Ceux qui souffrent du mal vert, eux, doivent dormir dans la tanière de Croc Jaune. Nous devons enrayer l'épidémie. C'est pour le bien de la tribu. »

Cœur de Feu se demanda s'il considérait la maladie comme un signe de faiblesse.

« Très bien. Je vais en informer Plume Grise.

— Et ne t'approche pas d'Étoile Bleue.

— Elle est guérie, pourtant ! répliqua le chat roux.

— Certes, mais sa tanière empeste encore la maladie. J'ai besoin de tous mes guerriers en bonne santé. Tornade Blanche a repéré la trace du Clan de la Rivière encore plus près du camp. Il m'a aussi confié qu'il avait été obligé d'entraîner Nuage de Fougère aujourd'hui. J'espère que tu pourras te charger de lui demain. »

Cœur de Feu acquiesça.

« Puis-je aller voir Nuage Cendré, maintenant ? »

Griffe de Tigre fixa sur lui un regard noir.

« Je ne pense pas que Croc Jaune l'ait installée près des chats atteints du mal vert, ajouta Cœur de Feu, excédé. Je ne risque rien.

« — D'accord », lança le vétéran avant de s'éloigner.

Le jeune mentor tomba sur Nuage de Fougère au milieu de la clairière.

« Croc Jaune te remercie pour l'herbe aux chats ! annonça celui-ci.

— Bien. Au fait, demain, je t'apprends à attraper des oiseaux. J'espère que tu es prêt à grimper aux arbres. »

Surexcité, l'apprenti remua les moustaches.

« Oh oui ! Rendez-vous à la combe ! »

Cœur de Feu poursuivit son chemin. Il repéra du premier coup d'œil les petits de Plume Blanche. Couchés sur un lit de fougères, ils toussaient, les yeux larmoyants, le nez coulant. Croc Jaune le salua.

« Merci pour l'herbe aux chats. On va en avoir besoin. Pomme de Pin a attrapé le mal vert. »

Du museau, elle indiqua une couche installée au milieu de la végétation. On y apercevait la fourrure emmêlée du vieux mâle noir et blanc.

« Comment va Nuage Cendré ? »

La guérisseuse soupira.

« Elle s'est réveillée tout à l'heure, mais très peu de temps. Elle a une infection à la patte. Nos ancêtres savent que j'ai tout essayé : elle va devoir faire le reste. »

Cœur de Feu regarda vers la couche de son apprentie. Sa patte blessée tordue sur le côté, la petite femelle s'agitait dans son sommeil. Il frémit, affolé à l'idée de la voir mourir. Il se tourna vers Croc Jaune pour chercher du réconfort auprès d'elle, en vain : la vieille chatte, le dos voûté, semblait épuisée. Elle releva soudain la tête.

« Tu crois que Petite Feuille aurait pu sauver ces chats ? » souffla-t-elle.

Il frissonna. Il sentait encore dans la clairière la présence de l'ancienne guérisseuse. Il se souvenait de son efficacité quand elle avait soigné l'épaule de Nuage de Jais après la bataille contre le Clan de la Rivière, de ses attentions pour Croc Jaune à l'arrivée de la chatte au sein de la tribu. Puis il considéra la vieille guérisseuse, dont il connaissait expérience.

« Je suis certain qu'elle aurait fait exactement comme toi », lui répondit-il.

Elle se releva d'un bond : l'un des petits avait poussé un cri. Lorsqu'elle passa devant lui, Cœur de Feu lui effleura le flanc avec douceur. Elle se frotta contre lui, reconnaissante. Ensuite, la mort dans l'âme, il gagna le tunnel de fougères.

La fourrure blanche de Pelage de Givre apparut à l'autre bout. Elle venait sans doute voir sa fille. Il s'approcha de la reine, releva la tête. Le chagrin qu'il lut dans ses yeux bleus lui serra le cœur.

« Pelage de Givre ! »

Elle s'arrêta.

« Je... Je suis désolé », lui dit-il en tremblant.

Elle sembla prise au dépourvu.

« Pourquoi ?

— J'aurais dû empêcher Nuage Cendré de se rendre au Chemin du Tonnerre. »

L'expression de la reine était dépourvue de toute animosité.

« Je ne te reproche rien, Cœur de Feu », murmura-t-elle, avant de repartir, la démarche pesante, vers la couche de sa fille.

Enfin de retour, Plume Grise mâchonnait un campagnol près du bouquet d'orties. Le chat roux se dirigea vers lui.

« Griffe de Tigre ordonne que tu t'installes près du chêne abattu, avec les chats atteints du mal blanc », lui annonça-t-il.

Amer, il se rappelait encore l'interrogatoire que lui avait fait subir le lieutenant.

« Ce ne sera pas nécessaire, répondit son ami d'un ton joyeux. Croc Jaune a déclaré ce matin que j'étais guéri. »

Cœur de Feu le regarda de près. Les yeux du matou paraissaient à nouveau brillants, et il avait cessé de renifler : une croûte peu ragoûtante lui recouvrait à présent le nez. En d'autres circonstances, il l'aurait comparé à Rhume des Foins, le guérisseur du Clan de l'Ombre. Mais il n'était pas d'humeur à plaisanter, aussi lança-t-il d'un ton sec :

« Griffe de Tigre a remarqué tes absences. Tu devrais faire plus attention. Tu ne pourrais pas rester à l'écart de Rivière d'Argent un petit moment ? »

Cessant de mastiquer, Plume Grise le considéra avec colère.

« Et toi, tu ne pourrais pas t'occuper de tes affaires ? »

Cœur de Feu grogna, exaspéré. Son camarade serait-il un jour raisonnable ? Oh, et puis, que lui importait, au fond ? Plume Grise n'avait même pas demandé de nouvelles de Nuage Cendré.

L'estomac de Cœur de Feu gargouilla : il mourait de faim. Il prit un moineau sur le tas de gibier et s'en alla dîner seul dans un coin isolé du camp. En s'allongeant, il pensa à Princesse, loin dans la maison de ses maîtres, avec ses nouveau-nés. Solitaire, il contempla la clairière : sa sœur lui manquait.

CHAPITRE 19

❧

LES JOURS SUIVANTS, CŒUR DE FEU résista à l'envie de rendre visite à sa sœur. Le besoin irrépressible de la voir qui le tenaillait commençait à le déranger. Il s'occupa à débusquer assez de gibier dans la forêt enneigée pour alimenter les réserves du camp.

Cet après-midi-là, la chasse avait été bonne : lorsque le soleil disparut derrière les arbres, il revint au camp avec deux souris et un pinson. Il enterra les rongeurs dans la réserve et garda l'oiseau pour son dîner.

Il finissait son repas quand il vit Tornade Blanche se diriger vers lui.

« Demain à l'aube, je veux que tu emmènes Nuage de Sable en patrouille, lui annonça le vétéran. On a repéré des traces du Clan de l'Ombre jusqu'à l'Arbre aux Chouettes.

— Si près ? » s'étonna Cœur de Feu, inquiet.

Peut-être Griffe de Tigre avait-il vraiment trouvé des preuves de l'incursion ennemie, après tout.

« Je comptais emmener Nuage de Fougère à la chasse, demain, reprit-il.

— Pourtant Plume Grise est guéri, non ? Il pourrait s'en charger. »

Bien sûr ! pensa le jeune chat. Entraîner son apprenti empêcherait peut-être le chat cendré de passer l'après-midi avec Rivière d'Argent. L'ennui, c'est qu'il allait falloir partir en patrouille avec Nuage de Sable. Or comment oublier le regard haineux de la novice le jour où il l'avait empêchée de tomber dans la gorge ?

« Juste elle et moi ? s'inquiéta-t-il.

— Elle ne va pas tarder à être nommée guerrière. Quant à toi, tu sais te débrouiller ! » rétorqua Tornade Blanche, surpris.

Il avait mal interprété les réticences de son cadet. Plus qu'une attaque ennemie, Cœur de Feu craignait les remarques désagréables qu'elle et Nuage de Poussière ne manquaient jamais de lui faire. Il ne se donna pas la peine de détromper Tornade Blanche.

« Elle est au courant ?

— Non, tu peux l'en informer », déclara le vétéran.

Les oreilles du jeune mentor tressaillirent. Il craignait la réaction de Nuage de Sable, mais il tint sa langue.

Tornade Blanche prit congé et fila vers sa tanière. Avec un soupir, Cœur de Feu s'approcha de la chatte, assise parmi les autres apprentis.

« Nuage de Sable ! déclara-t-il, mal à l'aise. Tornade Blanche m'a demandé de partir en patrouille avec toi demain à l'aube. »

Il s'attendait à un grognement méprisant. Au lieu de quoi, la chatte le regarda avec calme.

« D'accord », dit-elle.

Même Nuage de Poussière sembla étonné.

« Pa... Parfait, conclut Cœur de Feu, pris au dépourvu. Rendez-vous au lever du soleil, alors.

— Au lever du soleil », confirma-t-elle.

Il décida d'annoncer la nouvelle à Plume Grise. C'était peut-être une chance pour eux de renouer. Son camarade faisait sa toilette avec Vif-Argent près du bouquet d'orties.

« Ça va, Cœur de Feu ? lança ce dernier à son approche.

— Ça va ! » répondit le jeune guerrier, qui regarda son ami avec espoir.

Mais Plume Grise avait tourné la tête et regardait ailleurs. Le cœur du chat roux se serra. L'oreille basse, il se dirigea vers sa couche. Il avait soudain hâte de partir en patrouille le lendemain et de s'éloigner du camp.

Une lueur rose pâle illuminait le ciel quand Cœur de Feu sortit de sa tanière au matin.

Nuage de Sable était déjà à l'autre bout du tunnel d'ajoncs.

« Euh... Salut ! lança-t-il, un peu gêné.

— Salut ! fit-elle tranquillement.

— Avant de partir, attendons le retour de la patrouille de nuit », proposa-t-il avant de s'asseoir près d'elle.

Le bruissement de feuilles qui annonçait l'approche de leurs trois camarades finit par rompre le silence qui s'était installé entre eux.

« Des traces du Clan de l'Ombre ? demanda Cœur de Feu aux nouveaux arrivants.

— Et comment ! On a relevé leur piste à plusieurs endroits, répliqua Tornade Blanche d'un air sombre.

— C'est étrange, se renfrogna Poil de Souris. C'est toujours la même combinaison d'odeurs. Leur tribu doit envoyer les mêmes guerriers chaque fois.

— N'oubliez pas d'observer la frontière avec le Clan de la Rivière, reprit le vétéran. Nous n'avons pas pu l'explorer cette nuit. Soyez prudents, et rappelez-vous que nous ne voulons pas déclencher d'affrontements. Contentez-vous de chercher des preuves de leurs incursions sur nos terres.

— Compris ! » jeta Cœur de Feu. Il partit à fond de train. « Commençons par les Quatre Chênes, on suivra la frontière jusqu'aux Grands Pins, dit-il à Nuage de Sable sur la pente qui menait hors du ravin.

— D'accord. Je n'ai jamais vu la vallée sous la neige. »

Cœur de Feu guetta en vain une trace de sarcasme dans ces paroles. Elle semblait sincère. Ils ne tardèrent pas à parvenir au sommet.

« Par où allons-nous à présent ? lui demanda-t-il pour la mettre à l'épreuve.

— Tu crois que je ne connais pas la direction des Quatre Chênes ? » se rebiffa-t-elle.

Il commençait déjà à regretter ses airs de mentor lorsqu'il nota la lueur joyeuse qui dansait dans les yeux de la chatte. Aussitôt qu'elle s'élança entre les arbres, il bondit à sa suite.

Quel plaisir de courir à nouveau les bois avec un autre félin ! La vélocité de Nuage de Sable l'étonna. Elle avait encore deux longueurs d'avance sur lui quand elle sauta par-dessus un arbre abattu et disparut.

Dès qu'il eut franchi le tronc d'un bond, il fut heurté de plein fouet par-derrière. Il dérapa dans la neige, fit la culbute et se releva aussitôt.

L'apprentie le considérait, les moustaches frémissantes.

« Surprise ! »

Il cracha, joueur, et se jeta sur elle. Malgré la force remarquable de la novice, il avait l'avantage de la taille et finit par la plaquer au sol.

« Aïe ! protesta-t-elle. Tu pèses trois tonnes !

— Ça va, j'ai compris, rétorqua-t-il avant de la relâcher. Mais tu l'as bien cherché ! »

Elle se rassit, sa fourrure couverte de flocons.

« On dirait que tu as été pris dans un blizzard ! s'exclama-t-elle.

— Toi aussi ! » Ils s'ébrouèrent, et Cœur de Feu ajouta : « Viens. Dépêchons-nous. »

Ils coururent côte à côte jusqu'aux Quatre Chênes. Quand ils parvinrent au sommet de la crête, le ciel était déjà d'un bleu laiteux.

Nuage de Sable contempla la vallée, impressionnée. Cœur de Feu la laissa observer tout son soûl, puis ils reprirent leur route.

Ils longèrent en silence la frontière à petite allure, à l'affût de traces laissées par le Clan de la Rivière. De temps à autre, Cœur de Feu faisait halte afin de marquer leur territoire au pied d'un arbre.

Soudain, Nuage de Sable s'arrêta net.

« De la chair fraîche, ça te tente ? » chuchota-t-elle.

Il lui fit signe que oui. À demi ramassée sur elle-même, la chatte se mit à ramper lentement dans la neige. Cœur de Feu aperçut un jeune lapin qui sautillait sous un buisson de ronces. Nuage de Sable se jeta sur lui en feulant, atterrit au milieu des branches piquantes et l'immobilisa d'un coup de patte. Elle l'acheva aussitôt. Son compagnon la rejoignit en quelques bonds.

« Belle prise, Nuage de Sable ! »

Le compliment sembla la ravir. Elle déposa la bête encore chaude sur le sol.

« On partage ?

— Avec plaisir !

— C'est l'un des grands avantages des patrouilles, fit-elle remarquer entre deux bouchées.

— Quoi donc ?

— On peut manger ses proies au lieu de les rapporter au camp. Je ne compte plus les expéditions de chasse où j'ai failli mourir de faim. »

Cœur de Feu ronronna, amusé.

Ils repartirent bientôt, contournant les Rochers du Soleil pour reprendre la piste qui s'enfonçait à nouveau dans les bois, près de la frontière avec le Clan de la Rivière. Lorsqu'ils atteignirent le sommet de la pente couverte de fougères qui descendait vers le torrent, Cœur de Feu pria en silence leurs ancêtres de ne pas y trouver Plume Grise.

« Regarde ! s'écria d'un seul coup l'apprentie, enchantée. La rivière est gelée. »

La gorge de Cœur de Feu se serra : Nuage Cendré avait prononcé les mêmes paroles avant l'accident de son vieil ami.

« Pas question d'aller la regarder de plus près ! déclara-t-il d'un ton ferme.

— Inutile. On la voit d'ici. Retournons annoncer la nouvelle à la tribu.

« — Pourquoi ? »

Il ne comprenait pas la fébrilité de la novice.

« Une de nos patrouilles pourrait traverser le torrent, maintenant ! s'exclama-t-elle. Il ne nous reste qu'à envahir le territoire du Clan de la Rivière et à leur reprendre le gibier qu'ils nous volent ! »

Cœur de Feu sentit un frisson lui hérisser l'échine. Oserait-il se battre contre un ennemi affamé ? Et que penserait Plume Grise d'un tel plan ? Impatiente, Nuage de Sable tournait autour de lui.

« Tu viens ?

— Oui », répondit-il d'un air sombre.

Il suivit la chatte qui détalait vers le camp.

Elle fut la première à traverser le tunnel d'ajoncs. Griffe de Tigre leva la tête quand ils s'arrêtèrent au milieu de la clairière.

Le jeune guerrier entendit un bruit derrière lui. Plume Grise passait l'entrée du camp, accompagné de son élève. Un appel résonna du haut du Promontoire :

« Cœur de Feu, Nuage de Sable, comment s'est passée votre patrouille ? »

Le félin roux sentit le soulagement l'envahir : assise à sa place habituelle, Étoile Bleue semblait redevenue elle-même. Elle avait la tête haute et la queue enroulée autour de ses pattes.

La novice s'approcha du rocher au trot.

« La rivière est gelée ! clama-t-elle. On doit pouvoir la traverser sans encombre ! »

Étoile Bleue posa sur elle un regard pensif.

« Merci, Nuage de Sable », murmura-t-elle.

235

Il se pencha pour chuchoter à l'oreille de l'apprentie :

« Allons annoncer la nouvelle aux autres. »

Il devinait que leur chef souhaitait discuter de cette chance avec ses guerriers les plus expérimentés.

La jeune chatte comprit aussitôt et retourna avec lui au centre de la clairière.

« Quelle journée incroyable ! » déclara-t-elle.

Anxieux, son compagnon acquiesça en silence, les yeux posés sur Plume Grise.

« Vous avez l'air de vous être amusés ! s'écria Nuage de Poussière, à peine sorti de sa tanière. Tu as réussi à noyer un autre chasseur du Clan de la Rivière, Cœur de Feu ? » railla-t-il.

Il jeta à sa camarade un regard entendu. Il attendait sans doute qu'elle renchérisse, comme autrefois, mais elle ne l'écoutait pas. L'expression irritée du novice procura au mentor une certaine satisfaction. Nuage de Sable s'exclama alors :

« Nous avons trouvé le torrent complètement gelé ! Je crois qu'Étoile Bleue prépare une attaque contre le Clan de la Rivière ! »

À ce moment précis, la reine grise convoqua une assemblée, et le Clan se réunit dans la clairière. Le soleil était à son zénith – autant dire qu'en cette saison il émergeait à peine au-dessus des arbres.

« Nuage de Sable et Cœur de Feu ont rapporté de bonnes nouvelles, proclama-t-elle. Le torrent est gelé. Nous allons en profiter pour pénétrer sur le territoire du Clan de la Rivière, afin de mettre leurs membres en garde : ils doivent cesser de voler notre gibier. Nos guerriers vont pister une de leurs patrouilles et leur donner un avertissement dont ils se souviendront longtemps ! »

Les révélations de Rivière d'Argent sur l'état pitoyable de sa tribu revinrent à la mémoire du chat roux, qui ne put s'empêcher de faire la grimace. Autour de lui s'élevèrent les cris enthousiastes des autres félins. Ils n'avaient pas montré une telle ardeur depuis des lunes.

« Griffe de Tigre ! s'écria Étoile Bleue malgré le brouhaha. Nos chasseurs sont-ils prêts à livrer bataille ? »

Le lieutenant opina.

« Excellent. » Elle leva la queue. « Nous partirons au coucher du soleil. »

L'assistance se mit à miauler de ravissement. Cœur de Feu ne tenait pas en place. Étoile Bleue comptait-elle venir ? Elle n'allait tout de même pas risquer sa dernière vie dans une expédition punitive ?

Cœur de Feu regarda Plume Grise par-dessus son épaule. Nerveux, la queue frémissante, son ami fixait le Promontoire. Lorsque les cris se calmèrent, il lança :

« Le temps se réchauffe. Un redoux rendrait la taversée dangereuse. »

Les autres s'étaient tournés pour le dévisager, ébahis. Le chat roux retint son souffle : Griffe de Tigre n'était pas en reste – son regard couleur d'ambre reflétait sa perplexité.

« Tu n'es pas aussi réticent à te battre, d'habitude, rétorqua-t-il, pensif.

Éclair Noir tendit le cou et renchérit :

« Oui, ne me dis pas que tu as peur de ces sacs à puces du Clan de la Rivière ? »

Le matou cendré trépignait sur place, mal à l'aise. Le Clan attendait sa réponse.

« Il a peur ! » souffla Nuage de Poussière, assis à côté de Nuage de Sable.

Cœur de Feu agita la queue avec colère, mais parvint à s'exclamer d'un ton dégagé :

« Peur de se mouiller les pattes, oui ! Il est tombé dans l'eau l'autre jour, il n'a pas envie de recommencer. »

La tension au sein de la tribu se dissipa, des ronronnements amusés s'élevèrent. Les oreilles couchées en arrière, Plume Grise baissa la tête. Seul Griffe de Tigre garda un air soupçonneux.

Étoile Bleue attendit que les murmures s'apaisent.

« Je dois discuter de l'attaque avec les vétérans. »

Elle sauta du Promontoire, si agile qu'il semblait difficile de croire que, quelques jours plus tôt à peine, elle luttait pour sa vie. Griffe de Tigre, Tornade Blanche et Vif-Argent la suivirent dans sa tanière, et le reste de la tribu se dispersa en petits groupes afin de discuter de l'expédition.

« Tu veux sans doute que je te remercie de m'avoir ridiculisé ? souffla Plume Grise à l'oreille du chat roux.

— Certes non ! Mais tu pourrais au moins reconnaître que je t'ai sauvé la mise ! »

Le poil hérissé de colère, Cœur de Feu s'éloigna vers l'orée de la clairière. Nuage de Sable le rejoignit.

« Il est grand temps d'apprendre au Clan de la Rivière à respecter nos terrains de chasse, lança-t-elle avec excitation.

— Oui, c'est sûr... » répondit-il, distrait.

Il ne pouvait détacher les yeux de Plume Grise. Était-ce son imagination ? Il lui semblait voir le guerrier se glisser vers la pouponnière... Comptait-il s'éclipser pour prévenir Rivière d'Argent ?

Cœur de Feu se leva et se dirigea lentement dans la même direction. Son ami le regarda approcher, la mine mauvaise. Cependant, avant que l'un des deux puisse parler, la chatte grise appela encore une fois la tribu depuis le Promontoire. Cœur de Feu fit halte, sans cesser de surveiller Plume Grise.

« Fleur de Saule est d'accord avec le jeune Plume Grise, annonça leur chef. Le dégel arrive. »

Plume Grise releva fièrement la tête et toisa Cœur de Feu avec défi. Ce dernier n'en tint aucun compte – Étoile Bleue allait annuler l'attaque ! Son vieil ami n'aurait pas à choisir entre son Clan et Rivière d'Argent, et lui-même ne devrait pas affronter une tribu mal en point.

La reine, cependant, n'avait pas fini.

« Nous allons donc attaquer sur-le-champ ! »

Cœur de Feu lorgna Plume Grise : son air triomphal s'était changé en une expression horrifiée.

« Nous allons laisser un contingent en faction au camp, ajouta Étoile Bleue. Nous ne devons pas oublier la menace du Clan de l'Ombre. Cinq chasseurs partiront à l'attaque. Je resterai ici. »

Tant mieux ! pensa le chat roux. Au moins, elle n'avait pas l'intention de risquer sa dernière vie pour rien.

« Griffe de Tigre prendra la tête de la troupe. Éclair Noir, Fleur de Saule et Longue Plume l'accompagneront. Il reste une place à prendre.

— Je peux y aller ? » s'écria Cœur de Feu.

Malgré ses réticences à attaquer des chats affamés, il éviterait ainsi à son ami un choix pénible.

« Merci. Tu peux te joindre à l'expédition. »

Étoile Bleue paraissait ravie de l'ardeur de son ancien apprenti. Son lieutenant, lui, ne semblait pas partager ses sentiments. Les pupilles étrécies, il posa sur le jeune combattant un regard soupçonneux.

« Il n'y a pas de temps à perdre, reprit Étoile Bleue. Je sens moi aussi le vent se réchauffer. Griffe de Tigre vous expliquera en route les détails du plan. Partez vite ! »

Éclair Noir, Longue Plume et Fleur de Saule filèrent comme des flèches derrière le vétéran. Cœur de Feu les suivit dans le tunnel d'ajoncs puis sur la pente du ravin.

Ils dépassèrent en trombe les Rochers du Soleil et atteignirent la frontière au moment où le soleil commençait à décliner vers la forêt. Le jeune guerrier huma l'air. Plume Grise et Fleur de Saule avaient raison : une brise chaude soufflait et des nuages chargés de pluie roulaient déjà au-dessus des cimes.

Tandis que la troupe descendait à fond de train en direction de la rivière, Cœur de Feu se sentit la proie d'un profond malaise. Le terrible récit de Rivière d'Argent retentissait encore à ses oreilles et il s'efforça de refouler la pitié qu'il ressentait.

Le groupe du Clan du Tonnerre sortit des fougères et s'arrêta sur la rive. Le spectacle qui l'attendait fut un tel soulagement pour Cœur de Feu que ses pattes se dérobèrent sous lui.

La couche de glace étincelante qu'il avait vue un peu plus tôt avec Nuage de Sable s'était transformée en un flot d'eau noire.

CHAPITRE 20

GRIFFE DE TIGRE, DÉPITÉ, se tourna vers ses guerriers.

« Ce n'est que partie remise », maugréa-t-il.

La patrouille fit demi-tour et reprit le chemin du camp. Cœur de Feu adressa une prière de louanges muette au Clan des Étoiles, mais il se sentait empli d'amertume. Aurait-il été capable de se battre ? Il ne le saurait jamais. Il ne se méfiait plus seulement de Plume Grise, mais aussi de lui-même, désormais.

Pendant tout le trajet, il ne prononça pas un mot. De temps à autre, il voyait le lieutenant l'observer à la dérobée. Le retour sembla durer une éternité. La lumière du jour diminuait lorsqu'ils finirent par arriver au sommet du ravin. Cœur de Feu laissa les autres passer devant lui. Quand il traversa le tunnel d'ajoncs, le vétéran racontait déjà au Clan déçu le dégel de la rivière.

À la recherche de Plume Grise, Cœur de Feu longea le périmètre de la clairière. Son ami s'était-il glissé hors du camp ? D'instinct, il se dirigea vers la pouponnière. En approchant de l'enchevêtrement de ronces, il entendit un cri familier :

« Cœur de Feu ! »

Une bouffée d'espoir l'envahit. Peut-être son camarade voulait-il le remercier d'avoir pris la dernière place dans la patrouille ? Il suivit la voix jusque derrière le buisson.

Il n'y voyait goutte dans la pénombre. Il l'appela donc discrètement. Soudain, il fut heurté de plein fouet et fit volte-face, ses sens en alerte. Malgré l'obscurité, il vit se dresser la silhouette de Plume Grise.

Le chat cendré se rua de nouveau à l'attaque. Cœur de Feu se baissa juste à temps pour éviter la patte de Plume Grise, qui visait son oreille.

« Mais qu'est-ce qui te prend ? » bafouilla le félin roux.

Les oreilles couchées en arrière, son agresseur cracha :

« Tu ne me fais pas confiance ! Tu as cru que j'allais trahir le Clan ! »

Il assena un nouveau coup, qui porta. La douleur et la colère firent s'étrangler Cœur de Feu.

« Je voulais simplement t'épargner d'avoir à faire un choix ! Même si, en effet, je ne sais pas à qui va ta loyauté en ce moment. »

Plume Grise se jeta sur lui et le renversa. Ils roulèrent à terre, toutes griffes dehors.

« Mes décisions ne regardent que moi ! » rugit le matou cendré.

Mais sitôt dégagé, son camarade lui sauta sur le dos et s'écria :

« J'essayais seulement de te protéger.

— Je me débrouille très bien sans toi ! »

Aveuglé par la colère, Cœur de Feu agrippa la fourrure de Plume Grise, qui le précipita au sol. Ensemble, ils déboulèrent dans la clairière.

Les autres félins s'écartèrent de leur chemin. Cœur de Feu hurla de rage quand son adversaire lui mordit la patte. Il le griffa à son tour au-dessus de l'œil. Plume Grise se vengea aussitôt en lui plantant ses crocs dans la cuisse.

« Cessez immédiatement de vous battre ! »

Au miaulement sévère d'Étoile Bleue, ils s'arrêtèrent net. Cœur de Feu vit Griffe de Tigre ricaner, incapable de cacher sa jubilation, les babines retroussées. Il lâcha prise et recula, grimaçant de douleur. Son ami l'imita, l'échine hérissée.

« Cœur de Feu, je veux te voir dans mon antre, et tout de suite ! gronda Étoile Bleue, furieuse. Plume Grise, retire-toi dans ta tanière ! »

Le reste du Clan se fondit parmi les ombres. Le jeune guerrier suivit Étoile Bleue en boitant. Las et désorienté, il marchait la tête basse.

La reine s'assit sur le sol sablonneux de son repaire et l'observa, incrédule, avant de déclarer :

« Pourquoi vous affrontiez-vous ? »

Il demeura silencieux. Malgré sa colère, il ne pouvait pas révéler le secret de son ami.

Étoile Bleue ferma les yeux et inspira à fond.

« Je me rends bien compte que la tension est grande au sein de la tribu, ces temps-ci, mais je n'aurais jamais imaginé vous voir vous disputer, Plume Grise et toi. Es-tu blessé ? »

Il sentait son oreille et sa patte arrière le brûler.

« Non, marmonna-t-il.

— Vas-tu m'expliquer la raison de votre dispute ? »

Il soutint son regard avec autant de calme que possible.

« Je suis désolé, Étoile Bleue. Je ne peux pas. »

Au moins, ça, c'est vrai, pensa-t-il.

« Très bien, finit-elle par murmurer. Vous réglerez ça entre vous. Le Clan est confronté à une période difficile, et je ne tolérerai aucune lutte interne. Compris ?

— Oui, répondit-il. Puis-je m'en aller ? »

La reine ferma les paupières à demi. Il pivota et se glissa dehors, conscient de l'avoir déçue. Mais comment lui faire confiance ? La dernière fois, elle avait rejeté les accusations portées par Nuage de Jais contre Griffe de Tigre. Si, cette fois encore, elle refusait de le croire, il aurait trahi son meilleur ami.

Malade d'inquiétude, il se traîna à travers la clairière et se coula dans la tanière des guerriers. Il s'installa sur sa couche, à côté de Plume Grise, et se roula en boule. Il resta étendu là, immobile, à écouter le souffle régulier du matou cendré, jusqu'à ce que le sommeil l'emporte.

Il se réveilla tôt le lendemain matin, avant le lever du soleil. Il traversa la clairière vide vers la tanière de Croc Jaune. Il voulait voir Nuage Cendré.

La guérisseuse dormait encore, pelotonnée près des petits de Plume Blanche. Les yeux clos, ils remuaient sans bruit sur leur couche. La vieille chatte ronflait très fort. Cœur de Feu rampa en silence vers le nid de son apprentie.

Nuage Cendré dormait, elle aussi. On avait lavé le sang qui maculait sa fourrure. Il se demanda si elle s'était débarbouillée elle-même ou si Croc Jaune s'était chargée de sa toilette. Il se tapit à côté d'elle et l'observa respirer. Ses flancs se soulevaient à un rythme régulier. Elle semblait bien plus tranquille que lors de sa dernière visite.

Il resta avec elle jusqu'à ce que la lumière de l'aube perce les fougères. Quand il entendit la tribu se réveiller, il se pencha vers la novice et lui toucha doucement le flanc du museau.

Il allait partir, quand Croc Jaune s'étira et ouvrit les yeux.

« Cœur de Feu ?

— Je suis venu voir Nuage Cendré, chuchota-t-il.

— Elle va mieux », murmura la guérisseuse, qui se redressa.

Soulagé, il sentit les larmes lui monter aux yeux.

« Merci, Croc Jaune. »

Quand il ressortit dans la clairière, Griffe de Tigre s'adressait à un groupe de guerriers et d'apprentis.

« C'est gentil à toi de daigner te montrer, Cœur de Feu, maugréa le lieutenant. Plume Grise vient à peine d'arriver, lui aussi. Il sort d'une petite conversation avec Étoile Bleue. »

Le chat roux regarda son ami, qui fixait obstinément le sol. Les autres chasseurs attendirent en silence qu'il les rejoigne et s'assoie à côté de Nuage de Sable.

« Pendant le redoux, les bois grouilleront de gibier, leur annonça le vétéran. La faim les poussera à quitter leur terrier. À nous d'en attraper autant que possible.

— Mais il reste des proies dans la réserve », intervint Nuage de Poussière.

— Ce ne seront bientôt plus que des charognes.

Toutes les occasions de reconstituer nos provisions sont bonnes. À mesure que la saison avancera, les proies vont se faire plus rares et n'auront que la peau sur les os. »

Les félins acquiescèrent. Griffe de Tigre se tourna vers un des guerriers.

« Longue Plume, je veux que tu organises les expéditions de chasse. »

Le chat crème s'inclina. Le lieutenant se dirigea aussitôt vers la tanière d'Étoile Bleue. Sur des charbons ardents, Cœur de Feu le regarda s'engouffrer à l'intérieur : leur chef et son plus proche conseiller allaient-ils discuter de l'altercation de la veille ?

La voix de Longue Plume le tira de ses pensées.

« Cœur de Feu ! Tu partiras avec Nuage de Sable et Poil de Souris. Plume Grise chassera avec Tornade Banche et Nuage de Fougère. Mieux vaut ne pas vous mettre dans le même groupe... »

Des rires parcoururent l'assemblée. Le félin roux, furieux, les pupilles étrécies, se consola en regardant l'entaille qu'il avait faite à l'oreille de Longue Plume le jour de son arrivée au camp.

« Joli combat, hier soir, lui jeta Poil de Souris, espiègle. Ça valait presque la bataille qu'on a manquée.

Cœur de Feu se renfrogna quand Nuage de Poussière ajouta :

« Oui ! Belle technique... pour un chat domestique. »

Cœur de Feu serra les dents et fixa le sol en sortant ses griffes.

Les deux groupes quittèrent le camp ensemble. Tandis que les chasseurs gravissaient la pente en file indienne, le jeune guerrier scruta le ciel. Les nuages qu'il avait vus s'amasser la veille au soir cachaient le soleil, et la neige fondait sous ses pattes.

Poil de Souris mena l'apprentie et Cœur de Feu à travers les Grands Pins.

« Je vais prendre Nuage de Sable avec moi, annonça-t-elle. Chasse de ton côté. On se retrouve au camp à midi. »

Malgré lui, Cœur de Feu fut soulagé d'être seul. Il s'éloigna entre les arbres, encore incapable de croire que son camarade et lui aient pu se battre avec une telle férocité. Il se sentait perdu sans Plume Grise, même s'il reconnaissait à peine son vieux complice. Pourraient-ils jamais redevenir amis ?

Ce n'est que lorsqu'il goûta la douceur des feuilles sous ses coussinets qu'il s'aperçut qu'il était parvenu à la chênaie en bordure de la ville. Aussitôt il pensa à Princesse, se demanda pourquoi ses pattes l'avaient porté vers sa maison.

Il se dirigea droit vers sa clôture, sauta dessus et appela sa sœur à voix basse. Il retourna ensuite dans les bois pour l'attendre au milieu des broussailles.

Bientôt, les fougères frémirent, et Princesse apparut, tenant un chaton blanc par la peau du cou. Lorsque Cœur de Feu s'avança vers elle, elle le salua joyeusement.

L'animal était tout jeune. Le guerrier estima qu'il ne serait pas sevré avant au moins une lune. Sa mère balaya un peu de neige fondue de la patte et le déposa avec délicatesse sur les feuilles. Elle s'assit derrière lui, sa queue épaisse enroulée autour de ses pattes.

Cœur de Feu avait la gorge serrée : un membre de sa famille, né chat domestique comme lui ! Il se dirigea lentement vers Princesse, fourra le museau contre son flanc, se baissa et renifla le petit. Il sentait le lait chaud – une odeur étrange mais familière. Quand Cœur de Feu lui donna un coup de langue sur la tête, il miaula, ouvrit sa bouche rose sur une minuscule rangée de dents blanches.

Princesse regarda son frère, les yeux brillants.

« Je l'ai amené pour toi, murmura-t-elle. Je veux que tu le ramènes à ton Clan pour en faire ton apprenti. »

CHAPITRE 21

❧

Cœur de Feu contempla le chaton.

« Je n'aurais jamais pensé...

— Mes maîtres choisiront où vivra le reste de ma portée, lui expliqua Princesse. Mais c'est mon premier-né et je veux décider moi-même de son avenir. » Elle leva le menton. « Fais de lui un héros, s'il te plaît. Comme toi ! »

Le sentiment déroutant de solitude qui lui pesait depuis tant de lunes commença à s'estomper. Il s'imagina la petite bête blanche au sein de la tribu, se vit en train de lui apprendre à vivre dans la forêt, à chasser avec lui parmi les fougères. Enfin, un autre membre du Clan partagerait ses racines de chat domestique !

Princesse pencha la tête de côté.

« Je sais que tu as été bouleversé par ce qui est arrivé à ton apprentie. Je me suis dit que si tu en avais un autre – un qui soit de ta famille – tu te sentirais moins seul. » Elle appuya son museau contre le flanc de son frère. « Même si je ne comprends pas toutes vos coutumes, en te voyant, et en t'entendant parler de ton existence, j'ai senti que ce serait un honneur de voir mon fils élevé en chasseur. »

Lorsque sa joie se calma, Cœur de Feu pensa à sa tribu, se rappela combien elle avait besoin de combattants. Nuage Cendré ne recevrait jamais son nom de guerrière. Et si le mal vert prenait d'autres vies que celle d'Étoile Bleue ? Le Clan aurait peut-être besoin de ce petit.

Soudain, des gouttes de pluie touchèrent sa fourrure. Il fallait mettre le chaton à l'abri au plus vite. Malgré sa robustesse, il semblait encore jeune pour affronter le froid et l'humidité trop longtemps.

« Je me charge de lui, répondit-il. C'est un cadeau sans prix que tu fais au Clan du Tonnerre. Il deviendra le meilleur combattant que la tribu ait jamais vu ! »

Il prit le petit par la peau du cou. Princesse rayonnait de fierté et de gratitude.

« Merci, Cœur de Feu, ronronna-t-elle. Qui sait, peut-être sera-t-il un jour chef de Clan et recevra-t-il neuf vies ! »

Il observa avec tendresse son expression confiante, pleine d'espoir. Y croyait-elle vraiment ? Le doute l'assaillit alors. Il allait ramener ce chaton dans un endroit où sévissait le mal vert. Et si son neveu ne survivait pas à la saison des neiges ? Mais sa douce odeur le rassura. Il tiendrait le coup. Il était robuste, et le sang de sa famille coulait dans ses veines. Il fallait se dépêcher, cependant : le chaton commençait déjà à souffrir du froid. Cœur de Feu inspira à fond, salua Princesse et s'élança parmi les broussailles.

Plus lourd que prévu, son fardeau poussait de petits cris de protestation quand il se cognait contre ses pattes. Lorsque Cœur de Feu atteignit la crête du ravin, des douleurs lancinantes lui raidissaient la nuque. Il descendit vers le camp avec précaution, craignant de glisser sur la neige fondue.

À l'entrée, il hésita. Pour la première fois, il se demanda comment il allait expliquer la présence du chaton à sa tribu : il allait devoir avouer ses visites à sa sœur. Mais il était trop tard, désormais. Il sentait le petit frissonner. Il redressa les épaules et traversa le tunnel d'ajoncs. Les épines tirèrent sur sa fourrure, et son neveu poussa un miaulement assourdissant. Plusieurs paires d'yeux surpris se tournèrent pour les voir émerger dans la clairière.

Les deux expéditions étaient déjà rentrées. Poil de Souris, Tornade Blanche, Nuage de Sable et Nuage de Fougère discutaient. Seul Plume Grise était encore à la chasse. L'un après l'autre, tous sortirent de leurs tanières, attirés par le bruit et l'odeur inconnue. Ils braquèrent sur Cœur de Feu des regards hostiles et perplexes, comme s'il était redevenu un étranger.

Parvenu au centre de la clairière, Cœur de Feu tourna lentement sur lui-même, le chaton toujours pendu à sa gueule, et fixa le cercle qui l'entourait. Il avait la gorge sèche. Pourquoi s'était-il imaginé que les siens accepteraient un félin né hors du Clan ?

Quand Étoile Bleue surgit de la tanière de Croc Jaune, il soupira de soulagement. Mais la reine parut stupéfaite lorsqu'elle les vit.

« Qui est-ce ? » voulut-elle savoir.

Un frisson d'appréhension courut le long de l'échine du chat roux. Il plaça son neveu entre ses pattes de devant et enroula sa queue autour de lui pour le réchauffer.

« Le premier-né de ma sœur, répondit-il.

— Ta *sœur* ! cracha Griffe de Tigre.

— Tu as une sœur ? s'écria Perce-Neige. Où est-elle ?

— Là où Cœur de Feu est né, bien sûr, ricana Longue Plume, dédaigneux. En ville !

— Est-ce vrai ? s'enquit Étoile Bleue.

— Oui, reconnut le jeune guerrier. Elle m'a demandé de l'amener au Clan.

— Et pourquoi ferait-elle une chose pareille ? lança Étoile Bleue avec un calme inquiétant.

— Je lui ai parlé de la tribu, combien j'aimais y vivre... balbutia-t-il, nerveux.

— Depuis combien de temps te rends-tu à la ville ?

— Depuis le début de la saison des neiges. Et seulement pour voir ma sœur. Ma loyauté est acquise au Clan.

— Loyauté ? s'exclama Éclair Noir, dont le cri résonna à travers la clairière. Et tu oses nous imposer un chat domestique ?

— Un seul nous suffit, siffla l'un des anciens.

— Rien de tel qu'un chat domestique pour en trouver un autre ! » grommela Nuage de Poussière, le poil hérissé.

Il se tourna vers Nuage de Sable pour lui donner un petit coup de museau. Elle jeta un regard gêné à Cœur de Feu avant de baisser la tête.

« Pourquoi l'as-tu ramené ici ? gronda Griffe de Tigre.

— Nous manquons de guerriers... »

À cet instant, le minuscule animal se tortilla sous son ventre, et le chasseur comprit combien sa réponse devait sembler ridicule. Il courba l'échine quand des miaulements méprisants accueillirent ses mots.

Une fois tari le flot d'insultes, Vif-Argent prit la parole.

« La tribu a déjà assez de soucis !

— Ce ne sera qu'un fardeau de plus, renchérit Poil de Souris. Il ne sera prêt à débuter l'entraînement que dans cinq lunes. »

Tornade Blanche acquiesça.

« Tu n'aurais pas dû amener ce chat domestique ici, Cœur de Feu, déclara-t-il. Il est trop frêle pour supporter la vie au sein du Clan. »

Le jeune chasseur se hérissa.

« Je suis né chat domestique. Vous me trouvez trop frêle ? »

Il croyait avoir commencé à dissiper les préjugés de ses congénères envers les chats des villes, mais il avait tort. Il n'aperçut que des expressions inamicales.

Une voix s'éleva derrière Tornade Blanche.

« Si le sang de Cœur de Feu coule dans ses veines, il fera un bon guerrier. »

Le félin roux sentit le soulagement lui gonfler la poitrine. C'était Plume Grise ! L'espoir le réchauffa un instant. Tornade Blanche fit un pas de côté et les autres se tournèrent vers le chat cendré, qui les fixa un à un sans ciller.

« Ça nous change, de t'entendre défendre ton ami, Plume Grise. Hier soir, tu voulais le tailler en pièces ! » railla Longue Plume.

Plume Grise considéra le chat crème avec défi, puis fit volte-face lorsque Éclair Noir l'attaqua à son tour.

« C'est vrai ! Comment sais-tu que le sang de Cœur de Feu est digne du Clan du Tonnerre ? C'est parce que tu l'as goûté, hier soir, quand tu as essayé de lui dévorer la patte ? »

Étoile Bleue s'avança, ses yeux bleus voilés par l'inquiétude.

« Cœur de Feu, tu ne pensais sans doute pas trahir la tribu en rendant visite à ta sœur, mais pourquoi avoir accepté d'amener son petit ici ? Tu n'avais pas le droit de prendre cette décision seul. Elle affecte tout le Clan. »

Le jeune guerrier regarda Plume Grise, en quête de soutien. Mais le matou cendré détourna la tête, bientôt imité par les autres membres de la tribu.

Cœur de Feu céda à la panique. Avait-il compromis sa place au sein du Clan en leur amenant le fils de Princesse ?

« Qu'en penses-tu, Griffe de Tigre ? demanda Étoile Bleue.

— Moi ? rétorqua le lieutenant, avec tant d'arrogance et de satisfaction que le félin roux sentit son cœur se serrer. Qu'il faut s'en débarrasser sur-le-champ.

— Et toi, Bouton-d'Or ?

— Ce petit a l'air trop jeune pour survivre jusqu'à la saison des feuilles nouvelles, déclara la reine rousse.

— Il attrapera le mal vert avant l'aube ! ajouta Poil de Souris.

— Ou bien il mangera notre gibier jusqu'aux

prochaines neiges avant de mourir de froid ! » jeta Vif-Argent.

Étoile Bleue baissa la tête.

« Il suffit. Laissez-moi réfléchir. »

Elle disparut dans son antre. Tous s'éclipsèrent en murmurant d'un air sombre.

Cœur de Feu souleva le chaton trempé et le porta jusque dans la tanière des guerriers. L'animal frissonnait et miaulait. Il faisait peine à voir. Son oncle se roula en boule autour de lui et ferma les yeux. La gorge nouée, il revit les expressions hostiles de ses congénères. Désormais, il connaissait vraiment le sens du mot *solitude* : le Clan entier l'avait renié.

Plume Grise vint s'installer sur sa couche. Cœur de Feu l'observa, nerveux. Son ami avait été le seul à prendre sa défense, et il voulait le remercier. Embarrassé par les pleurs du petit, il finit par marmonner :

« Merci de m'avoir soutenu. »

Son camarade haussa les épaules.

« Ce n'est rien, il fallait bien que quelqu'un se dévoue. »

Puis il se détourna et commença à se lécher la queue.

Le chaton miaulait de plus en plus fort. Certains guerriers vinrent s'abriter de la pluie. Sans rien dire, Fleur de Saule jeta un bref coup d'œil à Cœur de Feu et son neveu.

« Tu ne peux pas le faire taire ? » se plaignit Éclair Noir, qui pétrissait la mousse de son nid.

Impuissant, Cœur de Feu donna quelques coups de langue au petit sans doute affamé. Le bruissement du fourré lui fit lever la tête. Pelage de Givre se glissa vers lui et considéra le chaton. Soudain, elle renifla sa fourrure.

« Il serait mieux dans la pouponnière, murmurat-elle. Plume Blanche a trop de lait. Je pourrais lui demander de s'en occuper. »

Cœur de Feu se tourna vers elle, surpris. Elle lui expliqua, les yeux pleins de chaleur :

« Je n'ai pas oublié que tu as sauvé mes petits du Clan de l'Ombre. »

Cœur de Feu souleva l'animal et suivit la reine à l'extérieur. La pluie tombait plus dru. Ils se hâtèrent vers la pouponnière. Une fois à l'abri du fourré de ronces, Cœur de Feu battit des cils pour s'habituer à l'obscurité.

Dans ce cocon bien au sec, Plume Blanche était pelotonnée autour de ses deux rejetons survivants. Elle jeta un regard méfiant au guerrier, puis à l'animal minuscule qui pendait de sa gueule.

« L'un de ses petits est mort la nuit dernière », chuchota Pelage de Givre à l'oreille du chasseur.

Il se souvint des nouveau-nés étendus près de Croc Jaune et se demanda, la gorge serrée, lequel avait succombé à la maladie. Il déposa le fils de Princesse sur le sol et se tourna vers la mère endeuillée.

« Je suis désolé », souffla-t-il.

Elle le regarda sans le voir, les prunelles emplies de chagrin.

« Plume Blanche, dit Pelage de Givre, ta douleur est immense. Mais ce chaton meurt de faim, et tu as du lait. Accepterais-tu de le nourrir ? »

La reine secoua la tête, ferma les paupières comme pour nier leur présence. Pelage de Givre pressa avec douceur le museau contre son cou.

« Je sais qu'il ne remplacera pas ton fils. Mais il a besoin de ta chaleur et de tes soins. »

Cœur de Feu attendit, anxieux. Son neveu hurlait de plus belle. Il sentait le lait de Plume Blanche et commença à ramper vers son flanc soyeux. Il se glissa entre les deux autres chatons. Sans résister, la mère l'observa s'accrocher à l'une de ses mamelles et se mettre à téter. Soulagé et reconnaissant, Cœur de Feu vit l'expression de la reine se radoucir quand le petit chat domestique se mit à ronronner, en pétrissant le ventre gonflé de ses pattes minuscules.

Pelage de Givre hocha la tête.

« Merci, Plume Blanche. Puis-je dire à Étoile Bleue que tu t'occuperas de lui ?

— Oui », murmura la chatte sans quitter le petit des yeux.

Elle le poussa plus près de son ventre. Cœur de Feu lui effleura l'épaule.

« Merci. Je te promets de te rapporter un peu de gibier en plus chaque jour.

— Je vais aller prévenir Étoile Bleue », souffla Pelage de Givre.

Cœur de Feu la considéra, ému par sa bonté.

« Merci, dit-il.

— Aucun chaton ne mérite de mourir de faim, qu'il soit de la ville ou de la forêt. »

Sur ces mots, Pelage de Givre sortit du buisson.

« Va, à présent, ajouta Plume Blanche. Je prendrai soin de lui. »

Cœur de Feu s'inclina et se coula dehors sous l'averse. Il songea à retourner se coucher, mais il savait qu'il ne pourrait pas se reposer avant de connaître la décision de leur chef.

Tandis qu'il marchait, agité, autour de la clairière, sa fourrure détrempée de plus en plus hirsute, Pelage de Givre émergea de l'antre d'Étoile Bleue et retourna en hâte à la pouponnière.

Fleur de Saule se préparait à prendre la tête de la patrouille du soir, lorsque la chatte grise surgit enfin de son gîte. Le jeune guerrier s'arrêta net, le cœur battant si fort qu'il lui semblait que ses pattes allaient se dérober sous lui. Leur chef sauta sur le Promontoire et lança son appel :

« Que tous ceux qui sont en âge de chasser rejoignent le Promontoire pour une assemblée du Clan. »

La troupe prête à partir revint sur ses pas et s'approcha, Fleur de Saule la première. Les autres félins quittèrent leurs couches douillettes en ronchonnant contre la pluie. Griffe de Tigre bondit sur le rocher à côté d'Étoile Bleue, l'air sombre.

Ils vont me forcer à le ramener, songea Cœur de Feu. Sa respiration se précipita. Des pensées encore plus inquiétantes l'assaillirent. *Et si Étoile Bleue demandait à Griffe de Tigre de l'abandonner dans la forêt ? Il n'y survivrait pas. Oh ! Clan des Étoiles, que vais-je dire à Princesse ?*

Quand tous furent arrivés, la reine prit la parole.

« Chats du Clan du Tonnerre ! Personne ne peut nier que nous avons besoin de chasseurs. Hier, le mal vert nous a déjà arraché un petit, et de nombreuses lunes nous séparent encore de la saison des feuilles nouvelles. Nuage Cendré a été gravement blessée, et ne deviendra jamais une guerrière. Comme Plume Grise l'a fait remarquer... »

Nuage de Poussière chuchota :

« Plume Grise ressemble de plus en plus à un chat domestique, ces temps-ci ! »

Cœur de Feu tourna aussitôt la tête, mais déjà le miaulement menaçant de l'un des anciens avait fait taire le novice.

« Comme l'a fait remarquer Plume Grise, répéta Étoile Bleue, dans les veines de ce chaton coule le sang de Cœur de Feu. Il fera sans doute un valeureux combattant. »

Certains lorgnèrent le félin roux, qui avait à peine entendu le compliment. L'espoir gonflait sa poitrine et lui faisait tourner la tête. Étoile Bleue s'interrompit un instant pour contempler l'assemblée.

« J'ai décidé d'accueillir ce petit au sein de la tribu », déclara-t-elle.

Personne ne broncha. Le jeune guerrier aurait voulu hurler ses remerciements à leurs ancêtres, mais il tint sa langue. Il respira sa première vraie bouffée d'air pur depuis midi. Un membre de sa famille allait faire partie du Clan !

« Plume Blanche a proposé de s'occuper de lui : Cœur de Feu devra désormais la ravitailler en gibier », poursuivit-elle. Elle posa sur son ancien apprenti un regard indéchiffrable. « Enfin, le chaton doit avoir un nom. Ce sera Petit Nuage.

— Y aura-t-il une cérémonie de baptême ? » demanda Fleur de Saule.

Cœur de Feu regarda le Promontoire, plein d'impatience. La progéniture de sa sœur aurait-elle droit à ce privilège, comme lui lors de son entrée au sein du Clan ?

« Non », répondit Étoile Bleue avec froideur.

CHAPITRE 22

🍃

POUR CŒUR DE FEU, LES JOURS qui les séparaient encore de la pleine lune parurent durer une éternité. La dernière Assemblée lui semblait remonter à des lustres. La fois précédente, comme des nuages couvraient la lune, les tribus avaient préféré ne pas se réunir. Entre-temps, une patrouille après l'autre avaient relevé les traces des guerriers du Clan de la Rivière autour des Rochers du Soleil, et du Clan de l'Ombre près de l'Arbre aux Chouettes.

Quand il n'était pas à la chasse ou en mission de reconnaissance, Cœur de Feu partageait ses heures de liberté entre Petit Nuage et ses deux élèves. En effet, même si Plume Grise avait repris ses leçons, Nuage de Fougère se retrouvait parfois désœuvré, son mentor ayant disparu dans la nature.

« À la chasse, répondait le jeune novice, quand on lui demandait où était le chat cendré.

— Pourquoi ne l'as-tu pas accompagné ?

— Il a dit que je pourrais venir demain. »

L'obstination de Plume Grise irritait toujours autant Cœur de Feu, mais il ne tardait pas à oublier sa colère. Même s'il avait cessé d'essayer de ramener son ami à la raison – ils ne se parlaient plus guère depuis l'arrivée de Petit Nuage au camp –, il s'attachait à emmener Nuage de Fougère avec lui chaque fois que Plume Grise s'absentait. Il savait que Griffe de Tigre ne se contenterait pas des réponses évasives de l'apprenti.

La pleine lune finit par apparaître dans un ciel sans nuages. Ce jour-là, Cœur de Feu rentra tôt de la chasse. Il passa devant le chêne abattu, désert depuis que Nuage Agile et les petits de Perce-Neige avaient retrouvé la santé. Il déposa ses proies sur la pile et se dirigea vers la tanière de Croc Jaune pour rendre visite à Nuage Cendré. Le mal vert, lui aussi, avait quitté le camp. Seule la novice restait avec la guérisseuse.

Une fois le tunnel traversé, il aperçut la jeune chatte grise au milieu de la clairière. Elle aidait son aînée à préparer des remèdes. Il grimaça en la voyant boiter très bas jusqu'au rocher, la gueule pleine d'herbes.

« Cœur de Feu ! s'exclama-t-elle en recrachant les feuilles sèches pour aller l'accueillir. À cause de ces plantes nauséabondes, je ne t'ai pas senti arriver !

— Ces "plantes nauséabondes", comme tu dis, ont permis à ta patte de guérir ! grommela Croc Jaune.

— Alors il aurait fallu en utiliser plus ! » rétorqua-t-elle.

Mais son mentor fut soulagé d'apercevoir une lueur espiègle dans ses yeux.

« Regarde-moi ça ! poursuivit-elle en agitant sa patte tordue. Quand je fais ma toilette, je peux à peine atteindre mes griffes.

— Je devrais peut-être te prescrire d'autres exercices d'assouplissement, fit remarquer la guérisseuse.

— Non, merci ! se hâta de répondre Nuage Cendré. Ils sont très douloureux !

— Justement ! Plus c'est douloureux, plus c'est efficace, répliqua Croc Jaune avant de se tourner vers Cœur de Feu. Tu auras peut-être plus d'influence que moi : je n'arrive pas à la convaincre. Moi, je vais chercher des racines de consoude dans la forêt.

— Je vais essayer, lui promit-il.

— C'est facile : si elle les fait correctement, elle passera son temps à se plaindre ! » jeta-t-elle par-dessus son épaule avant de s'éloigner.

La novice s'avança clopin-clopant vers le guerrier et lui effleura le museau.

« Merci d'être venu me voir. »

Elle s'assit et fit la grimace en ramenant sous elle sa patte blessée.

« J'aime te rendre visite, répondit-il. Nos entraînements me manquent. »

Aussitôt, il regretta ses paroles. Les yeux de son élève s'emplirent de nostalgie.

« À moi aussi. Quand crois-tu que nous pourrons les reprendre ? »

Le cœur lourd, il la contempla sans mot dire. Ainsi donc, Croc Jaune n'avait pas encore appris à sa patiente qu'elle ne serait jamais une vraie guerrière...

« Et si tu pratiquais certains de tes exercices ? Ça ne te ferait pas de mal... rétorqua-t-il, évasif.

— D'accord. Mais juste quelques-uns, alors. »

Elle se coucha sur le flanc et étendit la patte, le museau froncé de douleur. Lentement, les dents serrées, elle commença à la bouger d'arrière en avant.

« Tu te débrouilles très bien », l'encouragea-t-il, sans trahir le chagrin qui le déchirait.

Elle laissa sa cuisse retomber et resta un instant immobile avant de se redresser. Il la regarda en silence secouer la tête.

« Je ne deviendrai jamais une guerrière, n'est-ce pas ? »

Il ne pouvait pas lui mentir.

« Non, chuchota-t-il. Je suis désolé. »

Il lui lécha doucement la tête. Au bout d'un instant, elle soupira et se rallongea.

« Je m'en doutais. C'est juste que... Parfois, je rêve que je suis à la chasse avec Nuage de Fougère dans la forêt, mais au réveil, la douleur me rappelle que je ne courrai plus jamais. Et je ne peux pas l'endurer. Alors il faut que je feigne de croire qu'un jour peut-être j'en serai capable. »

Il ne supportait pas de la voir aussi triste.

« Je t'emmènerai dans les bois, lui promit-il. On trouvera la souris la plus vieille et la plus lente de la forêt. Contre toi, elle n'aura aucune chance. »

Nuage Cendré se mit à rire, reconnaissante, et il l'imita. Une question, cependant, le tracassait depuis l'accident.

« Nuage Cendré, tu te souviens de ce qui s'est passé quand le monstre t'a heurtée ? Griffe de Tigre était-il là ?

— Je... je ne sais pas », balbutia-t-elle, déroutée.

Il se sentit coupable en la voyant se recroqueviller au souvenir du drame.

« Je suis allée droit au frêne frappé par la foudre, là où Griffe de Tigre avait donné rendez-vous à Étoile Bleue. Ensuite, un monstre est arrivé et... je ne me rappelle pas bien.

— Tu ne pouvais pas te douter que le bas-côté serait aussi étroit à cet endroit, observa Cœur de Feu, pensif. Tu as dû débouler directement sur le Chemin du Tonnerre. »

Pourquoi Griffe de Tigre avait-il choisi un tel point de ralliement ? pensa-t-il, un instant aveuglé par la rage. *Il aurait au moins pu l'empêcher de se risquer sur la chaussée !* Les paroles inquiétantes de Princesse résonnèrent dans sa tête : *Et si c'était un piège ?* Il s'imagina le lieutenant, dissimulé au milieu des broussailles, sous le vent pour cacher son odeur, les yeux fixés sur l'orée de la forêt dans l'espoir de...

« Comment va Petit Nuage ? »

La voix de son apprentie interrompit le cours de ses pensées. Elle désirait visiblement changer de sujet. Toujours ravi de parler de son neveu, il répondit aussitôt, fier comme un paon :

« Il grandit un peu plus chaque jour.

— J'ai hâte de le rencontrer. Quand vas-tu me l'amener ?

— Dès que Plume Blanche m'y autorisera. Elle refuse de s'en séparer, pour l'instant.

— Elle l'aime bien, alors ?

— Elle le traite exactement comme ses autres petits, le Clan des Étoiles soit loué ! Pour être honnête, je n'étais pas sûr qu'elle s'attache à lui. Il est si différent de ses chatons. »

Cœur de Feu lui-même ne pouvait pas nier que la douce fourrure neigeuse de Petit Nuage tranchait au milieu du pelage court et tacheté des autres nouveau-nés.

« Au moins, il s'entend bien avec eux... »

Il s'interrompit, mal à l'aise.

« Qu'y a-t-il ? » lui demanda-t-elle avec douceur.

Il haussa les épaules.

« J'en ai par-dessus la tête de la façon dont certains le toisent, comme s'il était stupide ou bon à rien.

— Il le remarque ?

— Non.

— Dans ce cas, ne t'inquiète pas.

— Le problème, c'est qu'il ignore ses origines de chat domestique. Il pense être d'une autre tribu. Mais s'ils continuent de le regarder de travers, il va comprendre que quelque chose cloche chez lui. »

Il fixa le sol, très agité.

« Que quelque chose cloche chez lui ? répéta-t-elle, étonnée. *Tu* es né chat des villes et tu n'as rien qui cloche ! Écoute, lorsque Petit Nuage apprendra d'où il vient, il sera déjà capable de prouver qu'un chat domestique vaut autant que n'importe quel guerrier né au sein du Clan. Comme tu l'as fait.

— Et si quelqu'un le lui dit avant qu'il ne soit prêt ?

— S'il est comme toi, il était prêt dès la naissance !

— Comment sais-tu tout ça ? » s'exclama-t-il, surpris de sa perspicacité.

Nuage Cendré roula sur le dos en poussant un miaulement moqueur.

« La souffrance vous change, imagine-toi ! »

Il lui appuya sur le ventre du bout de la patte, et elle couina avant de se tourner sur le côté.

« Non, sérieusement... reprit-elle. Regarde avec qui je passe mes journées, ces temps-ci ! »

Il pencha la tête de côté, perplexe.

« Croc Jaune, andouille ! s'esclaffa-t-elle. Elle n'est pas née de la dernière pluie. J'apprends beaucoup. » Elle se rassit. « Elle m'a dit qu'il y avait une Assemblée, ce soir. Tu y vas ?

— Je ne sais pas. Je vais poser la question à Étoile Bleue. Ma cote est en baisse, en ce moment.

— Ça leur passera, répliqua-t-elle, avant de lui donner un petit coup de museau à l'épaule. Tu ne devrais pas aller lui demander tout de suite ? Ils ne vont pas tarder à partir.

— Tu as raison. Ça ne t'ennuie pas de rester seule jusqu'au retour de Croc Jaune ? Tu veux que j'aille te chercher un peu de gibier ?

— T'inquiète ! Elle me rapportera à manger. Elle s'en charge toujours. Quand elle en aura fini avec moi, je serai la plus grosse chatte de la forêt. »

Cœur de Feu se sentit ragaillardi de la voir retrouver son allant. Il était tenté de rester lui tenir compagnie, mais il devait vérifier en effet s'il était ou non du voyage.

« À demain, alors. Je te raconterai l'Assemblée.

— Oh oui ! Je veux tout savoir ! Pourvu qu'Étoile Bleue te laisse y aller ! Allez, ouste !

— J'y vais, j'y vais, répondit-il avant de se relever. Au revoir, Nuage Cendré.

— Au revoir ! »

Une fois à l'orée de la clairière, il aperçut Étoile Bleue en grande conversation avec Fleur de Saule devant sa tanière. Juste au moment où Cœur de Feu les rejoignait, la reine gris perle se leva, le salua et s'éloigna. Leur chef gris-bleu posa sur lui un regard entendu.

« Tu veux aller à l'Assemblée, lança-t-elle. Tout le monde insiste pour venir, ce soir, mais je ne peux pas emmener la tribu entière.

— Je voulais revoir les membres du Clan du Vent, leur demander comment ils vont depuis que nous les avons ramenés chez eux », protesta-t-il, incapable de cacher sa déception.

Elle étrécit les pupilles.

« Inutile de me rappeler tes exploits, rétorqua-t-elle d'un ton acerbe qui le fit tressaillir. Ton inquiétude t'honore, cependant. Vous pouvez venir ce soir, Plume Grise et toi.

— Merci, Étoile Bleue.

— L'Assemblée devrait être intéressante. Le Clan de la Rivière et le Clan de l'Ombre ont un tas d'éclaircissements à nous fournir. »

Nerveux, Cœur de Feu agita les oreilles. Il avait du mal à contenir sa fébrilité. La reine semblait déterminée à exiger des explications après les incursions d'Étoile Balafrée et d'Étoile Noire sur le territoire du Clan du Tonnerre. Il s'inclina avec respect devant son chef avant de s'éloigner.

Il prenait deux campagnols pour Plume Blanche sur le tas de gibier, quand il vit la guérisseuse rentrer au camp. Les pattes boueuses, elle tenait de grosses racines noueuses dans la gueule. Sa récolte avait été un succès.

Il transporta la viande jusqu'à la pouponnière. Roulée en boule à l'intérieur, Plume Blanche nourrissait Petit Nuage. Ses autres chatons étaient à peine sevrés, et bientôt même le nouveau-né goûterait ses premières proies.

À l'entrée de Cœur de Feu, elle leva des yeux emplis d'angoisse.

« Je viens d'envoyer chercher Croc Jaune, lui annonça-t-elle.

— Petit Nuage est malade ? s'inquiéta-t-il, aussitôt sur le qui-vive.

— Il a un peu de fièvre, aujourd'hui. »

Elle se pencha pour lécher la tête du petit qui avait cessé de téter et commençait à s'agiter.

« Ce n'est sans doute rien, mais j'aimerais avoir son avis. Je... je ne veux prendre aucun risque. »

Il se rappela le deuil que venait de subir la chatte tachetée. *Pourvu qu'il s'agisse d'un excès de précautions !* pensa-t-il. Son neveu gigotait, l'air égaré.

« Je reviendrai te voir après l'Assemblée », lui assura-t-il.

Il ressortit de la pouponnière et se dirigea vers la pile de gibier pour y prélever sa part. Même si les nouvelles de Plume Blanche lui avaient coupé l'appétit, il devait prendre des forces en prévision du trajet jusqu'aux Quatre Chênes.

À côté de la réserve, il trouva Longue Plume et Nuage de Poussière, et s'assit pour attendre son tour.

« Je n'ai pas vu Petite Nunuche, aujourd'hui », lança le premier.

La mauvaise plaisanterie ralluma la colère de Cœur de Feu.

« Il a dû se rendre compte qu'il avait l'air stupide et aller se cacher dans la pouponnière ! rétorqua le second.

— J'aimerais bien être là le jour où il essaiera de chasser. Avec tout ce duvet blanc, les animaux le verront arriver à cent lieues !

— À moins qu'ils ne le prennent pour un gros champignon ! »

Nuage de Poussière agita les moustaches et lorgna Cœur de Feu, goguenard.

Les oreilles couchées en arrière, le guerrier détourna la tête. Il regarda Croc Jaune se précipiter vers la pouponnière, la gueule pleine de grande camomille. Malheureusement, ce spectacle n'échappa pas aux deux autres.

« On dirait que le chat domestique a attrapé un rhume. Quelle surprise ! persifla Longue Plume. Bouton-d'Or avait raison : il ne survivra pas à la saison des neiges ! »

Il fixa Cœur de Feu, guettant sa réaction. Le félin roux préféra l'ignorer et s'avança vers le gibier. Il choisit une grive et s'éloigna, las de ces rancœurs sans fin.

Plume Grise partageait son repas avec Vif-Argent près du bouquet d'orties.

« Salut ! La chasse a été bonne ? demanda ce dernier au guerrier roux quand il passa à leur hauteur.

— Oui, merci. »

Plume Grise, lui, ne releva pas la tête.

« Étoile Bleue m'a dit que tu pouvais venir à l'Assemblée, lui lança Cœur de Feu.

— Je sais, répondit son ami sans cesser de mastiquer.

— Et toi, tu y vas, Vif-Argent ?

— Bien sûr ! Pas question de rater ça ! »

Cœur de Feu continua son chemin et se trouva un endroit tranquille à la périphérie de la clairière. Les paroles de Longue Plume trottaient dans sa tête. Le Clan accepterait-il un jour le chaton blanc ? Il ferma les yeux et s'attaqua à sa toilette.

Quand il se tourna pour se lécher le flanc, ses moustaches effleurèrent quelque chose. En rouvrant les paupières, il trouva Nuage de Sable debout à côté de lui. La fourrure orange de la chatte prenait des reflets dorés au clair de lune.

« Je me suis dit que tu avais peut-être envie d'un peu de compagnie », lui expliqua-t-elle.

Elle s'assit et se mit à le toiletter à longs coups de langue apaisants.

À travers ses yeux mi-clos, il vit Nuage de Poussière les fixer depuis la tanière des novices, incapable de cacher sa jalousie et sa surprise. L'apprenti n'était pas le seul étonné par ce geste : Cœur de Feu lui-même ne s'attendait pas à une telle démonstration d'amitié de la part de la jeune chatte au courage farouche, mais sa présence était la bienvenue, et il n'avait pas l'intention de la remettre en question.

« Tu vas à l'Assemblée ? » lui demanda-t-il.

Elle attendit un instant avant de répliquer :

« Oui. Et toi ?

— Moi aussi. Je crois qu'Étoile Bleue va reprocher à Étoile Balafrée et à Étoile Noire leurs razzias sur nos terrains de chasse. »

Il attendit en vain une réponse de Nuage de Sable. Elle observait le ciel sombre.

« J'aimerais tant être enfin une guerrière », murmura-t-elle.

Cœur de Feu se raidit. Cette fois, pourtant, il n'y avait ni jalousie, ni amertume dans sa voix.

Il se sentait gêné. Son initiation avait débuté avant celle de l'apprentie, et il était chasseur depuis déjà deux lunes.

« Étoile Bleue ne tardera pas à t'accorder ton nouveau nom.

— Pourquoi est-ce si long ? lui demanda-t-elle, ses yeux vert pâle fixés sur lui.

— Je n'en sais rien. Notre chef a été malade, et puis le Clan de la Rivière et le Clan de l'Ombre lui donnent du souci. Elle doit avoir autre chose en tête.

— Elle a pourtant besoin d'autant de combattants que possible ! »

Il comprenait son impatience.

« Il faut croire qu'elle attend... le bon moment. »

Il n'était pas d'un grand secours, mais il ne trouvait rien d'autre à lui dire.

« À la saison des feuilles nouvelles, peut-être, soupira Nuage de Sable. Quand penses-tu prendre un nouvel apprenti ?

— Étoile Bleue ne m'a encore rien dit.

— Elle te donnera peut-être Petit Nuage quand il sera plus vieux.

— J'espère bien. » Il contempla la pouponnière, de l'autre côté de la clairière, et se demanda si Croc Jaune en avait fini avec le chaton. « S'il survit jusque-là.

— Bien sûr que oui ! rétorqua-t-elle, confiante.

— Il a de la fièvre, tu sais, insista-t-il, l'échine courbée.

— Tous les petits en ont un jour ou l'autre !

Grâce à sa fourrure épaisse, il s'en remettra vite. Sa robe blanche lui sera utile, surtout en cette saison, elle est parfaite pour chasser dans la neige. Le gibier ne le verra jamais venir, et il sera capable de rester dehors deux fois plus longtemps que les chats au poil ras comme Longue Queue... »

Cœur de Feu s'esclaffa et se détendit. Nuage de Sable avait dissipé ses craintes. Il se releva et lui donna un petit coup de langue sur la tête.

« Viens, lui dit-il. Étoile Bleue nous appelle. »

Près de l'entrée du camp, ils rejoignirent un petit groupe silencieux et déterminé.

Leur chef agita la queue et les conduisit à travers le tunnel d'ajoncs, puis hors du ravin. Dans les bois baignés par la lumière blafarde de la lune, ils partirent à toute allure en direction de l'Assemblée. Des nuages de vapeur tourbillonnaient autour du museau de Cœur de Feu, et le sol de la forêt était gelé sous ses pattes.

Pour la première fois depuis l'arrivée du chat roux au sein de la tribu, Étoile Bleue franchit la crête des Quatre Chênes sans prendre le temps de se préparer à la réunion. Elle plongea droit vers la clairière, sa troupe silencieuse à sa suite.

CHAPITRE 23

🍂

LE CLAN DE LA RIVIÈRE et le Clan de l'Ombre n'étaient pas encore arrivés. Étoile Filante salua la chatte grise avec respect.

Cœur de Feu aperçut Moustache et se hâta de le rejoindre.

« Salut ! » lui lança-t-il.

Il n'avait pas revu le petit guerrier brun depuis la bataille près de la gorge, deux lunes auparavant. Pour la première fois depuis des lustres, il se rappela la mort de Griffe Blanche et frissonna au souvenir de sa disparition dans les eaux bouillonnantes.

« Où est Plume Grise ? lui demanda Moustache. Il va bien ? »

Le félin roux voyait bien, au souci qui perçait dans le ton de son interlocuteur, qu'il pensait lui aussi au terrible accident.

« Ça va, répondit Cœur de Feu. Il est là-bas, avec les autres. »

Il repensa à la reine du Clan du Vent dont il avait aidé à porter le chaton.

« Comment va Belle-de-Jour ?

— Elle est soulagée d'être de retour. Son petit grandit vite. Tout le Clan est en bonne santé, expliqua Moustache, amusé, en entendant le jeune chasseur ronronner de contentement. C'est agréable de se remettre au lapin ! Je prie pour ne jamais être obligé de remanger du rat ! »

La brise apporta une nouvelle odeur à Cœur de Feu : les deux dernières tribus arrivaient. Il scruta la crête autour du vallon. Presque aussitôt, le Clan de la Rivière s'engagea sur la pente. En face, on voyait les chats du Clan de l'Ombre immobiles au sommet, leur fourrure luisante au clair de lune. À la tête du groupe se dressait la silhouette d'Étoile Noire.

« Il était temps, grommela Moustache, qui les avait aperçus, lui aussi. Il fait trop froid pour traîner, ce soir. »

Cœur de Feu acquiesça, distrait. Il cherchait Rivière d'Argent parmi les nouveaux arrivants. Il reconnut sans difficulté la chatte gris pâle. Son père saluait calmement les guerriers des autres tribus. Elle fit halte au bas du coteau avant de le suivre.

Nerveux, Cœur de Feu scruta la foule grandissante, en quête de Plume Grise. Le matou cendré allait-il oser adresser la parole à Rivière d'Argent ? En pleine conversation avec un chasseur ennemi, il tournait pour l'instant le dos à la jeune chatte.

Le félin roux l'épiait avec une telle concentration qu'il n'entendit pas approcher Patte Folle.

« Bonsoir, Cœur de Feu ! lui lança le lieutenant du Clan du Vent. Comment vas-tu ?

— Bonsoir ! Très bien, merci.

— Tant mieux ! » répondit le vétéran, qui s'inclina et s'éloigna en boitant.

Moustache donna à Cœur de Feu un coup de museau amical.

« Tu en as, de la chance ! »

Le jeune guerrier éprouva une bouffée de fierté. À ce moment, l'appel d'Étoile Bleue résonna depuis le Grand Rocher. Cœur de Feu pivota, surpris. D'habitude, leurs chefs ne commençaient pas la réunion si tôt. Étoile Balafrée et Étoile Noire se tenaient côte à côte sur la pierre. La chatte grise attendait près d'Étoile Filante que l'assistance se regroupe. Le félin roux s'aperçut soudain qu'il n'avait encore jamais vu le chef du Clan du Vent à une Assemblée.

Il suivit avec Moustache la foule qui s'installait au pied de l'aiguille rocheuse. Il leva les yeux, curieux, s'attendant à voir la reine saluer le retour du Clan du Vent et de leur chef, mais elle ne semblait pas d'humeur à perdre son temps en propos aimables.

« Le Clan de la Rivière chasse sur les Rochers du Soleil, commença-t-elle d'une voix pleine de colère. Nos patrouilles ont repéré l'odeur des tiens, Étoile Balafrée, des dizaines de fois ! Les Rochers du Soleil sont à nous ! »

Le chat crème rendit son regard à Étoile Bleue sans ciller.

« As-tu oublié qu'il y a peu de temps l'un de mes chasseurs a été tué par l'un des vôtres en défendant notre territoire ?

— Vous n'aviez pas à intervenir. Mes envoyés ne chassaient pas. Ils rentraient chez eux après avoir ramené le Clan du Vent parmi nous. Nous nous étions tous mis d'accord sur cette mission ! Selon

le code du guerrier, ils n'auraient pas dû être attaqués.

— Le code du guerrier, dis-tu ? Et ce mâle du
Clan du Tonnerre qui nous espionne sur nos terres
depuis plusieurs lunes, alors ? »

Étoile Bleue sembla prise au dépourvu.

« Un mâle ? Vous l'avez vu ?

— Pas encore. Mais nous tombons très souvent
sur sa piste, et ça ne devrait plus tarder. »

Cœur de Feu, inquiet, regarda Plume Grise à la
dérobée. Il connaissait l'identité du chasseur surpris sur les terrains de chasse d'Étoile Balafrée. Et
si un membre du Clan de la Rivière reconnaissait
son odeur ce soir-là ?

Immobile, Plume Grise fixait les quatre chefs.
De la foule, monta la voix menaçante de Griffe de
Tigre.

« Depuis une lune environ, nous repérons aussi
des preuves du passage du Clan de l'Ombre sur
notre territoire. Et pas un guerrier isolé... toute une
patrouille ! Toujours les mêmes chats.

— Ma tribu a respecté vos frontières ! riposta
Étoile Noire, ulcéré. Vous ne savez pas distinguer
entre une odeur et une autre en dehors de votre
propre tribu. Il s'agit sans doute de chats errants.
Ils nous volent aussi notre gibier ! »

Quand le lieutenant grogna, incrédule, Étoile
Noire le fixa, furieux.

« Tu doutes de la parole du Clan de l'Ombre,
Griffe de Tigre ? »

Un murmure alarmé parcourut l'assistance lorsque
le vétéran toisa son adversaire avec une méfiance

évidente. Étoile Filante parla alors pour la première fois, hésitant, la queue frémissante.

« Nous avons aussi décelé des odeurs étranges sur nos terres. Elles ressemblent beaucoup à celles du Clan de l'Ombre.

— J'en étais sûr ! s'écria Griffe de Tigre. Le Clan de la Rivière et le Clan de l'Ombre se sont ligués contre nous !

— *Nous ?* Qu'entends-tu par là ? répliqua Étoile Balafrée. Je crois plutôt que c'est vous et le Clan du Vent qui avez formé une alliance ! Voilà pourquoi vous teniez tant à son retour ! Vous comptez conjuguer vos forces pour envahir le reste de la forêt ?

— C'est faux, et tu le sais ! s'exclama Étoile Filante, l'échine hérissée. Ces deux dernières lunes, nous n'avons pas quitté nos terrains de chasse.

— Alors pourquoi avons-nous relevé des traces de passage sur notre territoire ? rétorqua Étoile Balafrée.

— Il ne s'agit pas de nous ! Ce sont sans doute des chats errants, comme l'a dit Étoile Noire.

— Quelle bonne excuse pour envahir nos terres, non ? » murmura Étoile Bleue, qui regardait les chefs du Clan de la Rivière et du Clan de l'Ombre d'un air menaçant.

Le premier se hérissa, le second fit le gros dos. Affolé, Cœur de Feu vit Griffe de Tigre s'approcher du Grand Rocher, les muscles tendus. Leurs chefs allaient-ils donc se battre lors d'une Assemblée ?

À cet instant, une ombre tomba sur la vallée. Quand l'obscurité s'installa, la foule se tut. Tremblant, Cœur de Feu leva les yeux. Un nuage avait caché la pleine lune, masquant toute source de lumière.

« Le Clan des Étoiles nous envoie ces ténèbres ! » geignit Demi-Queue, l'un des anciens.

Le guérisseur du Clan de l'Ombre renchérit :

« Nos ancêtres sont en colère ! Les Assemblées doivent se tenir en paix.

— Rhume des Foins a raison ! hurla Croc Jaune. Nous ne devrions pas nous disputer, surtout à la saison des neiges. Nous devrions d'abord nous soucier de la sécurité de chaque tribu ! »

Dans le silence, sa voix sonna comme un coup de tonnerre :

« Nous devons écouter le Clan des Étoiles ! »

CHAPITRE 24

🍀

ÉTOILE FILANTE – FORME SOMBRE perchée sur le Grand Rocher – finit par reprendre la parole.

« Par la volonté du Clan des Étoiles, cette Assemblée est terminée. »

De la foule monta un murmure approbateur. L'air était saturé par l'odeur de la peur et de l'animosité.

« Suivez-moi, chats du Clan du Tonnerre ! » clama Étoile Bleue.

Malgré l'obscurité, Cœur de Feu la vit sauter de son perchoir et se diriger vers le versant de la colline. Il se fraya un chemin dans la cohue et se dépêcha de la rattraper. La silhouette massive de Griffe de Tigre vint se placer à côté d'elle, et les ombres grises de ses congénères se rassemblèrent derrière les deux vétérans. En gravissant, solennels, la pente qui les ramenait vers leur camp, pas un ne parla. Le jeune guerrier jeta un regard par-dessus son épaule. Les autres tribus se retiraient, elles aussi. Lorsqu'il atteignit la crête, la clairière était déjà déserte.

Sur la piste aux odeurs familières, la petite troupe silencieuse traversa la forêt à fond de train. Cœur de Feu repéra Plume Grise à l'arrière de la colonne et ralentit l'allure. Peut-être son ami serait-il plus enclin à parler de Rivière d'Argent, à présent qu'il savait combien la tension était vive entre les tribus. On avait relevé sa trace en territoire ennemi ! Ses rendez-vous secrets le mettaient en danger, ainsi que le Clan.

Cœur de Feu cherchait comment lui expliquer la situation, quand Plume Grise le devança.

« Épargne ta salive. Je n'arrêterai pas de la voir !

— Tu es un idiot sans cervelle ! Ils s'apercevront vite que c'est toi. Étoile Bleue devinera la vérité, ou le Clan de la Rivière reconnaîtra ton odeur. Griffe de Tigre sait sans doute déjà que c'est toi ! »

Son camarade le fixa, inquiet.

« Il te l'a dit ?

— Non », reconnut le félin roux.

Il était soulagé de percevoir un soupçon de peur dans la voix de Plume Grise, qui se comportait jusque-là comme s'il ignorait ce qu'il risquait si la tribu découvrait le pot aux roses.

« Mais s'il commence à y réfléchir...

— D'accord ! jeta le chat cendré, qui resta un instant silencieux. Et si je te promettais de ne la voir qu'aux Quatre Chênes ? Comme ça, notre trace serait difficile à repérer, et je n'aurais plus à pénétrer sur les terres du Clan de la Rivière. Tu me laisserais tranquille, dans ce cas ? »

Cœur de Feu sentit son cœur se serrer. Son vieux complice ne renoncerait pas à Rivière d'Argent. Il finit par hocher la tête. C'était toujours mieux que de se glisser en territoire ennemi pour la voir.

« Content ? »

Même si les yeux de Plume Grise jetaient des éclairs, sa voix tremblait. Cœur de Feu, qui regrettait leur amitié perdue, éprouva soudain de la compassion pour le jeune guerrier. Il voulut fourrer le museau contre son flanc, mais Plume Grise partit en avant, le laissant seul à la queue du groupe.

Sitôt rentrée, Étoile Bleue convoqua une réunion malgré la fatigue du voyage. De toute façon, la plupart des félins étaient encore réveillés. L'Assemblée s'était terminée plus tôt qu'à l'ordinaire, et les nuages soudain amoncelés devant la lune avaient alarmé les chats restés au camp.

Tandis que le chef et le lieutenant s'installaient sur le Promontoire, Cœur de Feu se précipita à la pouponnière. Il voulait savoir comment se portait Petit Nuage. Il passa la tête à l'entrée. Dedans régnaient la chaleur et l'obscurité.

« Bonsoir ! chuchota Plume Blanche, simple ombre dans le noir. Il va beaucoup mieux. Croc Jaune lui a donné de la grande camomille. C'est un banal rhume. » Elle semblait soulagée. « Alors, que s'est-il passé à l'Assemblée ?

— Le Clan des Étoiles a envoyé des nuages qui ont couvert la lune. Étoile Bleue vient de nous convoquer à une réunion. Tu peux venir ? »

Il l'entendit renifler ses chatons.

« Oui, je crois, finit-elle par répondre. Mes petits ne se réveilleront pas avant un bon moment. »

Il recula pour la laisser passer, et ensemble ils rejoignirent leurs congénères rassemblés dans la clairière. Cœur de Feu sentit qu'on le frôlait : Nuage Cendré leva vers lui des yeux pleins d'anxiété. Sur le Promontoire, Étoile Bleue avait déjà pris la parole.

« Le Clan de la Rivière et le Clan de l'Ombre semblent représenter la plus grande menace. Nous devons nous préparer à la possibilité d'une alliance contre nous. »

Des miaulements indignés s'élevèrent.

« Tu crois vraiment qu'ils se sont unis ? s'enquit Croc Jaune d'une voix rauque. Le Clan de la Rivière dispose de gibier en abondance : j'ai du mal à croire qu'il accepterait de le partager avec le Clan de l'Ombre. »

Cœur de Feu se rappela les révélations de Rivière d'Argent sur la famine qui sévissait dans sa tribu, mais il préféra tenir sa langue – Étoile Bleue risquait d'insister pour savoir d'où il tenait ses informations.

« Ils n'ont pas nié nos accusations », fit remarquer Griffe de Tigre.

Étoile Bleue hocha la tête.

« Quoi qu'il en soit, il faut nous tenir sur nos gardes. À partir de ce soir, chaque patrouille comptera quatre membres, dont au moins trois guerriers. Leur fréquence sera renforcée : deux la nuit et une le jour, en plus de celles de l'aube et du crépuscule. Il faut mettre un terme aux incursions de nos ennemis sur notre territoire, et puisqu'ils ont choisi d'ignorer nos mises en garde, nous devons être prêts à nous battre. »

Les félins l'approuvèrent avec force feulements. Cœur de Feu se joignit à eux, inquiet cependant des conséquences d'une hostilité ouverte pour Plume Grise. Il regarda les félins qui l'entouraient.

Tous avaient les yeux brillants, sauf le chat cendré, assis dans l'ombre, tête basse, à l'orée de la clairière.

Quand le vacarme se tut, Étoile Bleue reprit la parole.

« La première patrouille partira avant le lever du soleil. »

Elle sauta du Promontoire. Griffe de Tigre la suivit, et le reste du Clan se divisa en petits groupes. En se dirigeant vers la tanière des guerriers, Cœur de Feu les entendit discuter avec nervosité.

Il s'installa sur sa couche, pétrit la mousse pour la rendre plus confortable. Au sommet du ravin, une chouette ulula. Il savait qu'il ne trouverait pas le sommeil avant un long moment. Les accusations lancées à l'Assemblée retentissaient en boucle dans sa tête. Il comprenait la colère du Clan de la Rivière. Tenaillé par la faim depuis l'invasion des Bipèdes, il ne pouvait accepter la présence du Clan du Tonnerre sur son territoire.

Mais le Clan de l'Ombre ? Ses rangs s'étaient beaucoup éclaircis depuis le départ de son ancien chef et de ses partisans. L'aide du Clan du Tonnerre ce jour-là avait été précieuse. Étoile Brisée avait même avoué avoir tué Étoile Grise, son propre père, afin de prendre sa place. On avait décidé de laisser la tribu se remettre tranquillement de l'épreuve. Et Cœur de Feu ne pouvait s'empêcher de penser qu'avec moins de bouches à nourrir elle n'avait pas besoin de chasser sur les terres du Clan du Tonnerre.

Il tournait et retournait encore ces pensées dans sa tête, quand Tornade Blanche et Éclair Noir entrèrent. Avant d'aller s'allonger sur sa couche, le vétéran s'approcha de Cœur de Feu.

« À midi, tu nous accompagnes en patrouille, Nuage de Sable, Poil de Souris et moi, annonça-t-il.

— Très bien », répondit le jeune guerrier avant de poser le museau sur ses pattes.

Il devait dormir afin d'être en forme le lendemain, prêt à se battre pour sa tribu.

Au matin, les nuages qui couvraient la lune la veille avaient disparu. Occupé à sa toilette dans la clairière, Cœur de Feu goûtait la chaleur du soleil sur son dos. En face de lui, son neveu sortit d'un bond de la pouponnière, l'air joyeux.

Son oncle ne pouvait que remercier le Clan des Étoiles pour son prompt rétablissement. Nuage de Sable avait vu juste : le chaton était robuste. Le chasseur chercha Longue Plume et Nuage de Poussière du regard, dans l'espoir qu'eux aussi le constatent, mais la clairière était déserte. Il s'avança vers le buisson de ronces.

« Salut, Petit Nuage ! Tu te sens mieux ?

— Oui ! »

L'animal fit plusieurs tours sur lui-même, cherchant à attraper sa queue entre ses dents. Une petite boule de mousse accrochée à sa fourrure tomba et roula au sol. Il bondit dessus et l'expédia en l'air. Elle rebondit par terre, à côté de Cœur de Feu.

Le guerrier la renvoya à son neveu, qui sauta pour l'attraper dans sa gueule.

« Bravo ! »

Le chat roux était impressionné. D'un coup de

patte, il lança la balle très haut, de l'autre côté de la clairière.

Petit Nuage se précipita à sa poursuite et la cueillit au vol. Il bascula sur le dos, la jeta au-dessus de sa tête avec ses pattes de devant et, de son train arrière, la frappa de toutes ses forces. Elle atterrit près de la pouponnière. Sitôt relevé, il courut et se ramassa sur lui-même, prêt à l'attaque.

Il se préparait à bondir quand la fourrure de Cœur de Feu se hérissa : une patte sortit du fourré et se tendit vers la boule de mousse.

« Petit Nuage ! s'écria-t-il. Attends ! »

Des visions inquiétantes de chats errants se bousculaient dans sa tête.

Le chaton se redressa et le fixa, perplexe.

Griffe de Tigre surgit derrière lui, la balle entre les dents. Il alla la déposer devant le minuscule animal.

« Fais attention, déclara-t-il. Tu ne voudrais pas perdre un jouet aussi précieux ? »

En disant ces mots, il observait Cœur de Feu par-dessus la tête de son neveu.

Le jeune chasseur frissonna. Que voulait dire le lieutenant ? Apparemment, il parlait de la boule de mousse... mais, en vérité, on pouvait penser que le jouet en question n'était autre que Petit Nuage lui-même. Une vision de Nuage Cendré – petit tas de fourrure ensanglanté sur le bas-côté du Chemin du Tonnerre – flotta devant les yeux de Cœur de Feu. La novice faisait-elle partie de ces « jouets perdus » ? Une terrible angoisse s'empara de lui : une fois de plus, il se demanda si le vétéran n'était pas responsable de l'accident de son apprentie.

CHAPITRE 25

« Petit Nuage ! »

Cœur de Feu entendit Plume Blanche appeler son protégé depuis la pouponnière. Aussitôt, Griffe de Tigre s'éloigna. Le chaton donna à la boule de mousse un dernier coup de patte et fila vers l'entrée du buisson.

« Salut, Cœur de Feu ! » lança-t-il avant de disparaître.

Son oncle scruta le ciel. Midi, déjà : l'heure de rejoindre sa patrouille. Il avait faim, mais la réserve était vide. Peut-être trouverait-il de quoi manger en route. Il traversa la clairière en hâte et sortit par le tunnel. Les feuilles, couvertes de givre, craquaient sous ses pattes.

Les deux chattes l'attendaient déjà au pied de la pente. Il dressa la queue en guise de salut, content de voir Nuage de Sable, pour changer.

« Bonjour ! » s'écria-t-elle.

Poil de Souris inclina la tête. Tornade Blanche apparut.

« La patrouille de l'aube est déjà rentrée ?

— Aucune trace d'elle pour le moment », rétorqua Poil de Souris.

À cet instant, Cœur de Feu entendit remuer les broussailles au-dessus de leurs têtes et Fleur de Saule, Vif-Argent, Éclair Noir et Nuage de Poussière surgirent des buissons.

« Nous avons quadrillé toute la frontière avec le Clan de la Rivière, leur expliqua Fleur de Saule. Aucun signe de l'ennemi jusqu'ici. Étoile Bleue et son groupe repatrouilleront dans la zone cet après-midi.

— Très bien, répondit Tornade Blanche. Nous nous chargerons du Clan de l'Ombre.

— Espérons qu'il aura autant de bon sens que les autres et se tiendra à carreau, déclara Éclair Noir. Depuis la nuit dernière, ses guerriers doivent se douter que nous les attendons de pied ferme.

— Il vaut mieux, grommela le vétéran, qui se tourna vers ses troupes. Vous êtes prêts ? »

Cœur de Feu acquiesça. Tornade Blanche agita la queue et bondit parmi les fougères.

Le jeune guerrier suivit Poil de Souris. Ils progressèrent à vive allure jusqu'en haut du ravin. Nuage de Sable gravissait l'escarpement juste derrière lui : il sentait le souffle chaud de la novice sur son pelage.

Ils n'étaient pas encore aux Rochers du Soleil quand il décela une odeur sinistre et familière. Il voulut prévenir les autres, mais Poil de Souris fut la plus rapide.

« Le Clan de l'Ombre ! »

Les quatre chats firent halte pour renifler l'affreuse puanteur.

« Je n'arrive pas à croire qu'il soit déjà de retour ! » murmura Nuage de Sable.

Cœur de Feu remarqua qu'elle tremblait.

« Son passage ne remonte pas à très longtemps, déclara Tornade Blanche, les yeux brillant de colère. Je pensais qu'Étoile Noire aurait un peu restauré l'honneur de son Clan. Il faut croire que les vents froids qui soufflent de l'autre côté du Chemin du Tonnerre figent le cœur de tous les siens. »

Cœur de Feu s'enfonça dans un épais buisson de fougères. Il frotta ses babines contre les feuilles afin de mieux percevoir les traces laissées dessus. C'était bien le Clan de l'Ombre. L'odeur était familière. Très familière. Il hésita. Elle appartenait à l'un des combattants ennemis qu'il avait rencontrés, mais lequel ?

Il s'avança encore, dans l'espoir de se rafraîchir la mémoire. Il perçut d'autres effluves, baissa la tête. Sur le sol, parmi les tiges des fougères, se trouvait un tas d'os de lapin. La coutume, au sein des Clans, exigeait pourtant qu'on enterre les restes des proies en signe de respect pour la vie qu'on avait ôtée. La raison de cette petite mise en scène sautait aux yeux. Il ramassa quelques ossements, revint sur ses pas et les déposa devant Tornade Blanche.

Fou de rage, le vétéran les contempla d'abord sans mot dire.

« Des os de lapin ? Les guerriers du Clan de l'Ombre veulent nous faire savoir qu'ils chassent sur notre territoire ! Il faut immédiatement en informer Étoile Bleue.

— Elle va envoyer une expédition punitive contre eux ? s'inquiéta Cœur de Feu, qui n'avait jamais vu Tornade Blanche si furieux.

— En tout cas, elle le devrait ! J'en prendrai la

tête moi-même, si je peux. Étoile Noire a trahi notre confiance, et nos ancêtres savent qu'il doit être puni. »

« Étoile Bleue ! cria le vétéran en jetant les os de lapin au beau milieu du camp.

— Elle est déjà partie en patrouille », lui répondit Griffe de Tigre, aussitôt surgi de l'ombre.

Demi-Queue et Pelage de Givre sortirent de leur tanière pour voir ce qui se passait. Toujours hors de lui, Tornade Blanche fixa son aîné.

« Regarde un peu ça ! »

Le lieutenant n'avait pas besoin d'autres explications : l'odeur des ossements relatait toute l'histoire. La colère enflamma ses prunelles.

Resté en arrière, au bord de la clairière, Cœur de Feu observait les deux guerriers. Les preuves étaient inquiétantes, mais leur découverte avait rempli sa tête de questions plus que de rage. Trois lunes à peine s'étaient écoulées depuis que le Clan de l'Ombre avait chassé son chef, avec l'aide du Clan du Tonnerre. Comment cette même tribu pouvait-elle maintenant chercher à leur déclarer la guerre ?

Ces doutes n'effleurèrent pas Griffe de Tigre. Il appelait déjà Éclair Noir et Vif-Argent.

« Fleur de Saule et Poil de Souris, vous venez aussi ! annonça-t-il. Nous allons débusquer des patrouilleurs ennemis et leur infliger quelques blessures qui leur feront passer l'envie d'empiéter à l'avenir sur notre territoire. »

Tornade Blanche acquiesça. Nuage de Sable, qui allait et venait derrière lui, fiévreuse, s'arrêta et posa sur lui un regard brillant.

« Puis-je vous accompagner ? demanda-t-elle.

— Pas cette fois. »

Elle serra la mâchoire, déçue.

« Et Cœur de Feu ? reprit-elle. C'est lui qui a trouvé les os.

— Cœur de Feu peut rester ici et prévenir Étoile Bleue quand elle rentrera, grinça-t-il, le poil hérissé et le ton méprisant.

— Tu comptes partir avant son retour ? s'étonna le chat roux.

— Bien sûr. Il faut régler le problème sur-le-champ ! »

Le lieutenant se tourna vers Tornade Blanche et agita la queue. Le jeune guerrier regarda ses deux aînés se ruer hors du camp, Éclair Noir, Fleur de Saule, Vif-Argent et Poil de Souris à leur suite. Il entendit leurs pattes marteler la terre gelée quand ils se dirigèrent vers la crête du ravin.

Le camp lui parut soudain bien vide. Pelage de Givre et Demi-Queue s'avancèrent ; il se mit à renifler les os de lapin et leur demanda :

« Qui est parti avec Étoile Bleue ?

— Longue Plume, Plume Grise et Nuage Agile », lui apprit la chatte.

Une bourrasque glacée ébouriffa la fourrure de Cœur de Feu. Il frissonna et espéra que c'était à cause du froid : à part lui, il ne restait plus un seul guerrier au Clan.

« Tu peux vérifier si Nuage de Poussière est bien dans la tanière des apprentis ? » demanda-t-il à Nuage de Sable.

Elle traversa la clairière comme une flèche, et passa la tête à l'entrée de leur gîte.

« Il est là, s'écria-t-elle en reculant. Endormi, comme Nuage de Fougère. »

Croc Jaune sortit de son antre. Cœur de Feu se sentit soulagé à la vue de la silhouette familière. Il s'apprêtait à la saluer quand il la vit humer l'air, les yeux voilés par la peur. D'une démarche lente et raide, elle s'approcha des os de lapin qu'elle renifla avec soin.

Il l'observa, perplexe : quel intérêt trouvait-elle à ces vieux ossements ? Relevant enfin la tête, elle le fixa dans les yeux.

« Étoile Brisée ! grinça-t-elle d'une voix étouffée.

— Quoi ? »

Il comprit alors de quoi il retournait. Voilà pourquoi l'odeur laissée sur les fougères lui avait semblée si familière. C'était celle d'Étoile Brisée.

« Tu en es sûre ? lui demanda-t-il d'une voix pressante. Griffe de Tigre est déjà en route pour le territoire du Clan de l'Ombre.

— Le Clan de l'Ombre n'a rien fait ! clama-t-elle. Étoile Brisée et sa garde rapprochée sont les vrais coupables ! En tant que guérisseuse de la tribu, j'ai assisté à leur naissance. Je connais leur odeur aussi bien que la mienne. » Elle s'interrompit un instant. « Il faut trouver Griffe de Tigre et l'arrêter. Il va commettre une erreur tragique ! »

Le sang battait aux oreilles de Cœur de Feu, il était pris de vertige. Que faire ?

« Mais je suis le seul guerrier resté au camp ! dit-il, affolé. Que se passera-t-il si Étoile Brisée attaque après mon départ ? Il l'a déjà fait. Il a peut-être laissé les os pour nous tendre un piège et nous pousser à laisser le camp sans défense.

— Il faut que tu préviennes Griffe de Tigre », le supplia-t-elle.

Il secoua la tête.

« Je ne peux pas vous laisser seuls.

— Alors j'irai ! jeta-t-elle.

— Non, c'est à moi de le faire ! » s'interposa Nuage de Sable.

Cœur de Feu les regarda l'une après l'autre. Il ne pouvait pas se permettre de s'en séparer non plus : la tribu avait besoin de leur force et de leur talent pour la protéger. La guérisseuse avait raison, cependant ; on ne pouvait pas laisser verser un sang innocent. Le Clan de l'Ombre ne leur avait rien fait. Il lui fallait envoyer quelqu'un d'autre. Il ferma les paupières, concentré. La réponse lui vint aussitôt.

« Nuage de Fougère ! » souffla-t-il.

Il hurla à pleins poumons le nom de l'apprenti, qui émergea de sa tanière et s'approcha.

« Qu'y a-t-il ? s'inquiéta le novice en clignant des yeux.

— J'ai une mission urgente pour toi. »

L'animal se secoua et se redressa de toute sa taille.

« Oui, Cœur de Feu ?

— Tu dois trouver Griffe de Tigre. Il est parti à la tête d'une expédition punitive attaquer une patrouille du Clan de l'Ombre. Arrête-le et dis-lui que c'est Étoile Brisée qui empiète sur notre territoire ! Tu auras peut-être à traverser le Chemin du Tonnerre. Je sais que tu ne l'as jamais fait... » Des images du corps disloqué de Nuage Cendré se bousculèrent dans sa tête ; il se força à les refouler. « Il faut que tu trouves Griffe de Tigre, répéta-t-il, ou la guerre éclatera entre nos deux Clans sans raison ! »

L'expression calme et déterminée, Nuage de Fougère acquiesça.

« Je le trouverai, jura-t-il.

— Que le Clan des Étoiles t'accompagne ! » murmura Cœur de Feu, qui effleura son flanc du museau.

Le novice fit volte-face et s'élança dans le tunnel d'ajoncs. Le félin roux le regarda partir. Il luttait pour garder son sang-froid : Nuage Cendré... le Chemin du Tonnerre... une ronde d'images défilait dans son esprit. Il se secoua. L'heure n'était pas aux spéculations. Si Étoile Brisée était bel et bien sur leur territoire, il fallait prévoir la riposte.

« Que se passe-t-il ? » demanda Nuage de Poussière, surgi de l'antre des apprentis.

Cœur de Feu courut à l'autre bout de la clairière et se hissa sur le Promontoire. Le sol semblait très loin au-dessous de ses pattes tremblantes. La gorge sèche, il entama l'appel rituel.

« Que tous ceux qui sont en âge de... » *Non ! Le temps leur manquait !* « Le camp est en danger. Rassemblement immédiat ! » hurla-t-il.

Anciens et reines émergèrent de leurs tanières, suivis des petits. Ils semblèrent déroutés de voir Cœur de Feu au sommet du rocher. Nuage Cendré déboucha du tunnel de fougères et leva vers son mentor un regard assuré, brillant. Quand il la vit, la clairière cessa soudain de tanguer à ses pieds.

« Qu'y a-t-il ? demanda Un-Œil, la doyenne de la tribu. Que fais-tu là-haut ?

— Étoile Brisée est de retour, répondit-il sans hésiter. Il pourrait être sur notre territoire en ce moment même. Tous les autres guerriers sont en mission. Si Étoile Brisée attaque, nous devons être prêts. Les petits et les anciens resteront dans la pouponnière. Les autres doivent se préparer à se battre... »

Un miaulement menaçant, à l'entrée du camp, interrompit ce discours. Un chat brun moucheté, très maigre, à la fourrure hirsute et aux oreilles déchiquetées, apparut. Sa queue ébouriffée était tordue en son milieu comme une branche cassée.

« Étoile Brisée ! » s'étrangla Cœur de Feu, qui sortit d'instinct ses griffes tandis que chaque poil de son corps se hérissait.

Quatre félins galeux entrèrent derrière leur chef, la mine haineuse.

« Alors comme ça, tu es le seul chasseur resté au camp ? siffla Étoile Brisée, qui montra les dents, les babines retroussées. Ce sera plus facile que je ne le pensais ! »

CHAPITRE 26

♣

Croc Jaune, Nuage de Poussière et Nuage de Sable se précipitèrent pour former un rang défensif, et les reines s'alignèrent derrière eux. Cœur de Feu vit Nuage Cendré les rejoindre clopin-clopant, mais Nuage de Poussière cracha avec colère à son approche, et elle battit maladroitement en retraite, les oreilles couchées en arrière, vers la tanière de la guérisseuse.

Les anciens attrapèrent les petits par la peau du cou, les fourrèrent dans la pouponnière et se glissèrent à l'intérieur à leur tour. Plume Blanche prit Petit Nuage entre ses dents et le fit entrer le dernier. Elle tira sur les ronces avec ses pattes, insensible aux épines, et en recouvrit l'entrée avant de rejoindre le reste de sa tribu au milieu de la clairière.

Cœur de Feu sauta du Promontoire et se précipita aux côtés de Croc Jaune. Le dos rond, il jeta à Étoile Brisée :

« Tu as perdu la dernière fois et tu perdras encore aujourd'hui !

— Ça m'étonnerait ! Tu m'as peut-être pris mon Clan, mais tu ne peux pas me tuer : j'ai plus de vies que toi !

« — La vie d'un de nos guerriers vaut dix des tiennes ! » rétorqua le félin roux avant de lancer le signal de l'attaque.

Un instant plus tard, le combat faisait rage dans la clairière.

Cœur de Feu sauta sans hésiter sur le chef ennemi et planta les griffes dans son pelage. La vie de chat errant n'avait pas été tendre avec le matou pelé : sous sa fourrure, on sentait ses côtes. Pourtant, il restait robuste. Il se contorsionna pour plonger ses crocs dans la patte arrière du jeune chasseur, qui hurla de colère, sans lâcher prise. Étoile Brisée rampa de toutes ses forces sur le sol gelé. Cœur de Feu sentit ses griffes déchiqueter les flancs osseux de son adversaire à mesure que le vétéran se dégageait, et se lança à sa poursuite. Mais d'autres griffes s'enfoncèrent dans une de ses pattes arrière. Il risqua un regard par-dessus son épaule : tapi derrière lui, Museau Balafré le fixait, moqueur, les paupières plissées.

Il le scruta, incrédule. Il ne pensait pas le revoir un jour. Aussitôt, il oublia Étoile Brisée : il avait devant lui le meurtrier de Petite Feuille, assassinée de sang-froid trois lunes plus tôt afin de permettre au chef du Clan de l'Ombre d'enlever les petits de Pelage de Givre. La rage aveugla Cœur de Feu. Lorsqu'il pivota pour s'élancer sur le mâle brun, il entrevit une tache de fourrure écaille, et la douce odeur de Petite Feuille lui chatouilla les narines. L'esprit de la guérisseuse était avec lui. Elle était revenue l'aider à venger sa mort.

Il remarqua à peine la douleur qui lui déchira la cuisse quand il se libéra de l'emprise de Museau

Balafré et se jeta sur lui. Son agresseur se cambra et battit l'air de ses larges pattes. Des griffes acérées éraflèrent le jeune chat derrière l'oreille. La souffrance le fit chanceler. L'autre fut sur lui en un instant, le plaqua au sol et plongea les crocs dans sa nuque.

« Aide-moi, Petite Feuille ! » gémit Cœur de Feu, au supplice.

Soudain, son dos fut libéré du poids de son assaillant. Le félin roux se redressa d'un bond et fit volte-face. Plume Grise ! Les yeux emplis d'horreur, le chat cendré se tenait immobile comme une statue. Le corps de Museau Balafré pendait de sa gueule. Il desserra les mâchoires et leur ennemi tomba au sol, mort. Cœur de Feu fit un pas en avant.

« Il avait tué Petite Feuille, Plume Grise ! »

L'heure n'était pas aux remords.

« Étoile Bleue est-elle avec toi ? » reprit-il d'une voix pressante.

Son ami secoua la tête.

« Elle m'a envoyé chercher Griffe de Tigre, répondit-il. Nous avons trouvé des os. Elle a reconnu l'odeur d'Étoile Brisée et deviné qu'il était sans doute le chef des chats errants. »

Un cri s'éleva et deux félins vinrent heurter Cœur de Feu de plein fouet. Il s'écarta d'un bond. C'était Pelage de Givre, aux prises avec un autre des attaquants. Elle luttait comme si le Clan des Étoiles tout entier était avec elle. Ces cinq guerriers lui avaient enlevé ses petits : elle se débattait furieusement, pleine de haine. Le jeune chasseur resta en retrait ; elle se passerait très bien de son concours.

Un instant plus tard, le traître filait en hurlant à travers les fougères qui entouraient le camp.

Pelage de Givre allait se précipiter à sa poursuite quand Cœur de Feu la rappela.

« Il se souviendra assez longtemps des blessures que tu lui as infligées ! »

La reine fit halte près des fortifications, à bout de souffle, sa fourrure blanche souillée par le sang du fuyard.

Un autre chat errant au poil moucheté les dépassa et décampa vers l'orée de la clairière. Nuage de Poussière le pourchassa et parvint à lui donner un coup de dent féroce avant de le laisser s'engouffrer dans les buissons. *Il ne reste plus qu'Étoile Brisée et un seul de ses guerriers*, pensa Cœur de Feu.

Nuage de Sable avait plaqué au sol le chasseur en question. Inerte, la bête était couchée sur le dos. *Attention !* pensa le félin roux, se rappelant son astuce préférée pour laisser croire à l'adversaire qu'il avait gagné. Mais la chatte ne fut pas dupe. Quand le matou se releva d'un bond, elle l'attendait. Elle s'écarta vivement, plongea sur lui, l'empoigna, le retourna et lui griffa le ventre de ses pattes arrière. Elle ne le libéra que lorsqu'il se mit à couiner comme un chaton. Il se précipita vers l'entrée du camp, criant de douleur.

Un silence menaçant s'installa. Les membres du Clan du Tonnerre fixaient le sang et les brins de fourrure répandus dans la clairière. Au milieu, gisait le corps de Museau Balafré.

Où est passé Étoile Brisée ? Cœur de Feu tourna sur lui-même, inquiet, pour balayer le camp du regard. Avait-il forcé l'entrée de la pouponnière ?

Le jeune guerrier allait s'élancer vers le taillis de ronces quand un cri désespéré monta de l'antre de Croc Jaune. Il bondit vers le tunnel de fougères. *Nuage Cendré !* Il fila vers la tanière, fou de peur, mais trouva Étoile Brisée pelotonné par terre. La guérisseuse se penchait sur lui.

Des paupières closes du matou coulait un filet de sang. Cœur de Feu le vit haleter, puis se raidir. Il comprit à l'immobilité totale du corps du vétéran qu'il perdait une vie.

Les griffes de Croc Jaune lançaient des reflets écarlates. Sa face était tordue de douleur, ses prunelles vitreuses.

Soudain, le chasseur hoqueta et se remit à respirer. Au lieu de se jeter sur lui pour lui donner à nouveau le coup de grâce, Croc Jaune hésita. Le chef déchu ne se redressa pas.

Cœur de Feu se hâta vers son amie.

« C'est sa dernière vie ? Pourquoi ne pas l'achever ? Il a assassiné son père, il t'a bannie de ton Clan, il a tenté de te tuer !

— Non, ce n'est pas la dernière, et même alors, je ne pourrais pas le mettre à mort.

— Pourquoi ? Le Clan des Étoiles sait qu'il est dangereux et mauvais. »

L'attitude de Croc Jaune le déroutait : d'habitude, la simple mention du nom d'Étoile Brisée provoquait sa colère. Elle détacha son regard du blessé, se tourna vers Cœur de Feu et murmura :

« C'est mon fils. »

Cœur de Feu sentit le sol tanguer sous ses pattes.

« Pourtant, une guérisseuse n'a pas le droit d'avoir de petits !

— Je sais, répondit-elle d'une voix étouffée par le chagrin. Je ne comptais pas en avoir. Malgré tout, je suis tombée amoureuse d'Étoile Grise. »

Brusquement, Cœur de Feu repensa à la bataille qui avait permis de chasser Étoile Brisée du camp de l'Ombre. Juste avant de s'enfuir, le vétéran avait révélé à Croc Jaune qu'il était l'assassin de son père. La nouvelle avait porté un coup terrible à la vieille chatte. Désormais, Cœur de Feu comprenait mieux pourquoi.

« J'ai mis trois chatons au monde, continua la guérisseuse. Seul Étoile Brisée a survécu. Je l'ai confié à une reine qui l'a élevé comme son fils. Je croyais que la mort de mes deux petits était ma punition pour avoir enfreint le code du guerrier. J'avais tort : mon châtiment, ce n'était pas que les deux autres meurent, mais que *lui* survive ! » Elle regarda le corps ensanglanté d'Étoile Brisée, submergée de dégoût. « Et maintenant, je suis incapable de le tuer. Je dois accepter le sort que le Clan des Étoiles m'a réservé. »

Elle tituba, et Cœur de Feu crut qu'elle allait s'écrouler. Il s'appuya contre elle pour la soutenir et chuchota :

« Sait-il que tu es sa mère ? »

Elle lui fit signe que non. Son fils se mit à pousser des gémissements pitoyables.

« Je ne vois plus rien ! »

Horrifié, Cœur de Feu s'aperçut que les blessures d'Étoile Brisée ne guériraient jamais. Il s'approcha de lui avec méfiance et tâta son ventre du bout de la patte. Le blessé se remit à geindre :

« Ne me tuez pas. »

Cœur de Feu recula en frissonnant, écœuré par la lâcheté du vétéran. La guérisseuse inspira à fond.

« Je vais m'occuper de lui. »

Elle s'avança vers son fils, l'attrapa par la peau du cou et le tira vers la couche désertée par Pomme de Pin.

Cœur de Feu la laissa faire. Il voulait vérifier que son apprentie allait bien. Il vit une silhouette sombre bouger à l'intérieur du rocher fendu où dormait la guérisseuse.

« Nuage Cendré ? » appela-t-il.

Elle passa la tête à l'entrée.

« Tu n'as rien ? lui demanda-t-il.

— Les chats errants sont partis ? souffla-t-elle.

— Tous, sauf Étoile Brisée. Il est grièvement blessé. Croc Jaune va le soigner. »

Il s'attendait à de l'indignation de la part de la novice, mais elle se contenta de baisser la tête.

« Tu es sûre que ça va ?

— J'aurais dû me battre à vos côtés, répondit-elle, honteuse, d'une voix sourde.

— Mais tu aurais été tuée !

— C'est ce que m'a dit Nuage de Poussière. Il m'a ordonné d'aller me cacher avec les petits, ajouta-t-elle, désespérée. Pourtant, la mort ne m'aurait pas dérangée. À quoi puis-je servir, dans mon état ? Je ne suis qu'un fardeau pour le Clan. »

La pitié submergea Cœur de Feu. Il cherchait comment la consoler quand Croc Jaune cria :

« Nuage Cendré ! Apporte-moi des pansements, vite ! »

La petite chatte disparut aussitôt dans le repaire et revint un instant plus tard, une patte emmail-

307

lotée de toiles d'araignée. Clopin-clopant, elle se
hâta de rejoindre la guérisseuse et déposa son fardeau à côté d'elle.

« J'ai besoin de racines de consoude, à présent »,
lui ordonna son aînée.

Nuage Cendré revenait vers le rocher quand
Cœur de Feu s'en alla. Il n'avait plus rien à faire
là. Il voulait s'assurer que le reste du Clan était
indemne.

Dans la clairière, personne n'avait bougé ou
presque. Il se dirigea droit vers Nuage de Fougère
et lui annonça :

« Croc Jaune s'occupe des blessures d'Étoile Brisée. Nuage Cendré l'assiste. » Le novice s'étrangla
de surprise, mais le chat roux préféra l'ignorer. « Va
le surveiller. »

L'apprenti fila sans tarder vers la tanière de la
guérisseuse. Le guerrier rejoignit ensuite Plume
Grise, qui contemplait toujours le corps de Museau
Balafré.

« Merci de m'avoir sauvé. »

Le chat cendré releva la tête.

« Je donnerais ma vie pour toi », répondit-il simplement.

La gorge serrée, Cœur de Feu regarda son camarade s'éloigner. Leur amitié n'était donc pas morte,
après tout.

Un bruit à l'entrée du camp le tira de sa rêverie.
Étoile Bleue déboula dans la clairière, Longue
Plume et Nuage Agile derrière elle. Leur arrivée lui
ôtait un poids énorme. Étoile Bleue fixa la clairière
ensanglantée et remarqua le cadavre de Museau
Balafré.

« Étoile Brisée vous a attaqués ? »

Cœur de Feu acquiesça.

« Il est mort ?

— Non, il est avec Croc Jaune, se força-t-il à répondre malgré son épuisement. Il a été touché aux yeux.

— Et sa garde rapprochée ?

— Nous les avons repoussés.

— Y a-t-il des blessés ? » reprit-elle en regardant encore une fois autour d'elle.

Tous firent non de la tête.

« Bien. Nuage de Sable et Nuage Agile, emmenez le corps à l'extérieur du camp et enterrez-le. Aucun doyen n'a besoin d'assister à la cérémonie. Un traître ne mérite pas d'être enterré avec honneur. »

Les deux novices commencèrent à traîner Museau Balafré vers le tunnel d'ajoncs.

« Les anciens sont sains et saufs ? poursuivit-elle.

— Ils sont dans la pouponnière », lui apprit Cœur de Feu.

Il avait à peine fini de parler qu'un tremblement secoua le taillis de ronces : Demi-Queue en émergea, suivi par les autres doyens et les chatons. Petit Nuage fila vers Plume Blanche, excité comme une puce. Elle lui donna un bref coup de langue, et il regarda la dépouille de Museau Balafré disparaître dans le tunnel.

« Il est mort ? demanda-t-il, curieux. Je peux aller voir ?

— Chut ! susurra sa mère adoptive, qui l'entoura de sa queue.

— Où est Griffe de Tigre ? s'inquiéta Étoile Bleue.

309

— Il a emmené un groupe attaquer une patrouille ennemie, lui expliqua le félin roux. Nous avions trouvé des os, ce midi. Comme ils semblaient laissés par le Clan de l'Ombre, il a décidé de riposter. J'ai envoyé Nuage de Fougère le prévenir quand Croc Jaune a reconnu l'odeur d'Étoile Brisée.

— Nuage de Fougère ? s'exclama-t-elle, les yeux étrécis. Alors qu'il risquait de devoir traverser le Chemin du Tonnerre ?

— J'étais le seul guerrier resté au camp. Je ne pouvais dépêcher personne d'autre. »

Étoile Bleue hocha la tête ; son inquiétude avait laissé la place à l'approbation.

« Tu n'as pas voulu laisser la tribu sans protection ? Tu as bien fait, Cœur de Feu. Je pense qu'Étoile Brisée voulait attirer tous nos chasseurs hors du camp. Nous aussi, nous avons trouvé des ossements.

— C'est ce que m'a dit Plume Grise. »

Il chercha son ami du regard, mais le chat n'était pas dans les parages.

« Envoie-moi Croc Jaune sitôt qu'elle en aura fini avec Étoile Brisée », lui ordonna Étoile Bleue.

Elle dressa soudain l'oreille : un bruit de cavalcade résonnait dans le tunnel d'ajoncs. Griffe de Tigre déboula à fond de train, suivi de Tornade Blanche et du reste de la troupe. Mort d'inquiétude, Cœur de Feu finit par apercevoir son apprenti à la queue du groupe. Le novice semblait épuisé, mais indemne. Son mentor soupira de soulagement.

« Nuage de Fougère vous a rejoints avant que vous n'attaquiez une patrouille ? demanda Étoile Bleue à son lieutenant.

— Nous n'avions pas encore pénétré sur leur territoire. Nous étions sur le point de traverser le Chemin du Tonnerre. » Il plissa les yeux. « C'est Museau Balafré qu'on enterre ? »

Étoile Bleue acquiesça.

« Alors, Nuage de Fougère avait raison, poursuivit le vétéran. Étoile Brisée projetait vraiment d'attaquer le camp. Il est mort, lui aussi ?

— Non, Croc Jaune soigne ses blessures.

— Quoi ? » s'écria Poil de Souris, qui échangea un regard avec Vif-Argent.

Griffe de Tigre s'assombrit.

« Elle soigne ses blessures ?! jeta-t-il. Nous devrions le tuer, pas perdre notre temps à soulager ses souffrances !

— Nous en parlerons quand j'en aurai discuté avec Croc Jaune, rétorqua la reine avec calme.

— Je suis là, Étoile Bleue. »

La guérisseuse entrait dans la clairière, titubant d'épuisement.

« Tu as laissé Étoile Brisée sans surveillance ? grogna Griffe de Tigre, ses yeux d'ambre étincelant.

— Nuage de Poussière le surveille. Je lui ai donné des graines de pavot, il va dormir un moment. Il est aveugle, maintenant, Griffe de Tigre. Il n'arrivera jamais à s'échapper. Il mourrait de faim en une semaine, à moins qu'un renard ou un vol de corbeaux ne l'achève.

— Tant mieux ! Nous n'aurons pas à le tuer nous-mêmes. La forêt s'en chargera. »

Croc Jaune se tourna vers Étoile Bleue.

« Nous ne pouvons pas le laisser mourir.

— Pourquoi ? » rétorqua le vétéran.

Cœur de Feu retint son souffle : le regard d'Étoile Bleue allait de l'un à l'autre. Le jeune félin se demanda si la guérisseuse allait révéler qu'Étoile Brisée était son fils.

« Parce que, si nous agissons ainsi, nous ne vaudrons pas mieux que lui », répondit la vieille chatte.

Le lieutenant agita la queue avec colère.

« Qu'en penses-tu, Tornade Blanche ? s'enquit la reine grise sans laisser le temps à Griffe de Tigre de répliquer.

— Ce sera un fardeau pour la tribu, déclara le guerrier, pensif. Malgré tout, Croc Jaune a raison : si nous le renvoyons dans les bois, si nous le tuons de sang-froid, le Clan des Étoiles saura que nous ne valons pas mieux que lui. »

Un-Œil s'avança.

« Étoile Bleue ! lança-t-elle de sa voix chevrotante. Il nous est arrivé autrefois de garder des prisonniers pendant des lunes et des lunes. Rien ne nous empêche de recommencer. »

Cœur de Feu se rappela que Croc Jaune elle-même était demeurée captive au camp, les premiers temps. Il attendit qu'elle le rappelle, mais elle resta silencieuse.

« Alors, tu envisages vraiment de laisser ce traître vivre parmi nous ? » lança Griffe de Tigre avec hargne.

Le cœur serré, le chat roux dut admettre qu'il était d'accord avec son aîné. L'idée d'une mise à mort lui répugnait, bien sûr : il savait mieux que personne le chagrin qu'une telle décision causerait à leur guérisseuse. Pourtant, même aveugle, Étoile Brisée était un ennemi redoutable. Le garder à l'intérieur du camp serait compliqué et dangereux pour toute la tribu.

« Il a vraiment perdu la vue ? demanda Étoile Bleue.

— Oui.

— A-t-il d'autres blessures ? »

Cette fois, ce fut Cœur de Feu qui répondit :

« Je lui ai infligé de méchantes griffures... »

Il glissa un regard à Croc Jaune et fut soulagé de la voir hocher imperceptiblement la tête : elle lui pardonnait d'avoir blessé son fils.

« Combien de temps mettra-t-il à guérir ? s'enquit leur chef.

— Une lune environ.

— Soigne-le jusque-là. Ensuite, nous reparlerons de son avenir. Et, désormais, nous l'appellerons Plume Brisée. Nous ne pouvons pas lui reprendre les vies que lui a données le Clan des Étoiles, mais il n'est plus chef de tribu. »

Elle fixa Griffe de Tigre d'un air interrogateur. Le vétéran agita la queue sans rien dire.

« C'est décidé, reprit Étoile Bleue. Il reste. »

CHAPITRE 27

❦

Cœur de Feu regagna clopin-clopant le bouquet d'orties et se mit à lécher ses blessures. Il irait voir Croc Jaune plus tard, quand elle aurait fini de soigner les autres.

Dans la lumière du soir, les ombres s'allongeaient à travers la clairière. Nuage de Poussière, qui montait la garde auprès de Plume Brisée, venait d'être relevé par Longue Plume. Griffe de Tigre avait emmené le reste de sa troupe à la chasse. L'estomac de Cœur de Feu gargouillait. Un bruit lui fit relever la tête – Nuage de Sable et Nuage Agile revenaient d'enterrer Museau Balafré.

Les deux novices s'approchèrent d'Étoile Bleue, assise sous le Promontoire en compagnie de Tornade Blanche. Cœur de Feu les rejoignit. Du bout de la queue, il fit signe à Nuage de Poussière, occupé à panser ses plaies près de la souche, de le suivre. L'animal lui jeta un regard soupçonneux avant de s'exécuter de mauvaise grâce.

« Ça y est. Museau Balafré est enterré, annonça Nuage de Sable.

— Merci, répondit leur chef, qui se tourna vers Nuage Agile. Tu peux partir. »

Le chaton au pelage noir et blanc s'inclina et fila vers sa tanière. Cœur de Feu indiqua à Nuage de Poussière de s'approcher plus près. Méfiant, l'apprenti vint se placer à côté de son amie.

« Étoile Bleue, commença Cœur de Feu d'une voix hésitante, Nuage de Sable et Nuage de Poussière se sont battus en guerriers lors de cette attaque. Sans leur force et leur courage, les choses auraient pu mal tourner. »

Nuage de Poussière parut stupéfait ; sa compagne, elle, garda les yeux fixés au sol. Tornade Blanche gloussa.

« Tu n'es pas si timide, d'habitude, dit-il à son élève, qui remua les oreilles, embarrassée.

— C'est Cœur de Feu qui a sauvé le Clan, rétorqua-t-elle. C'est lui qui a donné l'alerte et nous a préparés à l'attaque d'Étoile Brisée. »

Ce fut au tour du félin roux de se sentir gêné. Il fut soulagé de voir Griffe de Tigre et l'expédition de chasse rentrer au camp, chargés de gibier.

Étoile Bleue fit un signe de tête à son lieutenant avant de reporter son attention sur les deux jeunes.

« Je suis fière de savoir que la tribu compte des combattants aussi accomplis, clama-t-elle. Il est temps pour vous deux de recevoir vos noms de guerriers. La cérémonie de baptême se tiendra séance tenante, pendant que le soleil se couche, avant le repas. »

Les novices se regardèrent, fous de joie. La tête haute, Cœur de Feu se mit à ronronner. Quand la chatte appela ensuite les siens, il fut soulagé de voir Plume Grise sortir de son antre : il n'avait pas quitté le Clan !

La tribu se réunit dans la clairière. Les anciens et les reines se placèrent d'un côté avec les apprentis et les petits ; Cœur de Feu s'installa de l'autre en compagnie des guerriers. Il aperçut son neveu, surexcité, blotti contre Plume Blanche. Il ressentit soudain une grande fierté à l'idée que Petit Nuage le voie assis parmi les chasseurs de la tribu. Au centre se tenaient leur chef et les deux héros du jour.

Le soleil jetait ses derniers feux. Tous attendirent en silence qu'il disparaisse derrière l'horizon. L'astre laissa dans son sillage un ciel sombre piqué de petits points lumineux.

La reine grise fixa l'étoile la plus brillante de la Toison Argentée.

« Moi, Étoile Bleue, chef du Clan du Tonnerre, j'en appelle à nos ancêtres pour qu'ils daignent regarder ces deux apprentis. Nos jeunes se sont entraînés dur pour comprendre les lois de votre code. Ils sont maintenant dignes de devenir des chasseurs à leur tour. » Elle considéra les deux félins en face d'elle. « Nuage de Sable et Nuage de Poussière, promettez-vous de respecter le code du guerrier, de protéger et de défendre le Clan, et ce au péril de votre vie ? »

« Oui, répondit Nuage de Sable, radieuse.

— Oui, répéta ensuite Nuage de Poussière d'une voix forte.

— Alors, en vertu des pouvoirs qui me sont conférés par le Clan des Étoiles, je vous donne vos noms de chasseurs : dorénavant, Nuage de Sable, tu t'appelleras Tempête de Sable. Nos ancêtres n'oublieront ni ton courage ni ton ardeur, et nous t'accueillons dans nos rangs en tant que guerrière à part entière. »

Elle s'avança pour poser le nez sur la tête inclinée de l'apprentie.

Tempête de Sable lui lécha l'épaule avec déférence et alla rejoindre Tornade Blanche. Cœur de Feu vit la fierté luire au fond de ses prunelles quand elle se campa à côté de son mentor, à sa nouvelle place.

Étoile Bleue se tourna vers le chat brun moucheté.

« Nuage de Poussière, à partir de maintenant, tu t'appelleras Pelage de Poussière. Nos ancêtres n'oublieront ni ta bravoure ni ton honnêteté, et nous t'accueillons dans nos rangs en tant que guerrier à part entière. »

Elle effleura son front du bout du museau, et lui aussi lui donna un coup de langue à l'épaule avant de rejoindre les autres combattants.

L'hommage des félins du Clan dessina dans l'air froid des nuages de vapeur. En chœur, ils entonnèrent les noms des nouveaux chasseurs.

« Tempête de Sable ! Pelage de Poussière ! Tempête de Sable ! Pelage de Poussière !

— Selon la tradition de nos ancêtres, reprit Étoile Bleue, Tempête de Sable et Pelage de Poussière doivent veiller en silence jusqu'à l'aurore et garder le camp seuls pendant que nous dormons. Mais avant, nous allons partager un repas. La journée a été longue et nous avons des raisons d'être fiers de ceux qui ont défendu notre camp. Cœur de Feu, le Clan des Étoiles te remercie pour ton courage. Tu es un grand guerrier et je me félicite de te compter parmi les membres de ma tribu. »

Des miaulements approbateurs s'élevèrent. Le chat roux ronronna en fixant une à une les faces qui l'entouraient. Seuls Griffe de Tigre et Pelage de Poussière semblaient maussades mais, cette fois, leur jalousie l'indifférait. Les compliments d'Étoile Bleue lui suffisaient.

L'un après l'autre, les félins s'avancèrent pour prendre un peu du gibier rapporté par la petite expédition. Cœur de Feu s'approcha de Tempête de Sable.

« Ce soir, nous allons pouvoir dîner ensemble près de la tanière des guerriers ! lui déclara-t-il, ravi. Si ça ne t'ennuie pas, bien sûr. »

Pour son plus grand plaisir, elle se mit à ronronner.

« Choisis-moi ce que tu veux, lui lança-t-elle quand il s'éloigna vers le tas de nourriture. Je meurs de faim ! »

Il lui prit une souris étonnamment dodue malgré la saison. Il se réserva une mésange bleue et s'apprêtait à retourner vers Tempête de Sable quand il vit, le cœur lourd, que Pelage de Poussière, Tornade Blanche et Éclair Noir l'avaient rejointe. Quelle bêtise de s'imaginer qu'ils mangeraient seuls ! Pour le Clan, l'heure était aux réjouissances partagées.

Il se rappela alors Nuage Cendré. Il regarda autour de lui et s'aperçut qu'il ne l'avait pas vue à la cérémonie. Elle devait encore être avec Croc Jaune dans la petite clairière. Il s'approcha de Tempête de Sable et déposa le gibier devant elle.

« Je reviens. Je veux apporter sa part à Nuage Cendré.

— Bien sûr », répondit la chatte.

Il préleva en vitesse un campagnol sur le tas et traversa le camp. Il fut surpris de trouver la guérisseuse assise dans sa tanière. Comme elle avait assisté au baptême, elle avait dû se hâter de rentrer aussitôt après.

« J'espère que ce n'est pas pour moi, maugréa-t-elle à son approche. Je suis déjà rassasiée.

— C'est pour Nuage Cendré. J'ai pensé qu'elle aurait faim. Elle n'était pas à la cérémonie.

— Je lui ai donné un peu de ma souris, mais ça devrait lui faire plaisir. »

Il parcourut des yeux la clairière ombragée par les fougères. Le pelage brun de Plume Brisée dépassait de l'ancienne couche de Pomme de Pin. Le blessé ne bougeait pas.

« Il dort encore. »

Croc Jaune parlait d'un ton détaché, en guérisseuse plus qu'en mère. Malgré lui, le jeune guerrier se sentit soulagé. Il voulait croire que la loyauté de la vieille chatte allait toujours au Clan du Tonnerre. Il apporta le campagnol près de la couche de son apprentie.

« Salut, Nuage Cendré », souffla-t-il.

Elle se réveilla et se redressa à grand-peine.

« Cœur de Feu. »

Il se faufila parmi la végétation et s'assit à côté d'elle.

« Tiens. Croc Jaune n'est pas la seule à vouloir te faire engraisser !

— Merci », murmura-t-elle.

Mais elle laissa la bête où elle était et ne se pencha même pas pour la renifler.

« Tu penses à la bataille ? » lui demanda-t-il avec douceur.

Elle haussa les épaules, leva vers lui des yeux tristes.

« Je suis un fardeau pour la tribu, tu ne crois pas ?

— Qui se prend pour un fardeau ? intervint Croc Jaune en passant la tête. Tu cherches à faire de la peine à mon assistante, Cœur de Feu ? Je ne sais pas comment je me serais débrouillée sans elle aujourd'hui. » Elle lança un regard affectueux à sa cadette. « Je lui ai même fait préparer une décoction, ce soir ! »

La jeune chatte baissa la tête, timide, et mordit dans son campagnol.

« Je pense que je vais la garder encore un peu, continua la guérisseuse. Elle devient plus utile chaque jour. En outre, je m'habitue à sa compagnie. »

Nuage Cendré leva vers elle un regard espiègle.

« C'est parce que tu es assez sourde pour supporter mes bavardages ! » Quand la vieille reine fit semblant de cracher sur elle avec colère, elle ajouta pour son mentor : « En tout cas, c'est ce qu'elle n'arrête pas de me répéter. »

Cœur de Feu se surprit à envier les liens étroits qui s'étaient tissés entre elles. Il s'était toujours considéré comme le seul véritable ami de Croc Jaune au sein du Clan, mais cette époque semblait révolue. Au moins Nuage Cendré aurait-elle un endroit où dormir : interdite d'entraînement, elle risquait de se sentir mal à l'aise dans la tanière des apprentis.

Il se releva. Il était temps de retourner voir Tempête de Sable.

« Vous ne risquez rien, ici, avec Plume Brisée ? » s'inquiéta-t-il.

La guérisseuse le fixa, moqueuse.

« Je crois qu'on s'en sortira. Qu'en penses-tu, Nuage Cendré ?

— Il n'oserait pas nous créer d'ennuis, confirma la jeune chatte, confiante. D'ailleurs, Longue Plume est là pour nous aider. »

Croc Jaune sortit du nid, et Cœur de Feu la suivit.

« Salut, Nuage Cendré ! lança-t-il.

— À bientôt. Merci pour le gibier.

— De rien. Dis-moi, Croc Jaune, tu n'aurais pas un remède contre la morsure que j'ai au cou ? »

Elle examina sa nuque de près.

« Vilaine blessure, grommela-t-elle.

— C'est Plume Brisée qui me l'a faite, avoua-t-il.

— Attends-moi ici. »

Elle gagna sa tanière en vitesse et revint avec une botte d'herbes entourée de feuilles.

« Tu y arriveras ? Il suffit de les mâcher et d'appliquer le jus sur la plaie. Ça pique, mais tu es un brave guerrier !

— Merci ! »

Il prit le remède entre ses dents. Croc Jaune le raccompagna jusqu'à l'entrée du tunnel de fougères.

« Merci d'être venu, lui dit-elle, avec un coup d'œil vers le nid de Nuage Cendré. Elle se sentait

plutôt déprimée, je crois, après la bataille et la cérémonie. »

Cœur de Feu acquiesça : il comprenait. Il jeta un
dernier regard méfiant à la couche de Plume Brisée.

« Tu es sûre que ça ira ? parvint-il à articuler
malgré les herbes.

— Il est aveugle. » Elle soupira avant d'ajouter,
plus gaie : « Et puis, je ne suis pas si vieille que ça,
quand même ! »

À son réveil le lendemain matin, Cœur de Feu
se rendit compte qu'une lumière blanche, éblouis-
sante, filtrait à travers les feuilles de son gîte. Il
devina qu'il avait encore neigé. Au moins, ses blessures ne le faisaient plus souffrir. Croc Jaune avait
eu raison : le jus des herbes piquait mais, après une
bonne nuit de sommeil, il se sentait beaucoup
mieux.

Il se demanda comment s'était déroulée la veillée
des deux nouveaux guerriers. Il avait sans doute fait
un froid terrible. Il se redressa et étendit ses pattes
de devant, le dos rond, la queue pointée vers la tête.
Roulés en boule à l'autre bout de la tanière, Tempête de Sable et Pelage de Poussière dormaient
comme des souches. Tornade Blanche avait dû les
envoyer se coucher à son départ en patrouille, à
l'aube.

Cœur de Feu sortit dans la clairière immaculée.
Il distinguait à peine la fourrure blanche de Pelage
de Givre qui tournait justement le coin de la pouponnière pour aller se dégourdir les pattes. Au
centre du camp se trouvaient deux endroits nus, là
où Tempête de Sable et Pelage de Poussière avaient

passé la nuit. Il frissonna à cette idée, mais s'aperçut qu'il les enviait : il se rappelait très bien la joie de sa première nuit de guerrier. Le gel le plus intense n'aurait rien pu alors contre la chaleur qui l'avait envahi.

Le ciel était couvert d'épais nuages. Les flocons tombaient toujours, doux et silencieux. La chasse serait longue, ce jour-là, comprit-il. S'il continuait à neiger, le Clan devrait amasser d'autres réserves de nourriture.

Il entendit Étoile Bleue, perchée sur le Promontoire, appeler la tribu. Les félins sortirent de leurs antres et traversèrent la clairière. Il s'installa dans un des deux creux, là où s'attardait encore l'odeur de Tempête de Sable. Il remarqua Plume Grise assis à l'opposé, l'air épuisé. Il se demanda si son ami s'était glissé dans la forêt la veille au soir pour parler des chats errants à Rivière d'Argent.

Étoile Bleue prit la parole.

« Je voulais m'assurer que personne n'ignorait la présence de Plume Brisée au camp. »

Personne ne prononça un mot. Tous connaissaient déjà la nouvelle. La rumeur s'était répandue comme une traînée de poudre.

« Il est aveugle, parfaitement inoffensif. »

Quelques-uns reniflèrent, mécontents, et elle inclina la tête.

« Je suis aussi soucieuse que vous de la sécurité de la tribu. Mais nous ne pouvons pas le laisser mourir dans les bois, nos ancêtres le savent. Croc Jaune le soignera jusqu'à sa guérison complète. Ensuite, nous prendrons une décision. »

Elle balaya l'auditoire du regard, guettant des protestations. Comme le silence régnait, elle sauta du Promontoire. Tandis que les félins se dispersaient, le jeune chasseur la vit se diriger vers lui.

« Je suis inquiète, Cœur de Feu, dit-elle. Le différend entre Plume Grise et toi n'est toujours pas réglé. Vous n'avez pas mangé ensemble depuis des jours et des jours. Je te l'ai déjà dit : il n'y a pas de place pour les disputes au sein du Clan du Tonnerre. Aujourd'hui, vous irez chasser ensemble.

— Très bien. »

Il n'y voyait pas d'objection. Après la bataille de la veille, il espérait que Plume Grise lui aussi apprécierait cette idée. Tandis que la chatte s'éloignait, il le chercha du regard. Pourvu qu'il n'ait pas encore disparu ! Non, il était un peu plus loin, occupé à dégager la neige à l'entrée de la pouponnière.

« Salut, Plume Grise ! »

Le chat cendré poursuivit son travail. Cœur de Feu s'approcha encore.

« Ça te dirait d'aller chasser, ce matin ? »

Son ami finit par poser sur lui un regard dédaigneux.

« Tu veux t'assurer que je ne disparais pas pour la journée ? jeta-t-il.

— Non. Je me disais juste... qu'après hier... Museau Balafré...

— J'en aurais fait autant pour n'importe quel membre du Clan ! C'est ça, la loyauté à la tribu », siffla Plume Grise, plein de colère rentrée, avant de se remettre au travail.

Les espoirs de Cœur de Feu s'écroulaient. Avait-il perdu la confiance de son ami pour toujours ? Il lui tourna le dos, la queue basse, et se dirigea vers l'entrée du camp.

« Étoile Bleue m'a demandé d'aller chasser avec toi ce matin, au fait, alors va lui expliquer pourquoi tu ne viens pas, lança-t-il par-dessus son épaule.

— Oh ! je vois, tu essayais simplement de faire plaisir à notre chef, comme d'habitude ! »

Cœur de Feu s'arrêta et fit volte-face, prêt à répliquer, mais Plume Grise se dirigeait vers lui en secouant les flocons qui constellaient son échine.

« Allons-y, alors », bougonna le chat cendré avant de se glisser dans le tunnel d'ajoncs.

À cause de la neige qui couvrait les rochers, escalader la pente du ravin leur prit plus de temps qu'à l'ordinaire. Au sommet, la forêt glaciale les attendait. Plume Grise détala aussitôt, l'air déterminé. Cœur de Feu le suivit ; il pourchassait une souris autour des racines d'un chêne quand il vit son camarade traquer un lapin assez imprudent pour s'éloigner de son terrier ce jour-là. Le chasseur coursa l'animal, qu'il rattrapa d'un bond. Il alla ensuite le déposer devant le félin roux.

« Ça devrait nourrir un petit ou deux, grommela-t-il.

— Tu n'as rien à me prouver.

— Ah non ? rétorqua Plume Grise, amer, le regard froid. Tu devrais peut-être te comporter comme si tu me faisais confiance, alors. »

Il le planta là sans lui laisser l'occasion de répondre.

À midi, Plume Grise avait pris plus de gibier que son compagnon, mais tous deux s'étaient bien débrouillés. Ils rentrèrent au camp lourdement chargés. Ils traversèrent la clairière et déposèrent les proies à l'endroit habituel – vide, jusque-là.

Cœur de Feu se demanda s'il leur faudrait ressortir. La neige tombait dru, et une bise glaciale soufflait dans le ravin. Il regardait le ciel s'assombrir, quand il entendit Plume Blanche miauler d'une voix inquiète près de la pouponnière. Il s'approcha.

« Que se passe-t-il ?

— Tu as vu Petit Nuage ?

— Non. Il a disparu ? »

Le poil de Cœur de Feu se hérissa : l'affolement de la mère était contagieux.

« Oui. Mes autres petits aussi. Je n'ai fermé les yeux qu'un moment. Je viens de me réveiller et je ne les trouve nulle part ! Ils vont mourir de froid par ce temps ! »

Elle vacilla sur ses pattes. L'inquiétude s'empara de Cœur de Feu. Il se rappela la dernière fois où un chaton avait disparu du camp : c'était Nuage Cendré.

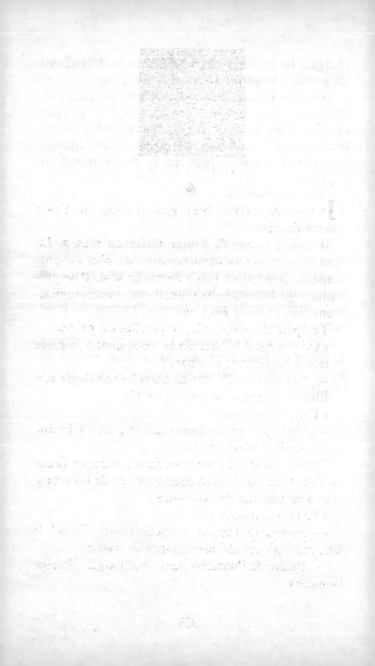

CHAPITRE 28

♣

« JE VAIS LES RETROUVER », promit Cœur de Feu à Plume Blanche.

Il chercha aussitôt Plume Grise du regard. Le vent se levait et la neige tombait de plus en plus dense. Il n'avait pas envie de partir seul. Il se précipita vers la tanière des guerriers ; malheureusement, son ami n'y était pas.

Tempête de Sable, elle, se réveillait à peine.

« Qu'y a-t-il ? lui demanda-t-elle quand il passa la tête à l'intérieur, anxieux.

— Les chatons de Plume Blanche ont disparu. »

Elle se redressa, aussitôt réveillée.

« Petit Nuage aussi ?

— Oui ! Je voulais demander son aide à Plume Grise, mais il n'est pas là. »

Cette nouvelle disparition faisait enrager Cœur de Feu. Dire que le chat cendré venait de lui reprocher son manque de confiance !

« Je t'accompagne !

— Merci, souffla-t-il, reconnaissant. Viens ! Il faut prévenir Étoile Bleue avant de partir.

— Pelage de Poussière peut s'en charger. Il neige beaucoup ?

329

— Oui, et ça ne va pas aller en s'améliorant. Nous avons intérêt à nous dépêcher. » Il regarda la silhouette endormie du nouveau guerrier. « Réveille-le. Je vais dire à Plume Blanche qu'on s'en va. On se retrouve à l'entrée. »

Il repartit en courant vers la pouponnière. La mère affolée reniflait dans tous les coins afin de déceler une trace.

« Aucune piste ?

— Non, pas la moindre, répondit-elle d'une voix tremblante. Pelage de Givre est allée annoncer la nouvelle à Étoile Bleue !

— Bon, ne t'inquiète pas. Je pars à leur recherche avec Tempête de Sable. On va les retrouver. »

Elle acquiesça et reprit ses recherches.

Arrivés au tunnel d'ajoncs au même moment, Cœur de Feu et Tempête de Sable se hâtèrent de sortir du camp. Les yeux étrécis, le dos courbé, ils luttaient contre le blizzard.

« Ça ne va pas être facile de repérer une odeur avec cette neige fraîche, fit-il remarquer. Commençons par vérifier qu'ils sont bien montés là-haut.

— D'accord.

— Occupe-toi de ce côté, je me charge de l'autre, ajouta-t-il. Rendez-vous ici. Fais vite. »

Elle détala, et lui bondit par-dessus une énorme racine en direction du sentier que le Clan empruntait le plus souvent. Tapissées d'une couche de neige encore plus épaisse que le matin, les parois du ravin étaient glissantes là où une croûte de glace s'était formée. Cœur de Feu fit halte et leva la tête, la gueule entrouverte. Il ne perçut aucune trace des petits. Il chercha en vain des empreintes de pattes, sans doute déjà recouvertes.

Il longea le fond du vallon, mais ne décela aucun indice du passage d'un félin, encore moins d'un petit égaré. Le vent soufflait si fort que, bientôt, le bout de ses oreilles devint insensible. Aucun chaton ne pourrait survivre par ce temps, et le soleil n'allait pas tarder à se coucher. Il fallait les trouver avant le crépuscule.

Il retourna à toute allure à l'entrée. Tempête de Sable l'y attendait, sa fourrure mouchetée de flocons. Elle s'ébroua à son approche.

« Tu as aperçu quelque chose ? s'enquit-il.

— Non, rien.

— Ils n'ont pas pu aller bien loin. Viens, essayons par là. »

Il se dirigea vers la combe d'entraînement. Derrière lui, la chatte luttait pour avancer. Elle s'enfonçait jusqu'au ventre dans la neige. La petite cuvette était déserte.

« Tu crois qu'Étoile Bleue se rend compte du temps qu'il fait ? lui demanda Tempête de Sable, contrainte de hausser la voix pour se faire entendre.

— Oh oui !

— On devrait retourner chercher de l'aide. »

Il la vit frissonner. Les chatons n'étaient pas les seuls à risquer de mourir gelés. Peut-être avait-elle raison.

« D'accord. Il nous faut du renfort. »

Ils rebroussaient chemin quand Cœur de Feu crut percevoir un cri ténu porté par le vent.

« Tu as entendu ? » hurla-t-il.

Tempête de Sable s'arrêta et se mit à humer l'air avec frénésie. Soudain elle leva la tête.

« Par là ! » annonça-t-elle, le museau pointé vers un arbre abattu.

Cœur de Feu bondit dans cette direction, Tempête de Sable à sa suite. Les couinements s'amplifièrent ; il finit par repérer plusieurs voix. Une fois grimpé sur le tronc, il regarda de l'autre côté et aperçut deux chatons blottis dans la neige. D'abord soulagé, il constata que son neveu n'était pas avec eux.

« Où est Petit Nuage ? s'exclama-t-il.

— Il est parti chasser », expliqua la femelle.

Le froid et la peur faisaient trembler sa voix, pourtant son ton avait une pointe de défi. Cœur de Feu leva la tête.

« Petit Nuage ! braila-t-il, incapable de voir très loin à travers le blizzard.

— Regarde ! » s'écria Tempête de Sable, qui avait sauté sur l'arbre.

Il fit volte-face. Une minuscule silhouette trempée s'avançait vers eux dans la neige. Petit Nuage ! Pour lui, chaque pas représentait un grand bond : la neige était aussi haute que lui. Mais il ne se décourageait pas. Entre ses dents, il portait un petit campagnol couvert de flocons.

Le soulagement et la fureur submergèrent Cœur de Feu. Il laissa son amie avec les deux autres et courut attraper le chaton par la peau du cou. Le galopin grogna, mécontent, et refusa de lâcher sa prise.

Son oncle vit Tempête de Sable pousser le mâle et la femelle dans sa direction. Ils titubaient, enfoncés dans la neige jusqu'aux oreilles, mais elle ne leur laissait pas de répit.

Petit Nuage gigotait : le chasseur le reposa. Le jeune animal leva les yeux vers lui, son campagnol dans la gueule, fier comme un paon. Comment ne pas se sentir impressionné ? Malgré la neige et le vent, il avait attrapé sa première proie !

« Attends-moi ici », lui jeta le guerrier, qui fila aider Tempête de Sable.

Il attrapa la chatte minuscule dont les miaulements faisaient peine à entendre et poussa son frère en avant.

Le groupe rentra à grand-peine au camp. Plume Blanche attendait devant l'entrée. Étoile Bleue lui tenait compagnie, les paupières plissées pour se protéger du blizzard. Sitôt qu'elles les aperçurent, elles se dépêchèrent d'aller les aider. Étoile Bleue souleva Petit Nuage et Plume Blanche s'empara du petit mâle. Elles se précipitèrent ensuite à l'abri du camp, Cœur de Feu et Tempête de Sable derrière elles.

Une fois dans la clairière, ils déposèrent leurs fardeaux glacés sur le sol. Cœur de Feu s'ébroua et regarda son neveu qui, têtu, refusait toujours de se séparer de sa proie. La reine grise, sévère, fixa les trois coupables.

« Qu'est-ce qui vous est passé par la tête ? Vous savez pourtant que le code du guerrier interdit aux petits de chasser ! »

Les deux chatons de Plume Blanche se recroquevillèrent, terrorisés, mais Petit Nuage leva sur elle ses yeux ronds. Il posa son campagnol par terre et déclara :

« Le Clan a besoin de gibier, alors on a décidé de partir quand même. »

Pareille audace fit tressaillir Cœur de Feu.

« Qui a eu cette idée ? voulut savoir la chatte.

— Moi ! » claironna le gredin, la tête haute.

Elle considéra le jeune insensé.

« Vous auriez pu mourir de froid ! »

Surpris par le ton coléreux de leur chef, Petit Nuage se tapit contre le sol.

« On l'a fait pour la tribu ! » se défendit-il.

Son oncle retint son souffle, inquiet de la réaction d'Étoile Bleue. Le chaton avait enfreint le code du guerrier. Allait-elle le renvoyer chez les Bipèdes ?

« Tes intentions étaient louables. Malgré tout, vous avez commis une grave bêtise. »

Cœur de Feu, qui sentait l'espoir renaître, se ratatina quand son neveu rétorqua :

« J'ai quand même attrapé une proie !

— Je vois ça, répondit-elle, peu aimable, regardant les trois fautifs. Je vais laisser votre mère choisir votre punition. Mais je ne veux pas vous voir recommencer. C'est bien clair ? »

Cœur de Feu se détendit un peu, car son neveu hocha la tête avec les autres.

« Petit Nuage, tu peux ajouter ta prise à la pile de gibier, conclut Étoile Bleue. Ensuite, filez à la pouponnière vous sécher et vous réchauffer. »

Cœur de Feu, surpris, crut déceler une note maternelle dans sa voix.

Deux des filous prirent le chemin de leur gîte, suivis de leur mère, tandis que le troisième ramassait le campagnol et trottait jusqu'à la réserve. Son port de tête plein de fierté souciait fort son oncle, et pourtant il lui sembla percevoir une certaine admiration dans les yeux de la chatte.

« Bravo à vous deux ! lança-t-elle aux sauveteurs. Je vais envoyer Longue Plume prévenir les autres équipes de recherche. Rentrez dans vos tanières et réchauffez-vous !

— Oui, Étoile Bleue », répondit le félin roux.

Il allait partir quand la reine le rappela.

« Cœur de Feu, je voudrais te dire un mot. »

Son ton paraissait grave. Peut-être y avait-il encore matière à inquiétude.

« Petit Nuage a montré aujourd'hui de grandes qualités de chasseur, commença-t-elle. Hélas, tout le talent du monde ne vaut rien s'il ne peut pas apprendre à respecter le code du guerrier. Aujourd'hui, c'est pour sa propre protection mais, à l'avenir, c'est la sécurité du Clan qui en dépendra. »

Il fixa le sol. Même si elle avait raison, il lui semblait qu'elle attendait trop du chaton. Son neveu était encore très jeune, et n'avait rejoint le camp que récemment. Amer, le félin roux pensa à Plume Grise, né au sein de la tribu, qui bafouait pourtant sans scrupule le code du guerrier. Il releva la tête.

« Très bien. Je ferai en sorte qu'il le comprenne.

— Parfait. »

Satisfaite, elle rentra dans son repaire.

Cœur de Feu regagna son antre. Il n'avait plus froid, à présent – après le discours de son chef, il se sentait brûlant. Aussitôt entré, il s'installa sur sa couche et attaqua sa toilette. Il y resta tout l'après-midi, à broyer du noir à cause de Plume Grise et de Petit Nuage. Il savait qu'Étoile Bleue avait vu juste. *Le chaton serait-il vraiment capable de s'adapter à la vie du Clan ?* La fierté et le défi qu'il avait lus dans ses yeux le tourmentaient.

Quand arriva le soir, la faim le tira de sa tanière. Il choisit une grive sur le tas de gibier et s'installa près du bouquet d'orties pour la déguster. À la nuit tombée, la neige s'était arrêtée. Lorsque ses yeux s'accoutumèrent à l'obscurité, Cœur de Feu eut une vue dégagée sur l'entrée du camp.

Il repéra Plume Grise aussitôt qu'il apparut, et le regarda s'approcher de la réserve de gibier. Le chat cendré portait plusieurs proies. Peut-être rentrait-il de la chasse, finalement.

Il déposa ses prises sur le tas, se réservant une grosse souris qu'il emporta à l'écart, près des fortifications du camp. L'espoir du félin roux s'envola : le regard distrait de son ami montrait que ses soupçons étaient justifiés. Plume Grise rentrait d'un rendez-vous avec Rivière d'Argent.

Cœur de Feu se releva et fila jusqu'à son antre. Il sombra sans peine dans un profond sommeil. Il fit un nouveau rêve.

La forêt enneigée s'étendait devant lui, nimbée d'une lueur argentée au clair de lune. Il se tenait sur un grand rocher en surplomb. À côté de lui se dressait Petit Nuage, adulte désormais, dont le vent ébouriffait l'épaisse fourrure blanche. Sous leurs pattes, le givre scintillait sur la pierre.

« Regarde ! » chuchota-t-il à son neveu.

Un rat des bois détalait près des racines gelées d'un arbre. Petit Nuage l'aperçut et sauta sans bruit sur le sol de la forêt. Cœur de Feu vit le félin à la robe immaculée ramper vers sa cible. Soudain, une odeur lui chatouilla les narines, si chaude et familière qu'il se mit à trembler. Il sentit un souffle tiède contre son oreille et se tourna d'un coup. Petite Feuille était debout près de lui.

Sa fourrure tachetée scintillait à la lumière de la lune. Elle lui effleura le museau du bout de son nez rose.

« Cœur de Feu ! murmura-t-elle. Le Clan des Étoiles m'envoie te prévenir. » Le regard brûlant, elle parlait d'une voix grave. « Une bataille se prépare. Prends garde au guerrier indigne de confiance. »

Le couinement d'un rat le fit sursauter et regarder autour de lui. Petit Nuage avait dû attraper sa proie. Quand il se retourna, Petite Feuille avait disparu.

Cœur de Feu se réveilla en sursaut et fixa la couche voisine : roulé en boule, le nez glissé sous sa queue épaisse, Plume Grise dormait profondément. Les paroles énigmatiques lui revinrent.

« Prends garde au guerrier indigne de confiance ! »

Il frissonna. Le froid mordant de la forêt semblait lui coller à la peau jusque dans sa tanière, et il sentait encore le parfum de Petite Feuille. Son camarade s'agita et se mit à marmonner. Cœur de Feu tressaillit. Incapable de se rendormir, il resta allongé, observant son ami jusqu'à ce que la lumière de l'aube s'insinue à travers les parois du repaire.

CHAPITRE 29

❧

FLEUR DE SAULE SE RÉVEILLA À L'AUBE. Cœur de
Feu la regarda se lever, s'étirer et se glisser dehors.
Il jeta un dernier regard à Plume Grise endormi et
la suivit.

« Il a cessé de neiger », dit-il, impatient de briser
le silence spectral qui enveloppait le camp.

Sa voix résonna à travers la clairière ; la chatte
acquiesça.

Les feuilles du buisson s'agitèrent. Griffe de Tigre
et Vif-Argent sortirent à leur tour. Ils s'installèrent
près de Fleur de Saule afin de faire leur toilette.
Prêts pour la patrouille de l'aube, pensa Cœur de Feu.
Tenté par une course dans les bois, il songea à leur
proposer de les accompagner. Mieux valait cependant rester et tenir Plume Grise à l'œil. Les paroles
de Petite Feuille le remplissaient d'appréhension.
Et si le chasseur « indigne de confiance » n'était
autre que son vieil ami ? Même s'il affirmait que sa
relation avec Rivière d'Argent ne changeait rien à
sa loyauté envers la tribu, elle avait forcément des
conséquences. La voir constituait déjà une entorse
au code du guerrier !

Soudain, Griffe de Tigre leva la tête comme s'il
avait senti quelque chose. Cœur de Feu se figea. Ses

oreilles remuèrent : il entendait au loin une course précipitée dans la neige. La brise leur apporta l'odeur du Clan du Vent. Les guerriers se raidirent : un félin empruntait à toute allure le tunnel d'ajoncs.

Griffe de Tigre fit le gros dos et cracha lorsque Moustache fit son entrée dans la clairière.

Le chasseur s'arrêta devant eux, affolé.

« Le Clan de la Rivière et le Clan de l'Ombre ! haleta-t-il. Ils nous attaquent ! Ils sont plus nombreux que nous – nous allons tous périr. Étoile Filante refuse d'être encore chassé du camp. Aidez-nous ou nous serons anéantis ! »

Étoile Bleue surgit de son antre. Les regards se tournèrent vers elle.

« J'ai tout entendu », jeta-t-elle.

Sans même monter sur le Promontoire, elle lança le cri qui réunissait les siens. L'odeur de la peur de Moustache emplissait la clairière.

« Il n'y a pas de temps à perdre, déclara Étoile Bleue. C'est ce que nous craignions : le Clan de la Rivière et le Clan de l'Ombre ont uni leurs forces contre le Clan du Vent. Nous devons l'aider. »

Elle s'interrompit, fixa tour à tour ses congénères effarés. Debout à côté d'elle, Moustache l'écoutait en silence, les yeux emplis d'espoir.

Cœur de Feu était épouvanté. Après la découverte de la ruse employée par les chats errants, il avait cru Étoile Noire innocent. Pourtant, le vétéran bafouait à présent le code du guerrier en s'alliant avec un Clan afin de s'en prendre à un autre.

« Mais la saison des neiges a épuisé nos forces ! protesta Pomme de Pin. Nous avons déjà pris des risques pour le Clan du Vent. Qu'il se débrouille sans nous, cette fois ! »

Quelques murmures d'approbation s'élevèrent parmi les anciens et les reines. Ce fut Griffe de Tigre qui s'avança à la hauteur d'Étoile Bleue pour répondre.

« Ta prudence est louable, Pomme de Pin. Malgré tout, si le Clan de l'Ombre et le Clan de la Rivière ont conjugué leurs forces, le moment viendra où ils se retourneront contre nous. Mieux vaut se battre maintenant avec un allié que seuls plus tard ! »

Étoile Bleue considéra le doyen, qui ferma les yeux et leva la queue en signe d'accord. Croc Jaune s'avança.

« Je pense que tu devrais rester au camp, Étoile Bleue. Même si la fièvre est tombée, tu es encore faible. »

Les deux chattes échangèrent un regard dont Cœur de Feu comprit d'un seul coup le sens. La reine grise en était à sa neuvième et dernière vie. Pour le bien de la tribu, elle ne pouvait pas se permettre de la risquer au combat. Elle hocha la tête.

« Griffe de Tigre, je veux que tu constitues deux équipes, l'une pour mener l'attaque, la seconde pour servir de renfort. Il faut nous rendre là-bas aussi vite que possible !

— Compris ! Tornade Blanche, tu prendras la tête du deuxième groupe, je me charge du premier. Éclair Noir, Poil de Souris, Longue Plume, Pelage de Poussière et Cœur de Feu, vous venez avec moi. »

Frissonnant d'émotion, le jeune chasseur releva la tête quand le vétéran appela son nom. Il allait participer à la première vague d'assaut !

« Toi ! jeta le lieutenant au nouveau venu. Comment t'appelles-tu ? »

Le félin sembla surpris par ce ton cassant. Cœur de Feu répondit à sa place :

« Moustache ! »

Griffe de Tigre acquiesça, sans même regarder le chat roux.

« Moustache, tu m'accompagnes. Les autres guerriers du Clan partent avec Tornade Blanche. Toi aussi, Nuage de Fougère. Vous êtes prêts ? »

Ils levèrent la tête pour pousser leur cri de guerre. Le grand guerrier s'élança dans le tunnel d'ajoncs et ils le suivirent.

Ils grimpèrent le versant du ravin, s'enfoncèrent parmi les arbres. Ils se dirigeaient vers les Quatre Chênes et les hauts plateaux. Le jeune combattant regarda par-dessus son épaule en louvoyant entre les troncs. L'air sombre, le regard vide, Plume Grise fermait la marche. Rivière d'Argent serait-elle sur le champ de bataille ? Même si Cœur de Feu éprouvait du chagrin pour son ami, il était décidé à se battre. Après avoir ramené le Clan du Vent au bercail, comment ne pas se sentir responsable de lui ? Il ne permettrait pas qu'une autre tribu le force à retourner dans ces affreuses galeries souterraines.

La fourrure soudain hérissée, il sentit l'odeur de Petite Feuille revenir lui chatouiller les narines. *« Prends garde au guerrier indigne de confiance ! »* Le combat allait être rude pour bien des raisons différentes. Plume Grise serait contraint de choisir son camp...

Si la neige avait cessé, il était cependant difficile de progresser parmi les congères. Une couche de glace s'était formée à la surface, mais les chasseurs pesaient assez lourd pour la briser et s'enfoncer dans la poudreuse.

« Griffe de Tigre ! » hurla Fleur de Saule à l'arrière de la colonne.

Le lieutenant s'arrêta.

« On nous suit ! » reprit-elle.

Le sang de Cœur de Feu ne fit qu'un tour. Étaient-ils tombés dans un piège ? Sans bruit, la troupe rebroussa chemin, l'oreille aux aguets. Quand une branche chargée de neige craqua au-dessus de leurs têtes, Nuage de Fougère sursauta.

« Attendez ! » souffla le vétéran.

Ils se couchèrent sur le sol glacé. Le félin roux entendait des pas se rapprocher. Ils semblaient très légers, comme si de minuscules pattes piétinaient la glace sans la briser. Consterné, il comprit qui les pistait avant même que Petit Nuage et les deux chatons de Plume Blanche ne surgissent de derrière un tronc.

Griffe de Tigre se dressa sur ses pattes de derrière et les trois galopins hurlèrent de frayeur. Quand il les reconnut, le guerrier retomba sur ses quatre pattes.

« Que faites-vous ici ? cracha-t-il.

— On veut participer à la bataille ! » rétorqua Petit Nuage.

Son oncle fit la grimace.

« Cœur de Feu ! » rugit Griffe de Tigre.

Le jeune mentor se hâta de s'approcher, et son aîné grommela, impatient :

« C'est toi qui as amené cet animal au sein du Clan. Débrouille-toi. »

Cœur de Feu fixa les yeux étincelants de Griffe de Tigre. Il savait que le chasseur tentait de le forcer à choisir : il pouvait soit rester avec la troupe et se battre pour sa tribu, soit s'occuper de son neveu chat domestique. La patrouille attendit sa réponse en silence.

Il ne pouvait pas renoncer à combattre, mais comment sacrifier le fils de sa sœur ? Quelqu'un devait raccompagner les trois petits : de quel combattant la troupe pouvait-elle se passer ?

« Nuage de Fougère ! lança-t-il à l'apprenti. Ramène-les au camp, s'il te plaît. »

Il s'attendait à une objection de la part de Plume Grise, son mentor. Par bonheur, le chat cendré choisit de ne pas intervenir. Cœur de Feu se sentit coupable quand le novice s'approcha, la queue basse.

« Il y aura bien d'autres batailles à livrer, lui assura-t-il.

— Tu m'avais promis qu'un jour on se battrait côte à côte, Cœur de Feu ! » s'écria Petit Nuage.

Griffe de Tigre jeta au guerrier un regard moqueur. Plusieurs félins se mirent à rire.

« Un jour, mais pas aujourd'hui ! » répondit le félin roux qui, malgré son poil hérissé, fit de son mieux pour cacher son embarras.

Il soupira de soulagement quand le chenapan, l'oreille basse, finit par rejoindre les autres et suivre Nuage de Fougère vers le camp.

« Ton choix me surprend, Cœur de Feu, ricana le lieutenant. Je ne pensais pas que tu serais si pressé de livrer cette bataille-là. »

Le jeune combattant fixa le vétéran ; son sang ne fit qu'un tour.

« Si tu étais aussi pressé de te battre que moi, rétorqua-t-il, tu donnerais le signal du départ au lieu de bavarder alors que nos alliés luttent pour sauver leur vie ! »

Griffe de Tigre posa sur lui un regard hargneux, rejeta la tête en arrière et hurla vers le ciel avant de repartir à toute allure. La troupe traversa la clairière des Quatre Chênes et remonta la pente abrupte qui menait au plateau. Les guerriers bondirent de pierre en pierre ; un tapis de neige étouffait le bruit de leur course.

Au sommet, Cœur de Feu se retrouva cinglé par un vent furieux qui lui gelait les oreilles. La lande semblait plus stérile que jamais avec ses maigres ajoncs recouverts d'une couche de neige. Le lieutenant dut crier pour se faire entendre :

« Cœur de Feu ! Tu connais le chemin du camp du Vent ! Prends la tête ! »

Le vétéran ralentit l'allure afin de le laisser passer devant. Le chat roux se demanda si Griffe de Tigre se méfiait de Moustache au point de refuser d'en faire leur guide. Dérouté, il lança un regard désespéré à Plume Grise, mais son ami rentrait la tête dans les épaules, son épaisse fourrure ébouriffée par les bourrasques. Le matou cendré ne lui serait pas d'un grand secours. Comment s'orienter ? Cœur de Feu leva les yeux vers le ciel et réclama l'aide du Clan des Étoiles.

Il fut surpris de s'apercevoir qu'il reconnaissait les lieux malgré la neige. Là, le vieux terrier de blaireau et, plus loin, le rocher où Plume Grise était monté observer les alentours. Il suivit les mêmes sentiers que la fois précédente et finit par atteindre la cuvette où se nichait le camp du Vent.

Il s'arrêta au bord du creux.

« C'est en bas ! » clama-t-il.

L'espace d'un instant, le vent se calma. Du grand trou, on entendit alors monter des bruits de bataille – les cris et les vociférations d'une multitude de chats luttant au corps à corps.

CHAPITRE 30

❧

LE CHUCHOTEMENT FÉROCE DE GRIFFE DE TIGRE perça le blizzard.

« Tornade Blanche, ne donne la charge que quand tu entendras mon cri de guerre ! Moustache, guide-nous jusqu'à l'entrée. On s'occupe du reste. »

Le chasseur du Clan du Vent dévala la pente vers les buissons chargés de neige. Le vétéran le suivit à fond de train, Éclair Noir collé à lui. Cœur de Feu se faufila derrière eux par l'étroit tunnel qui menait au camp. Les ajoncs étaient aussi touffus et épineux que dans son souvenir. Plume Grise et le reste de la troupe – une réserve de combattants frais et dispos prêts à intervenir après la première vague – restèrent au sommet.

Une fois en bas, le chat roux s'arrêta net, ébranlé par le spectacle qui l'attendait. À sa dernière visite, il avait trouvé les lieux déserts et silencieux. Voilà que le camp grouillait de félins qui battaient l'air de leurs pattes et s'affrontaient en poussant des cris aigus. Moustache avait dit vrai : le combat était très déséquilibré. Du côté des assaillants, des renforts attendaient encore à l'orée de la clairière, mais les défenseurs, eux, avaient dû se jeter dans la bataille jusqu'au dernier. La tribu entière résistait, depuis les apprentis jusqu'aux anciens, en passant par les guerriers et les reines.

Belle-de-Jour affrontait un chasseur du Clan de l'Ombre. La fourrure hirsute, elle semblait épuisée et terrifiée. Pourtant, elle pivota avec agilité pour lui lacérer le dos. Peine perdue : plus gros qu'elle, il n'eut aucune peine à la plaquer au sol.

Cœur de Feu poussa un miaulement rageur et bondit sur l'échine du matou. Il s'agrippa de toutes ses forces lorsque le combattant fit volte-face et tenta de le précipiter à terre. Belle-de-Jour griffa l'animal tandis que le félin roux le forçait à se coucher. Leur opposant finit par se dégager en couinant. Aussitôt, il s'engouffra à travers les fortifications du camp. Après un regard reconnaissant à son sauveur, la chatte repartit au combat.

Le jeune guerrier jeta un coup d'œil alentour. Du sang coulait sur son museau. Les troupes de réserve du camp adverse s'étaient lancées dans la mêlée. L'arrivée du Clan du Tonnerre avait rétabli la balance un instant, mais il fallait à présent faire intervenir les renforts. Griffe de Tigre poussa son cri de guerre ; un instant après, Tornade Blanche débarqua dans la clairière, suivi de Plume Grise, Vif-Argent et du reste de ses troupes.

Cœur de Feu empoigna un chat du Clan de la Rivière, lui fit un croche-patte et le poussa au sol. Une fois le matou sur le dos, il entreprit de lui lacérer le ventre. Son ennemi parvint à s'écarter d'un bond et heurta un chasseur du Clan du Vent, qui se retourna, surpris. Moustache – car c'était lui – se dressa et assaillit l'autre mâle sans hésiter.

La haine brillait dans ses yeux : autant le laisser terminer le combat.

Un cri familier attira l'attention de Cœur de Feu. Plume Grise luttait contre un fauve du Clan de l'Ombre – Goutte de Pluie, l'un de ceux qui avaient affronté Étoile Brisée à leurs côtés. Les deux rivaux étaient de force égale. Le matou cendré repoussa son agresseur avec ses pattes arrière et pivota, à la recherche d'un autre adversaire. Un félin du Clan de la Rivière se trouvait juste derrière lui. Le sang qui se mit à battre aux oreilles de Cœur de Feu noya le vacarme des affrontements. Plume Grise allait-il attaquer l'un des congénères de sa compagne ?

Quand son ami bondit, le jeune guerrier retint son souffle. Mais au lieu de se jeter sur sa cible, l'animal atterrit sur le dos d'un autre chasseur du Clan de l'Ombre.

Cœur de Feu entendit soudain Griffe de Tigre hurler son nom. Il tourna la tête : le vétéran était à l'autre bout de la clairière, où la bataille faisait rage.

Il s'élançait pour rejoindre son aîné quand Taches de Léopard lui agrippa la patte et le fit trébucher.

« Toi ! » cracha le lieutenant du Clan de la Rivière.

Leur dernière rencontre remontait au jour de la mort de Griffe Blanche, au bord de la gorge.

Cœur de Feu repoussa la reine et roula sur le dos. Trop tard, il s'aperçut qu'il avait exposé son ventre au danger. Taches de Léopard ne perdit pas une seconde. Elle se mit sur ses pattes de derrière et retomba sur lui de tout son poids. Le souffle coupé, il sentit des griffes acérées lui labourer l'estomac. Au supplice, il hurla. La tête renversée en arrière, il vit leur lieutenant, à l'orée du camp, poser sur lui des yeux froids, inexpressifs.

« À l'aide, Griffe de Tigre ! » s'écria-t-il.

Mais le combattant ne bougea pas : il se contenta de le regarder se faire griffer encore et encore.

La rage aveuglante qui le saisit alors donna à Cœur de Feu un second souffle. Il lutta contre la douleur, fléchit ses pattes de derrière et frappa son assaillante le plus fort possible à l'abdomen. L'espace d'un instant, la face de la chatte exprima l'étonnement, puis la bourrade la souleva et l'envoya bouler au milieu de la clairière. Cœur de Feu se releva et fixa Griffe de Tigre, furieux, le corps endolori. Le grand guerrier lui lança un regard haineux avant de se jeter dans la mêlée.

Un coup à la nuque fit tituber Cœur de Feu. Il chancela et lorgna par-dessus son épaule : Pelage de Silex se préparait à le frapper à toute volée, cette fois. Le félin roux esquiva son agresseur et le poussa vers Tornade Blanche, qui se retourna et l'attrapa par la peau du cou. Le jeune chasseur se ruait à l'aide du vétéran quand des griffes plantées dans son arrière-train brisèrent son élan. Il se contorsionna, vit un éclair de fourrure grise. C'était Rivière d'Argent.

Enragée, la chatte se campa sur ses pattes postérieures. Du sang lui coulait dans les yeux : elle ne l'avait pas reconnu. Quand elle ramena la patte en arrière pour frapper, il vit ses longues griffes étinceler. Les paupières plissées, il se préparait au choc quand il entendit une voix familière crier :

« Non ! Rivière d'Argent ! »

Plume Grise, pensa-t-il.

La femelle hésita, secoua la tête et reconnut Cœur de Feu. Les pupilles dilatées, elle retomba à quatre pattes.

Le jeune guerrier, dont la mêlée faisait bouillir le sang, réagit d'instinct. Sans réfléchir, il sauta sur le dos de son assaillante et la cloua au sol. Il s'apprêtait à la mordre jusqu'au sang à l'épaule – elle ne se défendait même pas – lorsqu'il releva la tête et sentit le regard de son vieil ami le percer. Le matou cendré le fixait, horrifié, depuis le bord du champ de bataille.

L'expression de douleur et d'incrédulité de son camarade le ramena à la raison. Il rentra ses griffes et relâcha Rivière d'Argent, qui détala parmi les ajoncs. Sonné, il vit Plume Grise se lancer à sa poursuite.

Mais Cœur de Feu se sentait toujours observé. Son regard croisa celui d'Éclair Noir, de l'autre côté du camp. Qu'avait-il vu ? Le félin roux tressaillit. Les secrets de son compagnon avaient fini par le pousser à trahir le Clan : il venait de laisser partir une guerrière ennemie ! À ce moment précis, le jeune chasseur entendit Vif-Argent appeler à l'aide. Le chat pommelé affrontait le perfide Étoile Noire. Cœur de Feu se faufila dans la cohue pour le rejoindre.

Sans hésiter, il saisit par-derrière le chef du Clan de l'Ombre. Le vétéran hurla de rage quand il le fit reculer sans ménagement et planta les griffes dans sa fourrure. Dire qu'ils s'étaient battus côte à côte à peine quelques lunes plus tôt contre Étoile Brisée ! Il mordit pourtant Étoile Noire à l'échine avec la même férocité que s'il s'agissait de son prédécesseur.

Son adversaire se débattit en poussant un cri perçant. *Il mérite son titre de chef*, pensa Cœur de Feu, qui dut s'arc-bouter pour ne pas lâcher prise. Lorsque Étoile Noire parvint à se dégager, Vif-Argent, prêt à intervenir, se jeta sur lui. Les deux félins roulèrent enlacés sur le sol gelé. Le troisième les regarda s'empoigner, choisit son moment avec soin et sauta sur le dos d'Étoile Noire. Cette fois, il s'agrippa plus fort, prêt à contrer les efforts de sa victime pour se libérer. Mais Vif-Argent tenait ferme, lui aussi. Ensemble, ils écorchèrent et mordirent le traître, qui se mit à brailler. Alors seulement, ils le relâchèrent et s'écartèrent, sans rentrer leurs griffes.

Le matou noir se releva d'un bond et fit volte-face en crachant. Malgré la fureur qui brillait dans ses yeux, il se savait battu. Il recula. Son regard allait d'un coin à l'autre de la clairière : partout, ses troupes avaient le dessous. D'une voix forte, il donna le signal de la retraite. Aussitôt ses guerriers cessèrent le combat et, comme lui, gagnèrent les limites du camp. Les chasseurs du Clan de la Rivière se retrouvaient seuls, désormais, pour affronter le Clan du Tonnerre et le Clan du Vent.

Cœur de Feu s'efforça de reprendre haleine et d'essuyer le sang qui lui coulait dans les yeux. Épaulé par Poil de Souris, Tornade Blanche luttait au corps à corps avec Taches de Léopard. Tempête de Sable se mesurait à un adversaire presque deux fois plus grand qu'elle. Elle se tortillait tantôt à droite, tantôt à gauche, multipliait les coups de dent : l'animal, qui ne possédait pas la moitié de sa vitesse, semblait dépassé.

Non loin de là, Pelage de Poussière affrontait un chat au poil sombre. Cœur de Feu reconnut Griffe Noire, le combattant du Clan de la Rivière qu'il avait vu chasser des lapins sur les hauts plateaux. Têtu comme une mule, l'ancien apprenti se défendait avec acharnement, sans se laisser intimider par les coups de patte et de dent féroces de son opposant. Il se débrouillait très bien tout seul et risquait de prendre très mal une intervention amie.

Mais où était passé Étoile Balafrée ? Cœur de Feu ne tarda pas à le distinguer dans la mêlée : après la fuite du Clan de l'Ombre, la clairière était plus dégagée. Le chat tigré de beige à la mâchoire tordue était ramassé sur lui-même, face à Griffe de Tigre. Les deux guerriers s'observaient en agitant la queue d'un air menaçant. Étoile Balafrée bondit le premier, sans succès : l'autre l'évita lestement. Plus précis dans ses mouvements, Griffe de Tigre pivota et s'abattit sur le dos de son adversaire. Quand il se retrouva immobilisé, le chef ennemi cessa de lutter. Griffe de Tigre retroussa alors les babines et planta ses crocs dans son cou.

Cœur de Feu faillit s'étrangler. Le vétéran avait-il tué le chef du Clan de la Rivière ? Au cri de douleur de la victime, il comprit que le lieutenant avait manqué la colonne vertébrale. Cependant, pour la bataille, le coup était décisif. Griffe de Tigre relâcha son emprise. Étoile Balafrée fila en hurlant à pleins poumons vers l'entrée du camp.

Aussitôt que sa queue disparut dans le tunnel, ses partisans détalèrent.

En un clin d'œil, le silence enveloppa le camp du Vent. Hormis le mugissement des bourrasques au-dessus des ajoncs, on n'entendait pas un bruit. Cœur de Feu contempla la scène : les siens étaient épuisés et meurtris, mais les chats du Clan du Vent semblaient encore plus mal en point. Tous saignaient abondamment, quelques-uns gisaient immobiles sur le sol gelé. Écorce de Chêne, leur guérisseur, allait déjà de l'un à l'autre afin de soigner leurs blessures.

Le museau ensanglanté, leur chef s'avança en boitant vers Griffe de Tigre. Cœur de Feu, qui le regardait faire, se rappela son rêve, bien des lunes plus tôt : la silhouette d'Étoile Filante sur fond de flammes, tel un guerrier envoyé par leurs ancêtres pour les sauver. « Le feu sauvera notre Clan ! » disait la prophétie de Petite Feuille. Pourtant, confronté au spectacle du camp ravagé, le jeune chasseur se demanda si le songe ne l'avait pas induit en erreur. Comment ces félins pouvaient-ils être le feu qui sauverait sa tribu ? C'était plutôt le Clan du Tonnerre qui venait – à nouveau – de les tirer d'un mauvais pas.

Étoile Filante murmura quelques mots à Griffe de Tigre. Sans avoir besoin d'entendre leur échange, Cœur de Feu devinait à la tête inclinée du chef qu'il reconnaissait la dette due à ses alliés. Son interlocuteur accepta ces remerciements la tête haute. L'arrogance du vétéran écœurait Cœur de Feu. Il ne pourrait jamais oublier que le lieutenant avait laissé Taches de Léopard lui lacérer le ventre.

La douce voix de Fleur de Saule, qui lui présentait quelques herbes apportées par le guérisseur, vint le distraire de ses sombres pensées.

« Tiens. »

Quand elle pressa le jus extrait des plantes sur ses épaules couvertes de morsures, il ronronna, reconnaissant. Le remède piquait, mais l'odeur le ramena aussitôt dans le passé. Petite Feuille lui avait demandé d'appliquer la même mixture sur les plaies de Croc Jaune, bien des lunes plus tôt. Soudain, son rêve de la veille lui revint. « Prends garde au guerrier... » lui avait conseillé son amie. *Prends garde au guerrier indigne de confiance ?*

Il comprit d'un coup la vérité : c'était de Griffe de Tigre qu'il devait se méfier, pas de Plume Grise ! Comment avait-il pu soupçonner son camarade, alors qu'il savait ce dont le vétéran était capable ? À cet instant, Cœur de Feu eut la certitude que Nuage de Jais leur avait dit vrai, malgré les réserves d'Étoile Bleue. À en juger par ses agissements au cours de la bataille, le lieutenant n'avait eu sans doute aucun scrupule à assassiner Plume Rousse.

La voix de Vif-Argent interrompit le cours de ses réflexions.

« Tu t'es bien battu, Cœur de Feu ! s'écria le mâle au poil brun, le regard amical, avant de promettre : Je me ferai un devoir de le signaler à Étoile Bleue !

— Oui, acquiesça Fleur de Saule. Tu es un bon guerrier. Le Clan des Étoiles honorera ta vaillance. »

Il les fixa, les oreilles frémissantes de plaisir. Quel soulagement de faire à nouveau partie du Clan !

Brusquement, sa fourrure se hérissa. De l'autre côté de la clairière, Éclair Noir s'approchait de Griffe de Tigre. Assis derrière Étoile Filante, il attendit patiemment le départ du chef allié avant de murmurer quelques mots à l'oreille de leur lieutenant. Les deux chasseurs jetaient des regards en direction de Cœur de Feu.

Il a tout vu ! se dit le félin roux, épouvanté, dont la tête se mit à tourner. *Il m'a vu laisser partir Rivière d'Argent.*

« Ça va ? » s'inquiéta Fleur de Saule.

Il s'aperçut qu'il frissonnait.

« Euh... Oui, désolé. Je réfléchissais. »

Le vétéran s'avançait vers lui. La satisfaction luisait dans son regard malveillant.

« Bon, eh bien, je vais rejoindre les autres, conclut la chatte.

— D'accord... Merci. »

Elle ramassa ses herbes et s'éclipsa, imitée par Vif-Argent.

Les oreilles couchées en arrière, les babines retroussées, Griffe de Tigre se planta devant lui.

« Éclair Noir dit que tu as laissé s'échapper une chatte du Clan de la Rivière ! »

Le jeune félin comprit qu'il ne pouvait rien expliquer. Même si Plume Grise lui compliquait la vie, impossible de révéler le secret de son ami à ce chasseur sans scrupule. *Tu n'avais pas l'air très pressé de m'aider quand Taches de Léopard essayait de m'étriper, tout à l'heure !* mourait-il d'envie de hurler. Mais qui le croirait ? Éclair Noir vint se planter à côté de son ancien mentor. Si au moins Étoile Bleue, si sage et si juste, était là pour le défendre !

Intimidé, Cœur de Feu inspira à fond et se rendit compte, soudain, que sa trahison ne comptait pas aux yeux du grand guerrier, qui le persécutait pour bien d'autres raisons. Griffe de Tigre craignait toujours que Nuage de Jais lui ait avoué la vérité sur la mort de Plume Rousse. Toutefois, à l'inverse du petit chat noir, Cœur de Feu n'avait pas l'intention de céder à la peur. Avec un regard de défi, il lâcha :

« Elle s'est échappée, oui, comme Étoile Balafrée t'a échappé. Pourquoi ? Tu voulais que je la tue ? »

La queue du matou au poil sombre balaya le sol gelé.

« Éclair Noir affirme que tu ne lui as pas infligé la moindre blessure. »

Le jeune mâle haussa les épaules.

« Peut-être Éclair Noir devrait-il la rattraper, histoire de lui demander confirmation ! »

Celui-ci semblait prêt à cracher, mais Griffe de Tigre ne lui en laissa pas le temps.

« Inutile. Ton jeune ami au poil gris lui a couru après, paraît-il. Il pourra sans doute nous décrire ses blessures. »

Pour la première fois depuis leur entrée dans la clairière, Cœur de Feu sentit la morsure du vent glacé. La lueur qui brillait dans l'œil du lieutenant suggérait une menace cachée. Avait-il deviné l'amour de Plume Grise pour Rivière d'Argent ?

Le chat roux cherchait encore ses mots quand son vieil ami apparut à l'entrée du camp.

« Regardez qui est de retour ! ricana le vétéran. Tu veux lui demander comment se porte la chatte que tu as laissée filer ? Non, attends, je connais déjà sa réponse : il n'a pas réussi à la rattraper. »

Sans cacher son mépris, il s'éloigna, suivi d'Éclair Noir.

Cœur de Feu jeta un regard à son camarade, dont le visage reflétait l'épuisement et l'angoisse. Il traversa la clairière pour aller à sa rencontre. Plume Grise lui en voudrait-il encore de son intervention ? Allait-il lui reprocher son attaque avortée sur Rivière d'Argent ou le remercier de l'avoir relâchée ?

L'oreille basse, le matou cendré ne bougeait pas. Son compagnon tendit le cou pour effleurer son flanc glacé. Il le sentit ronronner et contempla son regard triste, dépourvu de la colère qui l'habitait depuis quelques lunes.

« Elle va bien ? chuchota-t-il.

— Oui, murmura Plume Grise. Merci de l'avoir laissée partir. »

D'abord muet de soulagement, Cœur de Feu finit par répondre :

« Je suis content qu'elle n'ait rien. »

Son complice de toujours le fixa un instant avant de reconnaître :

« Tu avais raison. La bataille n'a pas été facile. J'avais l'impression d'affronter la famille de Rivière d'Argent, pas des guerriers ennemis. » Il baissa la tête, honteux. « Pourtant, je ne peux pas renoncer à elle. »

Ces paroles remplirent le félin roux d'appréhension et de compassion mêlées.

« C'est un problème qu'il te faudra résoudre par toi-même. Je n'ai pas à te juger, rétorqua Cœur de Feu, qui le vit relever la tête. Quoi que tu décides, je serai toujours ton ami. »

Plume Grise le regarda avec une gratitude et un soulagement manifestes. Ensuite, sans mot dire, les deux guerriers s'étendirent côte à côte dans la clairière. Pour la première fois depuis des lunes, leurs fourrures étaient pressées l'une contre l'autre en signe d'amitié. Au-dessus d'eux, les ajoncs chargés de neige leur offraient un abri temporaire contre la tempête qui faisait rage.

Retrouvez ici un extrait de

LA GUERRE DES
CLANS

Livre III

Les mystères de la forêt

Des livres plein les poches, POCKET des histoires plein la tête
jeunesse

PROLOGUE [1]

❦

Un froid mordant enveloppait la lande, les bois et les champs. Le paysage recouvert d'un manteau blanc scintillait à peine sous la nouvelle lune. Rien ne venait rompre le silence de la forêt, excepté le crissement des roseaux séchés dans la brise et la neige qui glissait parfois des branches. Même le murmure de la rivière s'était tu, étouffé par la glace qui s'étendait d'une rive à l'autre.

Il y eut un mouvement sur la berge. Un énorme matou émergea des roseaux, la fourrure hérissée pour mieux résister au froid. Il se secouait, irrité, cherchant à se débarrasser de la neige collée à ses pattes.

Devant lui se traînaient deux petits. Trempés jusqu'au ventre, ils peinaient dans la poudreuse avec des cris de détresse. Sitôt qu'ils faisaient mine de s'arrêter, le mâle les encourageait du bout du museau.

Les trois animaux longèrent la rivière jusqu'à son point le plus large : face à eux, une petite île se dressait près de la rive. Alentour, les tiges dessé-

_____

1. Plusieurs dizaines de lunes auparavant...

chées d'un épais rideau de roseaux perçaient la glace. Quelques saules chétifs aux branches enneigées masquaient le centre de l'île.

« Nous y sommes presque, annonça le guerrier d'un ton rassurant. Par ici. »

Il s'engagea sur la glace, se coula entre les roseaux et bondit sur la terre ferme. Le plus grand des deux chatons le suivit, mais l'autre glissa sur la surface gelée où il resta prostré en jetant des miaulements à fendre le cœur. Après un instant d'hésitation, le grand félin le rejoignit d'un bond et le poussa de la patte pour l'aider à se relever. Peine perdue : la bête était trop épuisée pour bouger. Maladroit, le chasseur tenta de la réconforter à coups de langue avant de l'attraper par la peau du cou pour la porter sur l'île.

Derrière les saules s'étendait une clairière plantée de buissons. Sur le sol tapissé de neige se mêlaient les empreintes de nombreux chats. L'endroit semblait désert, pourtant des yeux brillaient dans l'ombre. Ils regardèrent le mâle se diriger vers le plus gros fourré et s'y s'engouffrer.

Dans la chaleur de la pouponnière, l'air froid du dehors laissait place à une bonne odeur de lait. Une chatte écaille couchée sur un lit de bruyère moelleuse allaitait une boule de poils rayés de brun-gris. Quand le matou vint déposer près d'elle le jeune qu'il portait, elle releva la tête. Le deuxième petit les rejoignit à l'intérieur et entreprit aussitôt de se hisser sur la litière.

« Cœur de Chêne ? s'inquiéta la reine. Qui m'as-tu amené ?

— Deux chatons, Lac de Givre. Accepterais-tu de les élever ? Ils ont besoin d'une mère.

— Mais... rétorqua-t-elle d'un air horrifié. D'où viennent-ils ? Ils ne sont pas du Clan de la Rivière. Où les as-tu trouvés ?

— Dans la forêt, répondit le matou, le regard fuyant. Ils ont eu de la chance de ne pas tomber d'abord sur un renard.

— Dans la forêt ? s'étonna-t-elle, incrédule. Je ne suis pas née de la dernière pluie, Cœur de Chêne. Qui abandonnerait des nouveau-nés dans les bois, et par ce temps ? »

Il détourna la tête.

« Un chat errant ou un Bipède. Comment le saurais-je ? Je ne pouvais quand même pas les laisser là ! »

Le plus fragile était couché sur le flanc, immobile. Sa poitrine se soulevait à peine.

« Je t'en prie, Lac de Givre... La plupart de tes petits sont morts, et c'est ce qui arrivera à ces deux-là si tu ne les aides pas. »

La chatte posa sur les deux intrus des yeux débordant de chagrin. La gueule grande ouverte, ils jetaient des cris pitoyables.

« J'ai beaucoup de lait, murmura-t-elle comme pour elle-même. Je vais m'occuper d'eux, bien sûr. »

Cœur de Chêne ne put retenir un soupir de soulagement. L'un après l'autre, il prit les jeunes dans sa gueule et les déposa près de Lac de Givre. Ils se mirent à téter, avides, dès que la reine les poussa contre son ventre, à côté de son propre fils.

« Je ne comprends toujours pas, reprit-elle une fois ses protégés bien installés. Pourquoi deux chatons se retrouveraient-ils seuls dans la forêt au beau milieu de la saison des neiges ? Leur mère doit être folle d'inquiétude. »

Le matou brun se mit à tâter le duvet de mousse du bout de la patte.

« Je ne les ai pas enlevés, si c'est ce que tu te demandes. »

Après l'avoir fixé un long moment, Lac de Givre finit par marmonner :

« Non, je ne crois pas que tu les aies enlevés. Mais tu ne me dis pas toute la vérité...

— Je t'ai dit ce que tu avais besoin de savoir.

— C'est faux ! rétorqua la reine, les yeux brillant de colère. Tu penses à leur mère ? Je sais ce que c'est que perdre ses petits, Cœur de Chêne. Je ne souhaite cette épreuve à personne. »

Le guerrier la foudroya du regard. Un grondement réprobateur monta de sa gorge.

« Leur mère est sans doute un chat errant. On ne peut pas la rechercher par ce temps.

— Mais enfin...

— S'il te plaît, contente-toi de t'occuper d'eux ! » coupa-t-il.

Il se releva d'un bond et se dirigea vers l'entrée.

« Je t'apporterai du gibier », lança-t-il par-dessus son épaule avant de disparaître.

Après son départ, Lac de Givre se pencha sur les nouveaux venus, qu'elle se mit à lécher pour les réchauffer. La neige, en fondant, avait presque effacé toute odeur de leur fourrure, mais elle discernait encore les parfums de la forêt, feuilles mortes et terre gelée. Une autre trace, aussi, encore plus ténue...

Elle interrompit soudain leur toilette. Était-ce son imagination ? La gueule entrouverte, elle flaira encore les chatons et se redressa aussitôt, les yeux écarquillés.

Un instant, elle fixa sans ciller les ombres noires qui l'entouraient. Elle ne s'était pas trompée ! Sur le pelage des orphelins, dont Cœur de Chêne refusait d'expliquer l'origine, elle avait perçu l'odeur d'un Clan ennemi.

CHAPITRE PREMIER

♣

Le museau fouetté par la neige et le vent glacé,
Cœur de Feu peinait sur la pente du ravin qui
menait au camp du Tonnerre. À sa gueule pendait
une souris. Les flocons tombaient si dru qu'il distinguait à peine les rochers sous ses pattes.

Il salivait, les narines titillées par l'odeur de sa
proie. Le gibier se faisait si rare à la saison des neiges
qu'il n'avait pas mangé depuis la veille. Mais en
dépit de la faim qui lui tordait l'estomac, il se refusait à enfreindre le code du guerrier : « *Le Clan passe
avant tout le reste.* »

À peine trois jours plus tôt, lui et les siens
livraient bataille sur les hauts plateaux. Ils avaient
dû porter secours au Clan du Vent, attaqué par les
deux autres tribus de la forêt. Là-haut sur la lande,
de nombreux félins avaient été blessés au combat
– raison de plus, pour les chasseurs restés indemnes,
de leur ramener autant de gibier que possible. Ses
pensées lui arrachèrent un soupir.

Dans le tunnel qui marquait l'entrée du camp, la
neige accumulée sur les tiges d'ajoncs lui dégrin-
gola sur la tête. Agacé, il secoua les oreilles. Malgré
les épineux qui la protégeaient du vent, la clairière

était déserte. Par ce temps, les félins préféraient rester dans leurs tanières, à l'abri du froid. Des souches d'arbres et les branches d'un tronc abattu dépassaient des congères. Une seule série d'empreintes courait de la tanière des novices jusqu'au massif de ronces qui servait de pouponnière aux nouveau-nés. Cœur de Feu la contempla avec nostalgie : il n'avait plus d'apprentie depuis le terrible accident de Nuage Cendré près du Chemin du Tonnerre.

Le chat roux pénétra au cœur du camp afin de déposer sa souris sur le tas de gibier, près du buisson où dormaient les chasseurs. Les réserves s'amenuisaient. Les rares proies débusquées n'avaient plus que la peau sur les os : une seule suffisait à peine à nourrir un combattant affamé. On ne trouverait plus que des souris faméliques jusqu'au retour de la saison des feuilles nouvelles, encore éloigné de plusieurs lunes.

Il tournait les talons, prêt à repartir à la chasse, quand un miaulement s'éleva derrière lui. Il fit aussitôt volte-face. Griffe de Tigre, le lieutenant du Clan, sortait du gîte des guerriers.

« Cœur de Feu ! »

Le félin roux s'avança vers son aîné, la tête inclinée avec déférence. Pourtant, le regard noir du vétéran réveilla sa méfiance sur-le-champ. Griffe de Tigre était un combattant accompli, puissant et respecté, mais le jeune félin savait quelle noirceur abritait son cœur.

« Inutile de repartir à la chasse ce soir, annonça le grand mâle. Étoile Bleue vous a choisis, Plume Grise et toi, pour l'escorter à l'Assemblée. »

Les oreilles de Cœur de Feu tressaillirent : quel honneur d'accompagner le chef de la tribu à la réunion des quatre Clans[1] !

« Dépêche-toi de manger un morceau, ajouta leur lieutenant. Nous partons au lever de la lune. »

Le chat brun fit quelques pas en direction du Promontoire, où se trouvait le repaire d'Étoile Bleue, puis il s'arrêta soudain pour lancer au jeune guerrier :

« Et une fois là-bas, n'oublie pas à quelle tribu tu appartiens... »

Cœur de Feu sentit sa fourrure se hérisser sous l'effet de la colère.

« Qu'est-ce que ça veut dire ? feula-t-il sans se démonter. Tu insinues que j'oserais trahir mon propre Clan ? »

Il se força à rester impassible lorsque Griffe de Tigre vint se planter devant lui, menaçant.

« Je t'ai vu lors de la dernière bataille, fulmina son aîné, les oreilles couchées en arrière. Je t'ai vu laisser s'échapper cette guerrière du Clan de la Rivière. »

Cœur de Feu grimaça : le vétéran avait raison. Pendant la bataille du camp du Vent, le chat roux avait laissé une ennemie prendre la fuite sans une égratignure. Mais ce n'était ni par lâcheté ni par manque de loyauté. Il s'était retrouvé face à face avec Rivière d'Argent, l'amour secret de son meil-

---

1. À chaque pleine lune, une Assemblée rassemble les quatre Clans, le temps d'une trêve. Elle se tient aux Quatre Chênes.

leur ami, Plume Grise. Comment aurait-il pu la blesser ?

Incapable de dénoncer son camarade, Cœur de Feu s'efforçait néanmoins de le dissuader de fréquenter Rivière d'Argent : leur liaison, condamnée par le code du guerrier, les mettait en grand danger – sans compter qu'elle était la fille d'Étoile Balafrée, le chef du Clan de la Rivière...

Par ailleurs, Griffe de Tigre semblait bien mal placé pour l'accuser de trahison. Le jour du combat, le grand matou l'avait laissé lutter seul contre un chasseur redoutable, sans intervenir. Pire : il aurait autrefois assassiné Plume Rousse, l'ancien lieutenant de la tribu, et même comploté contre leur chef en personne.

« Si tu me soupçonnes d'être un traître, pourquoi ne pas en avertir Étoile Bleue ? » le nargua le rouquin d'un air de défi.

Son adversaire retroussa les babines et se plaqua au sol en grondant, toutes griffes dehors.

« Inutile, répliqua-t-il. Je peux me charger seul d'un simple chat domestique. »

Il fixait sur son cadet un regard où Cœur de Feu décela avec surprise des traces de peur et de méfiance. *Il se demande ce que je sais exactement*, comprit soudain le jeune chasseur.

Nuage de Jais, l'ancien apprenti de Griffe de Tigre, avait assisté au meurtre de Plume Rousse. Menacé de mort par son mentor, il avait dû partir rejoindre Gerboise, un solitaire installé près d'une ferme, de l'autre côté du territoire du Vent. Cœur de Feu avait tenté de confier les révélations de Nuage de Jais à Étoile Bleue, mais celle-ci refusait de croire à la culpabilité de son lieutenant. Depuis, le chat roux se sentait désarmé, et son impuissance à agir lui était insupportable.

Sans ajouter un mot, Griffe de Tigre lui tourna le dos et s'éloigna à grands pas. À l'entrée du repaire des guerriers, les feuilles s'agitèrent ; Plume Grise passa la tête au-dehors.

« Qu'est-ce qui te prend de chercher des noises à Griffe de Tigre ? s'exclama-t-il. Il va te mettre en pièces !

— Je ne laisserai personne me traiter de traître », s'indigna son ami.

Gêné, le matou cendré entreprit de se lécher le poitrail.

« Je suis désolé, murmura-t-il. Je sais que c'est à cause de Rivière d'Argent et moi que...

— Ce n'est pas vrai, et tu le sais, l'interrompit Cœur de Feu. C'est Griffe de Tigre, le problème, pas toi. Viens, allons manger ! »

Plume Grise sortit du taillis et trotta jusqu'au tas de gibier. Son compagnon secoua son pelage constellé de flocons avant de le suivre, de se choisir un campagnol et de le rapporter dans la tanière des chasseurs. Les deux chats se couchèrent côte à côte au pied du mur extérieur.

Hormis Tornade Blanche et deux ou trois autres vétérans qui dormaient roulés en boule au centre du buisson, l'endroit était désert. La chaleur de leurs corps réchauffait le fourré, et la neige avait à peine pénétré la voûte des branches.

Cœur de Feu attaqua son repas. Il avait si faim que la viande, pourtant dure et filandreuse, lui sembla délicieuse. S'il termina le rongeur en trois coups de dents, c'était tout de même mieux que rien : cette maigre nourriture lui permettrait de tenir sur le chemin de l'Assemblée.

Une fois sa proie avalée, chacun se mit à lécher la fourrure de l'autre. Quel soulagement pour le félin roux de pouvoir de nouveau faire sa toilette en compagnie de son vieux camarade ! Il avait longtemps craint que l'amour de Plume Grise pour Rivière d'Argent ne détruise leur amitié. La liaison interdite de son ami l'inquiétait encore, mais depuis la bataille des hauts plateaux, ils étaient redevenus aussi proches qu'avant. Comment affronter la saison des neiges et, surtout, l'hostilité grandissante de Griffe de Tigre sans le soutien de leur confiance mutuelle ?

« Je me demande quelles seront les nouvelles, ce soir, souffla-t-il à l'oreille de Plume Grise. J'espère bien que le Clan de la Rivière et celui de l'Ombre ont retenu la leçon ! Pourvu qu'Étoile Filante et les siens ne soient plus jamais chassés chez eux. »

Son ami se dandina d'une patte sur l'autre, mal à l'aise.

« L'ennemi en voulait plus à leur gibier qu'à leur territoire, fit-il remarquer. Le Clan de la Rivière meurt de faim depuis que ces Bipèdes se sont installés sur leurs terres.

— Je sais. »

Cœur de Feu lui donna un coup de langue sur l'oreille pour le réconforter : il comprenait que son compagnon veuille défendre la tribu de Rivière d'Argent.

« Mais voler aux autres leurs terrains de chasse ne résout rien. »

Plume Grise acquiesça dans un murmure avant de s'enfermer dans le silence. Le chat roux remâchait ses préoccupations. La pénurie de proies allait poser un grave problème aux quatre tribus au moins jusqu'à la fin de la saison froide.

Presque endormi par les coups de langue réguliers de son camarade, Cœur de Feu sursauta quand il entendit remuer les branches à l'entrée de la tanière. Griffe de Tigre entra, accompagné d'Éclair Noir et de Longue Plume. Les trois félins ignorèrent l'ancien chat domestique et se blottirent tous ensemble au centre du buisson. Cœur de Feu les épia du coin de l'œil, irrité de ne pas pouvoir suivre leur conversation. Il était tentant d'imaginer qu'ils complotaient contre lui. Il se raidit soudain.

« Qu'y a-t-il ? » lui demanda son ami.

Le chat roux s'étira afin de détendre ses muscles et coula un regard vers le petit groupe avant de répondre à voix basse :

« Je ne leur fais pas confiance.

— Et moi non plus, chuchota Plume Grise avec un frisson. Si Griffe de Tigre découvrait que je fréquente Rivière d'Argent... »

Le rouquin se pressa contre son camarade pour le réconforter, l'oreille aux aguets. Il crut entendre le vétéran prononcer son nom. Il s'apprêtait à se rapprocher un peu quand il attira l'attention de Longue Plume.

« Qu'est-ce que tu regardes, chat domestique ? On n'a pas besoin de traîtres comme vous, ici ! » grommela le guerrier avant de leur tourner le dos, plein de mépris.

« C'en est trop ! souffla Cœur de Feu, furieux, à

son compagnon. Griffe de Tigre répand des rumeurs sur moi.

— Que peux-tu y faire ? »

Plume Grise semblait résigné à subir les affronts de leur lieutenant.

« Je vais retourner voir Nuage de Jais. Il se rappellera peut-être autre chose sur la bataille, un détail qui pourrait convaincre Étoile Bleue.

— Il habite près de la ferme des Bipèdes, maintenant. Il faudra que tu traverses tout le territoire du Clan du Vent. Comment expliquer une aussi longue absence ? Ça ne ferait qu'appuyer les mensonges de Griffe de Tigre. »

Cœur de Feu était prêt à courir ce risque. Il n'avait jamais demandé à Nuage de Jais les détails de la mort de Plume Rousse lors de la bataille contre le Clan de la Rivière, des lunes auparavant. À l'époque, il semblait plus important d'arracher l'apprenti des griffes de son mentor.

À présent, il lui fallait découvrir ce que son ami avait vraiment vu : Nuage de Jais saurait sûrement prouver quel danger Griffe de Tigre représentait pour la tribu.

« J'irai ce soir, murmura le chat roux. Je m'éclipserai après l'Assemblée. Si je ramène du gibier, je pourrai toujours prétexter que j'étais à la chasse. »

Son camarade lui donna un coup de langue affectueux sur l'oreille.

« Tu risques gros, soupira-t-il. Pour ma part, je n'ai rien de bon à attendre de Griffe de Tigre. Si tu tiens à y aller, alors je viens avec toi. »

Cœur de Feu et Plume Grise en tête, les chats du Clan du Tonnerre, se mirent en chemin. La neige avait cessé de tomber et les nuages s'éloignaient à l'horizon. Le sol tapissé de blanc brillait sous la lumière de la pleine lune ; le givre scintillait sur chaque branche et chaque pierre.

Un vent contraire soulevait la poudreuse et apportait l'odeur de nombreux félins. Cœur de Feu bouillait d'impatience. Les territoires des tribus se touchaient aux Quatre Chênes : les Clans se réunissaient sous ces arbres majestueux, plantés au centre d'un vallon escarpé.

Le jeune matou se plaça derrière leur meneuse, qui s'était déjà plaquée contre le sol pour ramper jusqu'au sommet du coteau et jeter un œil sur l'Assemblée. Les contours déchiquetés d'un gros rocher dressé au milieu de la clairière, entre les quatre chênes, se découpaient en noir sur la neige. En attendant le signal d'Étoile Bleue, Cœur de Feu épia les tribus qui se saluaient. Impossible de ne pas remarquer les échines hérissées des chasseurs du Clan du Vent quand ils croisaient ceux du Clan de l'Ombre ou de la Rivière. Aucun d'entre eux n'avait oublié les récents combats : sans la trêve de l'Assemblée, ils se seraient jetés les uns sur les autres.

Le guerrier roux reconnut Étoile Filante, le chef du Clan du Vent, assis près du Grand Rocher à côté de son lieutenant, Patte Folle. Non loin de là, la lune allumait des reflets dans les yeux brillants de Rhume des Foins et de Patte de Pierre, les guérisseurs des Clans de l'Ombre et de la Rivière, couchés côte à côte.

Sur la crête, Plume Grise semblait nerveux. Il balayait du regard la clairière avec inquiétude. Cœur de Feu vit Rivière d'Argent sortir de la nuit, son beau pelage gris pommelé luisant dans la lumière argentée.

« Si tu lui parles, surveille tes arrières, conseilla-t-il à son ami.

— Ne t'inquiète pas », le rassura Plume Grise, tendu.

Ils attendaient toujours le signal d'Étoile Bleue pour descendre la pente. Tornade Blanche vint se coucher près d'elle dans la neige.

« Vas-tu annoncer aux autres tribus que nous donnons asile à Plume Brisée ? » murmura le noble guerrier.

Le chat roux retint son souffle : Plume Brisée était le nouveau nom d'Étoile Brisée, jadis chef du Clan de l'Ombre. Ce scélérat avait assassiné son propre père, Étoile Grise, et enlevé plusieurs petits du Clan du Tonnerre. En représailles, Cœur de Feu et les siens avaient aidé sa tribu à le bannir. Peu de temps après, l'ancien tyran avait attaqué leur camp à la tête de sa bande de proscrits. Au cours de la bataille, Croc Jaune, la guérisseuse du Clan du Tonnerre, lui avait crevé les yeux : désormais aveugle, Plume Brisée était leur prisonnier. Il avait été déchu de son rang de chef, reçu du Clan des Étoiles, et placé sous bonne garde, au lieu d'être exécuté ou abandonné dans la forêt, comme les autres tribus pouvaient s'y attendre. Elles n'accueilleraient donc pas la nouvelle avec beaucoup d'enthousiasme.

Étoile Bleue ne quittait pas des yeux les félins rassemblés dans la clairière.

« Je ne dirai rien, répondit-elle à Tornade Blanche. C'est notre affaire, pas la leur. Plume Brisée est sous notre responsabilité, désormais.

— De bien sages paroles... grommela Griffe de Tigre, assis près d'eux. À moins que nous ayons honte de ce que nous avons fait ?

— Le Clan n'a pas à rougir de sa clémence, rétorqua la chatte, très calme. Mais pourquoi aller au-devant des ennuis ? »

Sans laisser à son lieutenant le temps de protester, elle se leva d'un bond et s'adressa à sa tribu tout entière :

« Écoutez-moi ! Personne ne devra parler de l'attaque des chats errants ni mentionner le nom de Plume Brisée. Ces sujets ne concernent que nous. »

Étoile Bleue attendit que le petit groupe acquiesce, puis agita la queue pour donner aux siens le signal de rejoindre les autres félins. Elle dévala la pente couverte de buissons ; derrière elle, les grosses pattes de Griffe de Tigre soulevaient des tourbillons de neige.

Cœur de Feu les suivit au galop. En émergeant des fourrés à l'orée de la clairière, il vit que le vétéran l'observait d'un air soupçonneux.

« Plume Grise ! souffla le jeune chasseur par-dessus son épaule. Évite de t'approcher de Rivière d'Argent ce soir. Griffe de Tigre est déjà... »

Trop tard ! Son camarade avait filé ; il disparaissait déjà derrière le Grand Rocher. Peu après, Rivière d'Argent évita une bande de matous du Clan de l'Ombre avant de contourner le Rocher à son tour.

Le chat roux soupira. Il jeta un coup d'œil à leur

lieutenant : avait-il remarqué leur manège ? Mais le grand guerrier avait rejoint Moustache, un des combattants du Clan du Vent. Cœur de Feu se détendit un peu.

Alors qu'il faisait les cent pas dans la clairière, il se retrouva près d'un groupe d'anciens. Il ne reconnut personne excepté Pomme de Pin, allongé sous les feuilles luisantes d'un buisson de houx, là où la couche de neige se faisait plus fine. Sans cesser de guetter le retour de Plume Grise, il s'arrêta pour écouter leur conversation.

Un vieux mâle noir au museau argenté et aux flancs couturés de cicatrices avait pris la parole. De sa fourrure pelée montait l'odeur du Clan du Vent.

« Je me rappelle une saison des neiges pire que celle-ci ! La rivière était restée gelée plus de trois lunes.

— Tu as raison, Aile de Corbeau, confirma une reine au pelage tacheté. Les proies étaient encore plus rares, même pour le Clan de la Rivière. »

Comment ces deux doyens, dont les tribus viennent à peine de s'affronter, peuvent-ils deviser si calmement ? s'étonna Cœur de Feu. Il songea ensuite que ces anciens avaient dû voir plus d'une bataille dans leur vie. Le chat noir lui lança un regard en coin avant d'ajouter :

« Les jeunes d'aujourd'hui ne savent pas ce que c'est que de souffrir. »

Le félin roux se dandina d'une patte sur l'autre parmi les feuilles mortes et s'efforça de prendre un air respectueux. Pomme de Pin, étendu près de lui, lui donna un coup de queue amical.

« C'est sans doute cette saison-là que notre chef a perdu ses petits », lui glissa le vieux matou, pensif.

Cœur de Feu dressa l'oreille. Plume Cendrée avait un jour mentionné la portée d'Étoile Bleue, née juste avant sa nomination au poste de lieutenant. Mais il ignorait combien de nouveau-nés elle avait perdus ou à quel âge ils étaient morts.

« Tu te rappelles, le dégel cette année-là ? s'exclama Aile de Corbeau, les yeux dans le vague. La crue de la rivière atteignait presque le niveau des terriers de blaireau. »

Pomme de Pin frissonna.

« Je m'en souviens très bien. On ne pouvait plus traverser le torrent pour venir aux Assemblées.

— Il y a eu des noyades, ajouta la chatte du Clan de la Rivière d'une voix pleine de tristesse.

— Parmi les proies aussi, renchérit le mâle au poil noir. Nous avons failli mourir de faim.

— Pourvu que nous soyons épargnés, cette année ! pria Pomme de Pin avec ferveur.

— Les jeunes ne tiendraient jamais le coup, grommela Aile de Corbeau. Nous étions plus solides, à l'époque. »

Le rouquin ne put s'empêcher de protester :

« Nos guerriers sont coriaces...

— On t'a demandé ton avis ? maugréa le vieux grincheux. Tu n'es encore qu'un chaton !

— Mais nous... »

Cœur de Feu s'interrompit : un miaulement aigu s'élevait et les félins se turent. Il vit quatre chats au sommet du Grand Rocher, simples silhouettes dans le clair de lune.

« Chut ! souffla Pomme de Pin. La réunion va commencer. »

Il agita les oreilles et glissa un conseil à son cadet :

« Ne fais pas attention à Aile de Corbeau. Il adore râler. »

Le chat roux remercia l'ancien et s'allongea confortablement pour écouter les débats.

Étoile Filante, du Clan du Vent, commença par annoncer que les siens se remettaient bien de la bataille contre les Clans de la Rivière et de l'Ombre.

« Un de nos anciens est mort, mais tous nos guerriers s'en sortiront... prêts à se battre si nécessaire », conclut-il d'un air entendu.

Étoile Noire coucha les oreilles en arrière, les yeux plissés, tandis qu'un grondement menaçant montait de la gorge d'Étoile Balafrée.

L'échine de Cœur de Feu se hérissa. Si leurs chefs se sautaient à la gorge, la foule les imiterait. Une telle catastrophe s'était-elle déjà produite au cours d'une Assemblée ? Même Étoile Noire, le nouveau meneur du Clan de l'Ombre, n'aurait pas l'audace de risquer la colère de leurs ancêtres en brisant la trêve sacrée !

Il épiait les chats furieux, empli d'appréhension, quand Étoile Bleue fit un pas en avant.

« C'est une bonne nouvelle, Étoile Filante ! enchaîna-t-elle, habile. Nous devrions tous nous en réjouir. »

Elle posa tour à tour sur chacun de ses pairs des prunelles étincelantes : Étoile Noire se détourna tandis qu'Étoile Balafrée baissait la tête, une expression indéchiffrable sur le visage.

Sous le joug cruel d'Étoile Brisée, le Clan de l'Ombre s'était emparé des hauts plateaux, terrains de chasse du Clan du Vent. Le Clan de la Rivière en avait profité pour se servir en gibier sur la lande désertée. Mais après le bannissement d'Étoile Brisée, Étoile Bleue avait convaincu les autres chefs de faire revenir les exilés : la présence de quatre tribus était indispensable à l'équilibre de la forêt. Après un long et pénible voyage, Cœur de Feu et Plume Grise avaient ramené les membres du Clan du Vent sur leur territoire reconquis.

Et voilà qu'ils comptaient de nouveau traverser la lande pour aller trouver Nuage de Jais ! Le rouquin s'agita, mal à l'aise. Tout cela ne lui disait rien qui vaille. *Au moins, puisque le Clan du Vent est notre allié, on ne risque pas de se faire attaquer en route*, songea-t-il.

« Les chats du Clan du Tonnerre se remettent eux aussi très bien, continua Étoile Bleue. Depuis la dernière Assemblée, deux de nos apprentis sont devenus des guerriers. Il s'agit de Pelage de Poussière et de Tempête de Sable. »

Des félicitations s'élevèrent de la foule au pied du Grand Rocher, lancées, pour la plupart, par des félins des Clans du Tonnerre et du Vent. Cœur de Feu vit Tempête de Sable se rengorger.

Cet ouvrage a été composé par
PCA - 44400 REZE

Impression réalisée sur Presse Offset par

C P I
Brodard & Taupin

La Flèche (Sarthe), le 31-10-2008
N° d'impression : 49011

Dépôt légal : mars 2007

Suite du premier tirage : novembre 2008

Imprimé en France

12, avenue d'Italie

75627 PARIS Cedex 13